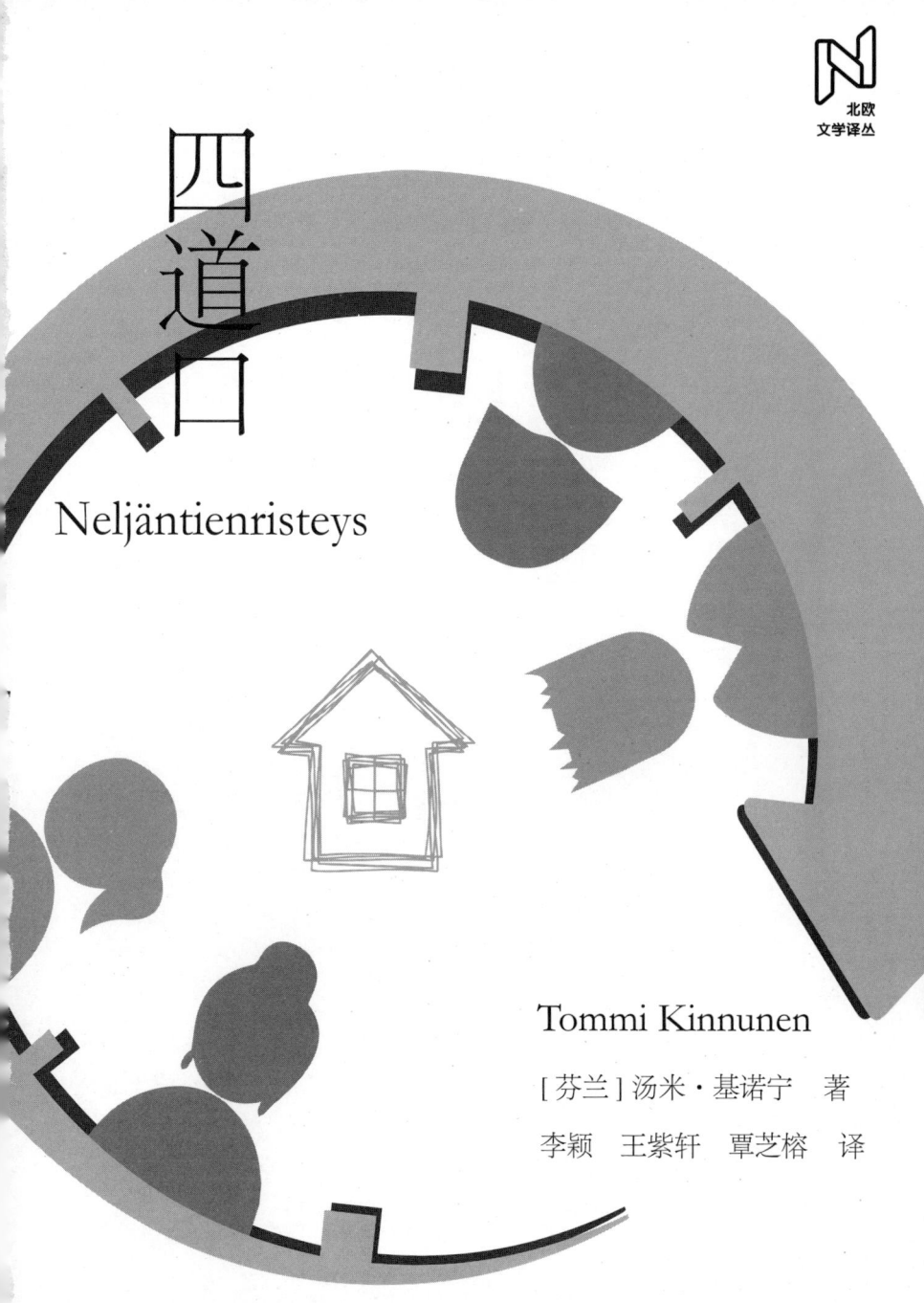

"北欧文学译丛"
编委会

主 编

石琴娥（中国社会科学院外国文学研究所）

副主编

徐　昕（北京外国语大学欧洲语言文化学院）
张宇清（中国国际广播出版社有限公司）
田利平（中国国际广播出版社有限公司）

编 委

（以姓氏汉语拼音为序）

李　颖（北京外国语大学欧洲语言文化学院芬兰语专业）
王梦达（上海外国语大学德语系瑞典语专业）
王书慧（北京外国语大学欧洲语言文化学院冰岛语专业）
王宇辰（北京外国语大学欧洲语言文化学院丹麦语专业）
余韬洁（北京外国语大学欧洲语言文化学院挪威语专业）
赵　清（北京外国语大学欧洲语言文化学院瑞典语专业）
凭　林（知名学者）
张娟平（中国国际广播出版社有限公司）

绚丽多姿的"北极光"

——为"北欧文学译丛"作的序言

石琴娥

2017年的春天来得特别地早,刚进入3月没有几天,楼下院子里的白玉兰已经怒放,樱花树也已经含苞待放了。就在这样春光明媚、怡人的日子里,我收到中国国际广播出版社文史编辑部主任张娟平女士打来的电话,想让我来主编一套当代北欧五国的文学丛书,拟以长篇小说为主,兼选一些少量有代表性的短篇小说、诗歌等,篇目为50部左右。不久之后,中国国际广播出版社负责人和张娟平主任又郑重其事地来到寒舍,对我说,他们想做一套有规模、有品位的北欧文学丛书,希望能得到我的支持,帮助他们挑选书目、遴选译者,并担任该丛书的主编。

大家知道,随着电子阅读器和智能手机的普及,越来越多的人通过电子设备来阅读书籍。在目前的网络和数码时代,出现了网络文学、有声书和电子书,甚至还出现了人工智能创作的作品,纸质书籍受到极大冲击,出版纸质书籍遇到了很大困难。有的出版社也让我推荐过北欧作品,但大都是一本或两本而已,还有的出版社希望我推荐已经过版权期的作品,以此来节省一些成本。而中国国际广播出版社却希望出版以当代为主的作品,规模又如此之大,而且总编辑又亲临寒舍来说明他们的出版计划和缘由,我被他们的执着精神和认真态度所感动,更被他们追求精神品位的人文热情所感动。我佩服出版社的魄力和勇气。面对他们的热情和宝贵的执着精神，我怎能拒绝，当然应该义不容辞地和他们一起合作，高质量、高品位地出好这套丛书。

大家也许都注意到，在近二三十年世界各国现代化状况的各类排行榜上，无论是幸福指数，还是GDP或者是人均总收入，还是环境保护或者宜居程度，从受教育程度和质量、医疗保障到养老、失业等社会保障，还有从男女平等到无种族歧视，等等，北欧五国莫不居于世界最前列，或者轮流坐庄拿冠夺魁，或是统统包圆儿前三名，可以无须夸张地说，北欧五国在许多方面实际上超过了当今世界霸主美国，而居于当今世界发达国家最前列，成为世界现代化发展中的又一类模式。

大家一般喜欢把世界文学比作一座大花园，各个时期涌现出来的不同流派中的众多作家和作品犹如奇花异葩，争妍斗艳。北欧文学是这座大花园里的一部分，国际文学中，特别是西欧文学中的流派稍迟一些都会在北欧出现。北欧的大自然，由于地理位置、自然环境和气候条件，没有小桥流水般的婀娜多姿，而另有一种胜景情致，那就是挺拔参天、枝叶茂盛的大树，树木草地之间还有斑斓似锦的各色野花和大片鲜灵欲滴的浆果莓类。放眼望去，自有一股气魄粗犷、豪放、狂野、雄壮的美。北欧的文学大花园正如自然界的大花园一样，具有一股阳刚的气概、粗豪的风度。它的美在于刚直挺立、气势崴嵬。它并不以琴瑟和鸣般珠圆玉润和撩拨心弦的柔美乐声取胜，却是以黄钟大吕般雄浑洪亮而高亢激昂的震颤强音见长。前者婉转优雅、流畅明快，后者豪迈恢宏、气壮山河。如果说欧洲其余部分的文学是前者的话，那么北欧文学就是后者。正如鲁迅所说，北欧文学"刚健质朴"，它为欧洲文学大花园平添了苍劲挺拔的气魄。以笔者愚见，这就是北欧五国文学的出众特色，也是它们的长处所在。

文学反映社会现实。它对社会的发展其功虽不是急火猛药，其利却深广莫测。它对社会起着虽非立竿见影却又无处不在的潜移默化作用。那么，北欧各国的当代文学作品中是如何反映北欧当代社会的呢？它对北欧各国的现代化发展是不是起了推动促进作用了呢？也许我们能从这套丛书中看到一些端倪。

北欧五国除了丹麦以外，都有国土位于北极圈或接近北极圈。北极光是那里特有的景象。尤其到了冬天夜晚，常常能见到北极光在空中闪烁。最常见的是白色，当然有时也能见到五彩缤纷、绚丽多姿的北极光。北欧五国的文学流派众多，题材多样，写作手法奇异多姿，犹如缤纷绚丽的北极光在世界文坛上发光闪烁。

北欧包括5个国家：丹麦、芬兰、冰岛、挪威和瑞典。讲起当代的北欧文学，北欧文学史上一般是从丹麦文学评论家和文学史家勃朗兑斯（Georg Brandes，1842—1927）于1871年末在丹麦哥本哈根大学所作的《十九世纪文学主流》算起，被称为"现代突破"。从19世纪的1871年末到目前21世纪一二十年代的150年的时间里，一大批有才华的作家活跃在北欧文坛上。在群英荟萃之中，出现了几位旷世文豪，如挪威的"现代戏剧之父"亨利克·易卜生，瑞典文学巨匠——小说家、戏剧家斯特林堡和荣获诺贝尔文学奖的第一位女作家、新浪漫主义文学代表塞尔玛·拉格洛夫，丹麦1944年诺贝尔文学奖获得者约翰纳斯·维尔海姆·延森，芬兰批判现实主义作家尤哈尼·阿霍以及冰岛1955年诺贝尔文学奖获得者哈多尔·拉克斯内斯等。本系列以长篇小说为主，也有少量短篇和戏剧作品。就戏剧而言，在北欧剧作家中，挪威的亨利克·易卜生开创了融悲、喜剧于一体的"正剧"，被誉为"现代戏剧之父"，是莎士比亚去世三百年后最伟大的戏剧家。瑞典的奥古斯特·斯特林堡所开创的现代主义戏剧对世界戏剧产生了重大影响。戏剧是文学的一部分，所以我们在选编时也选了少量的戏剧作品。被选入本系列中的作家，有的是北欧当代文学的开创者，有的是北欧当代文学中各种流派的代表和领军人物，都是北欧当代文学中的重要作家，他们的作品经历了时间考验。

在北欧文坛中，拥有众多有成就有影响的工人作家是其一大特色。有的还获得了诺贝尔文学奖，成为世界级的大文豪。这些工人作家大多自身是农村雇工或工人，有过失业、饥饿或其他痛苦的经历，经过自学成为作家。他们用笔描写自己切身的悲惨遭遇，对地主、资产阶级的剥削和压榨写得既具体细腻又深刻生动。正是他们构成了北欧20世纪以来现实主义文学的主流。在这些工人作家中最突出的有丹麦的马丁·安德逊·尼克索和瑞典的伊瓦尔·洛-约翰松等。对这些在北欧文坛上占有重要地位的工人作家的作品，我们当然是不能忽略的，把他们的代表作选进了这套丛书之中。

除了以上这些久享盛誉的作家外，我们也选了新近崛起的、出生于1970和1980年代的作家，如出生于1980年的瑞典作家乔安娜·瑟戴尔和出生于1981年的挪威作家拉斯·彼得·斯维恩等。他们的作品在北欧受到很大欢迎，有的被拍成电影，有的被搬上舞台。这些作品，虽然没有经历过时间的考验，但却真实地反映了目前北欧的现状，值得收进本丛书之中。

从流派来看，我们既选了现实主义作品，也不忽略浪漫主义、超现实主义和意识流的作品,力求使读者对北欧当代文学有个较为全面的印象。从作家本人的情况看,我们既选了大家公认的声誉卓越的作家的作品,也选了个别有争议的作家的作品,如挪威作家克努特·汉姆生,他是现代挪威、北欧和世界文坛上最受争议的文学家。他从流浪打工开始,1920年成为诺贝尔文学奖得主,晚年沦为纳粹主义的应声虫和德国法西斯占领当局的支持者,从受人欢呼的云端跌入遭国人唾骂的泥潭,而他毕竟是现代主义文学和心理派小说的开创者和宗师,在20世纪现代文学中扮演了承上启下的转型角色。我们把他的"心理文学"代表作《神秘》收进本丛书。这部作品突破传统小说的诸多常规要素,着力于通过无目的、无意识的内心独白,以及运用思想流、意识流的手法来揭示个性心理活动,并探索一些更深层次的人生哲理。1978年诺贝尔文学奖得主、美国作家艾萨克·辛格说:"在我们这个世纪里,整个现代文学都能够追溯到汉姆生,因为从任何意义上他都是现代文学之父……20世纪所有现代小说均源出汉姆生。"我们把这位有争议的作家的作品选入我们的丛书,一方面是对北欧和世界文学在我国的译介起到补苴罅漏的作用,另一方面也可进一步了解现代文学的来龙去脉,以资参考借鉴。

20世纪60年代中期,瑞典出现了一种新兴的文学——报道文学。相当一批作家到亚非拉国家进行实地调查,写出了一批真实反映这些地区状况的报道文学作品。这批从事报道文学的作家大都是50和60年代在瑞典文坛上有建树的人物。如瑞典作家扬·米尔达尔是这种新兴文学——报道文学的代表人物之一,他的《来自中国农村的报告》(1963)成为当时许多国家研究中国问题的必读参考材料,被译成十几种文字多次出版。他的这本书材料详尽、内容真实、记载细腻而风靡一时。还有福尔盖·伊萨克松通过访问和实地采访写出了报道中国20世纪70年代真实状况的作品。这些文字优美、内容详尽的作品为西方读者了解中国起了很好的桥梁作用。他们的作品是在我国改革开放之前来中国写的，今天再来阅读他们当时写的作品，从中也能领略到时代的变化、改革开放的伟大成就。

总之，我们选材的宗旨是：尽量把北欧各国文学史中在各个时期占有重要地位的作家的代表作收进本丛书。本丛书虽有45部之多，是我国至今出版北欧丛书规模最大的一部，但是同150年的时间长河和各时期各流派的代表作家和作品之多比起来，45部作品远不能把所有重要作家的作品全部收入进来。

本丛书中的所有作品，除了极个别以外，基本都是直接从原文翻译，我们的目的是想让读者能够阅读到原汁原味的当代北欧文学。同英语、俄语、法语等大语种翻译比起来，我们直接从北欧语言翻译到中文的历史不长，译者亦不多，水平不高，经验也不足，译文中一定存在不少毛病和欠缺之处，望读者多多包涵，也请读者给我们提出宝贵的建议和意见，便于我们改进。

本丛书能够付梓问世，首先要感谢中国国际广播出版社执行董事张宇清先生和副总编田利平先生，田总编是在本丛书开始编译两年后参与进本丛书的领导工作的，他亲自召开全体编委会会议，使编委们拓宽思路，向更广泛的方向去取材选题。没有他们坚挺经典文化的执着精神和开拓进取的勇气，这部丛书是不可能跟读者见面的。我还要感谢本书所有的编委，是他们在成书过程中做了大量工作，从选材、物色译者到联系有关国家文化官员和机构，都付出了辛勤的劳动。不仅如此，他们还亲自翻译作品。没有他们的默默奉献和通力合作，这部丛书是难以完成的。在编选过程中，承蒙北欧五国对外文化委员会给予大力帮助和提供宝贵的意见，北欧五国驻华使馆的文化官员们也给予了热情关怀，谨向他们致以衷心的感谢。对编选工作中存在的疏漏和不足，还望读者们不吝指正。

2021 年 10 月
于北京潘家园寓所

石琴娥，1936年生于上海。中国社会科学院外国文学研究所北欧文学专家。曾任中国－北欧文学会副会长。长期在我国驻瑞典和冰岛使馆工作。曾是瑞典斯德哥尔摩大学、丹麦哥本哈根大学和挪威奥斯陆大学访问学者和教授。主编《北欧当代短篇小说》、冰岛《萨迦选集》等，为《中国大百科全书》及多种词典撰写北欧文学、历史、戏剧等词条。著有《北欧文学史》《欧洲文学史》（北欧五国部分）、"九五"重大项目《20世纪外国文学史》（北欧五国部分）等。主要译著有《埃达》《萨迦》《尼尔斯骑鹅旅行记》《安徒生童话与故事全集》等。曾获瑞典作家基金奖、2001年和2003年国家图书奖提名奖、第五届（2001）和第六届（2003）全国优秀外国文学图书奖一等奖、安徒生国际大奖（2006）。荣获中国翻译家协会资深荣誉证书（2007）、丹麦国旗骑士勋章（2010）、瑞典皇家北极星勋章（2017）等。

译　序

芬兰，一个对于绝大多数国人来说遥远而又并不熟悉的国家。芬兰文学，如这个国家一样，像一颗闪耀着冷艳光芒却遥不可及的钻石。然而，这个地处遥远而神秘的北欧、曾经饱经磨难而今高度发达的国家的文学却在世界文坛有着独特的地位。芬兰地处北欧，人口只有500多万，但是芬兰每年的书籍销售量超过2000万册。在15岁到79岁的芬兰人中，大约每6个人中有一人每年会至少购买10本书。这些消费者购买的书籍占了书籍销售总量的一半以上。如今芬兰按人口比例计算其书籍出版数量位居世界前列。虽然近年来芬兰印刷书籍数量呈下降趋势，但电子书的普及程度正在上升。良好的阅读习惯和阅读能力以及全面的图书馆服务系统营造了健康的阅读生态，也为文学创作提供了最好的土壤。

但是芬兰文学在中国译介较少，这主要是因为我国国内对芬兰文学了解的匮乏以及翻译人才的稀缺。其实芬兰文学在全世界的译介都不算太丰富。芬兰文学协会的翻译地图显示1839—2020年间，芬兰文学（包括瑞典语文学、芬兰语文学和萨米语文学）在海外翻译和出版最多的国家分别是德国（1388本）、爱沙尼亚（1007本）、瑞典（931本）、丹麦（635本）、法国（580本）、挪威（573本），而英国和美国分别为340本和300本。东亚国家中日本翻译出版的芬兰文学译本有236本，而在中国出版的译本有180本，排名第19位。其实从中华人民共和国成立以来，芬兰文学作品陆续被引进中国。中国对芬兰文学的译介主要涉及经典小说、诗歌、儿童文学领域的著名作家作品等。这些作品引领中国读者走进芬兰文学的大门，让中国人对芬兰有了一定程度的了解。芬兰文学作品在中国的出版一直如涓涓细流，数量虽不能与很多文学大国相比，但也一直处于增长的态势。在芬兰文学海外译介的版图中，被翻译最多的芬兰作家是E.伦洛特（Elias Lönnrot）的《卡勒瓦拉》（Kalevala），共有55个不同语言的译本；其次是芬兰国宝级童书作家托芙·扬松（Tove Jansson），其作品被译为48种语言。另外，米卡·瓦塔里（Mika Waltari）的作品被译为42种语言，而近几年芬兰著名新生代作家苏菲·奥克萨宁的作品则被译为39种语言。阿尔托·巴西林纳（Arto Paasilinna，又译帕西林纳）和芬兰唯一一位诺贝尔文学奖获得者F. E. 西朗佩（F. E. Sillanpää，又译F. E. 西伦佩）的作品分别被译为35种语言和34种语言。这一整体译介趋势与芬兰文学在中国的翻译状况基本相似。

但其实芬兰文学中还有更多精彩之作尚未被中国读者所了解。纵观芬兰近几年的文学发展状况，我们不难发现，芬兰有不少优秀作品的创作视角开始从现实转向历史，从本土转向世界。近些年芬兰三大文学奖的获奖或提名作品就很好地诠释了这种趋势，例如：2016年芬兰文学奖获奖作品《恩格尔的城市水彩画》（尤卡·维基莱，Jukka Viikilä），2017年的获奖作品《涅米》（尤哈·胡尔米，Juha Hurme），2018年的获奖作品《天球》（奥利·亚罗宁，Olli Jalonen），2019年获奖作品《博拉》（帕伊蒂姆·斯塔托夫齐，Pajtim Statovci）等。

而《四道口》(*Neljäntienristeys*)就是这样一本独特的历史小说，其在2014年被提名芬兰文学奖，同年也被提名"赫尔辛基日报文学奖"。该书作者汤米·基诺宁（Tommi Kinnunen）是一名来自图尔库的芬兰语及文学课教师，1973年出生于芬兰北部城市库萨莫（Kuusamo）。《四道口》是他的处女作，起源于2012年在图尔库一个写作课程上的作业。2013年春天，他的好友通读全文之后，发给了芬兰最著名的出版社WSOY，此书一经出版，就引起了轰动。《赫尔辛基日报》文化版的书评称"这样的处女作十年难得一遇"，"只需阅读数页，便可知此书不凡"。书刚出版不久，就出现一书难求的情况。身为芬兰语教师的作者也随即成为芬兰图书界的名人和各类媒体的宠儿。《四道口》已经在芬兰销售了数万册，翻译版权已出售给14个国家，且均获好评。此后，这本小说又被改编为戏剧、歌剧多次上演。继这部处女作之后，汤米·基诺宁又陆续出版了三本小说，每一本都被提名芬兰文学奖，这在芬兰实属罕见。

《四道口》这部小说的叙事跨越了1895—1996逾越百年的芬兰历史时期，文本结构精巧，细节丰富，语言优美生动。全书共分为四个篇章，讲述了生活在芬兰北方小村子里的一个家族的故事。作者选取这个家族里的四位人物分别作为每一篇章的主角。第一位是玛丽亚，她在大城市完成了学业，回到小城成为一名助产士。在现代医疗体系尚未成型的年代，助产士还是比较稀缺的专业人士。玛丽亚是位走在时代前列的女性，为了到更远的地方给产妇接生，她成了当地第一位拥有自行车的人。她没有结婚，却生下了女儿拉赫亚并独自将她抚养长大。玛丽亚常年工作，在拥有一定经济基础之后，找人盖了一栋房子，正对着村子的四道口。书中的第二位主人公拉赫亚是玛丽亚的非婚生女儿，她的生父是谁，作者写得很隐晦。和母亲一样，拉赫亚也是一位独立女性，拉赫亚亦在年轻时未婚生女。可是和母亲不同，拉赫亚希望被大家接受，她希望有个男人爱她，希望得到丈夫奥尼的认可。第三位主人公是拉赫亚的儿媳卡琳娜。在战争结束返乡之后，拉赫亚的丈夫奥尼在老房子的废墟上自己动手盖了一栋新房子，比村子里任何一栋房子都要高。当卡琳娜嫁给拉赫亚的儿子约翰尼斯后，卡琳娜住进奥尼建的新房子里，她和丈夫带着孩子们住在房子的一侧，婆婆拉赫亚住在另一侧。卡琳娜和拉赫亚一起生活了四十年，这四十年一直生活在拉赫亚的阴影下，因此卡琳娜一直希望拥有一个真正属于自己的家。拉赫亚的丈夫奥尼则是全书最后一位主人公。他将拉赫亚的私生女当作自己的亲生女儿看待，又和拉赫亚生了一儿一女，他经历了战争的洗礼，获得了战斗奖章，战后他一砖一瓦地重建家园，在外人看来他是个能干的男人、和蔼的父亲。可是奥尼内心的渴望与挣扎只有他自己知道……

《四道口》是一部以芬兰百年历史为叙事背景的家族小说，却又不是普通意义上的家族小说，因为它描写的主题并不是一个家族的百年兴衰，而是在这百年中一个家族里的四个个体。四道口是全书中最重要的隐喻，不仅仅是这个家族先后住过的两栋房子都坐落在村头的交叉路口附近——四道口既是地理意义上的交叉路口，也是人生道路的交叉路口。本书的四位主人公对生活都有自己的不同诉求：玛丽亚渴望做一位独立新女性，拉赫亚渴望有一个爱她的男人，卡琳娜希望有一座完全属于自己的房子，奥尼渴望做一个正常男人。他们各自沿着自己选择的道路往前走，正如书中所传达的，选择一扇门通向另外一个地方，其实这不同的选择并无对错之分。

《四道口》的叙述特点亦独树一帜，四位主角各自成篇，叙述视角也随之转换。作者在每一位主角的篇幅中都只选取了几个时间节点，仿佛每个人的人生都只是时间之轴上的几段碎片。与此同时，作者在叙述时留下大量空间，供读者自己去思索片段与片段之间的关联。在每一位人物做主角的章节里，其他几位人物也都作为配角出现。不同篇章之间的人物前后呼应，故事的细节和发展又互相补充，好像要让读者在其中完成一个拼图游戏，这充分展现出作者对小说情节的构架能力和叙事技巧的娴熟。此外，作者自称对每一处历史细节都经过认真考证，那么从另一个层面也展现了芬兰社会的百年发展史，因而在阅读中读者会深刻感受到真实的历史感。

前文提到芬兰文学在中国的译介并不丰富，主要受制于译者的稀缺。《四道口》一书自2017年年底着手翻译，期间教研工作的忙碌和疫情的影响都使此书翻译进展缓慢，在此十分感谢"北欧文学译丛"这个团队的不离不弃，感谢出版社相关领导和同志的包容和耐心，也特别感谢我的两个学生王紫轩、覃芝榕，她们在毕业之后一直对芬兰语和芬兰文学的译介保有热情。他们对北欧文学的专注与执着，让人特别感动。《四道口》付梓在即，期待这部作品在与中国读者相遇后能受到喜爱。

李颖
2021年11月

李颖，副教授。北京外国语大学英语学院毕业后，赴芬兰留学，回国后在北京外国语大学欧洲语言文化学院任教，长期从事芬兰相关翻译、教学和研究工作，承担多项国家级和省部级科研项目，编有《芬兰语汉语-汉语芬兰语简明词典》。现任芬兰研究中心主任、北欧研究中心主任。

王紫轩，毕业于北京外国语大学芬兰语专业。曾参与赫尔辛基大学人文学院翻译工作坊和多项中芬文学互译项目，包括《背影》、《再别康桥》及《长恨歌》部分单元，以及芬兰儿童文学《艾拉拉》的翻译工作。

覃芝榕，毕业于北京外国语大学芬兰语专业。曾参与北京外国语大学芬兰研究中心翻译工作坊，以及芬兰"百年百物"项目的翻译。

献给
那些有故事的房子

走过的路

1996 | 康复中心

玛丽亚

1895 | 巾帼巷　做自己力所能及的事
1904 | 客舍路　去程和回程
1925 | 波澜阶　不断扩大的住房
1933 | 榭氏路　必要的人和没必要的人
1936 | 岑林路　助产归来
1944 | 行旅路　所有资产化为虚空
1953 | 牛车路　关系变质了
1955 | 万圣巷　热情的最后一次燃烧

拉赫亚

1911 | 寻珠路　在火灾的废墟里
1931 | 烈火巷　烟雾诉说的故事
1938 | 无援路　直到第三代、第四代
1946 | 壕沟巷　火柴盒里的火星
1950 | 枕木街　至亲至疏
1957 | 军库街　从别人口中借来的话语
1959 | 鳏寡道　两个未亡人

1967 | 教堂路　永远相连
1977 | 鱼笼街　对抗孤独

卡琳娜

1964 | 柴门路　淤积的灰尘
1966 | 厄运道　新旧并存
1967 | 浓羹路　囚徒的故事
1969 | 好运路　不必要的拆除
1971 | 牝牛路　突然的食之无味
1973 | 中心巷　某些被遗忘的纽带
1977 | 荷里巷　划分为两派
1980 | 卡车路　停下之后是另一个世界
1996 | 交合路　一抹微笑

奥尼

1930 | 求爱巷　回忆诞生之时
1934 | 竞速道　当所求皆在手中
1943 | 德军路　经验之谈
1946 | 钻子街　寻找新的节奏
1950 | 流氓道　斩断的联系
1952 | 陷阱环　分离的痛苦
1953 | 毡匠街　有名之物
1954 | 欢趣巷　自己的空间
1955 | 蜡炬街　消失的共同点
1957 | 机械道　与脆弱相对而坐
1959 | 奥卢街　终点很快就到

1996 | 阁楼

Paina Pahkaasi

（不要埋怨，不要出现，不要应对）

康复中心·1996

疼痛像浪潮般翻滚着钻了进来，肆意缠绕并拖拽着我的脑袋。溶液从吊瓶里涌进血管，缓解了些许痛楚与不安。我的肉体如此清晰地感到每一丝剧烈的灼烧，思维却略显迟钝。

病房里，约翰尼斯拉着我的手，卡琳娜拉着另一只——这个女人和我在同一栋楼里住了四十年，我却仍然不习惯用"你"来称呼她。

我再次看到了已经发生的一切，尽管我并不在现场。

楼上的两扇窗户飞一般地打开后，一个人赤裸着上半身探出窗户。他迅速地扫了旁边一眼，又朝下看了看，打算跳下楼。

我能看出自己在被子里的两条腿拧成了什么样子，但我一点感觉也没有。约翰尼斯试图说些什么，话到一半却又停了下来。我也没有力气再听了。这张突然闭上的嘴巴像极了奥尼——约翰尼斯的父亲。

呼吸突然变得急促。我再也不想看到这样的画面。

计划逃跑的人又缩回屋里,一把抓起衬衫,连鞋子一起扔出窗外。

房门被敲响了。留在房间里的另一个人瘫坐在床边。再不开门,门就要被敲坏了。

奥尼是个好男人。不喝酒也不打架,不会受参战的影响而变得沉默寡言,在梦魇中汗湿被单,更不会一次次地梦到自己又回到了凯斯滕加[①]和斯维里河[②]的战场上。战争一过他便突发奇想,开始制作各种各样的东西。当一栋栋崭新的大楼拔地而起时,他开始做家具,以之填满人们空空的房子。当每个人的屋里都安置了桌子、床和橱柜的时候,这个男人又心血来潮地开始织网。

当然,他很关心孩子,也很喜欢他们,包括海伦娜。他总和孩子们一起玩耍。

逃跑的人一只脚跨过窗台,接着另一只也跨了过来。他转过身子,紧贴窗台,摇摇晃晃地挂在了窗边。有那么一刻,他的双腿直直地晃着。我知道,他是想和房间里的人再次相视,挥手告别。或者也说不定是想寻求帮助。他松开手,勾起双脚跳到了地面上。

建好的房子又大又舒适,只是还没有人住进去。他是个好男人,但他的好并不属于我。一丝一毫,皆不为我。

[①] 凯斯滕加(Kestenga)是俄罗斯卡累利阿共和国洛乌赫斯基区的一个乡村,位于托波泽罗湖北岸,是1941年芬兰与苏联进行凯斯滕加战役的战略中心。

[②] 斯维里河(Syväri)是俄罗斯的河流,位于列宁格勒州东北部。

有一次，他坐着长途汽车去了奥卢。据说要去租圆锯，然后去搜寻用来做椅子的枫树。由于我们这儿不长这种树，所以这类木材已经用光了。其实他究竟去干什么，我从一开始便猜到了，只是不相信。我想要亲眼看看。

厚厚的雪地减缓了冲击力。那人从楼上跳下来，一路滚到了玫瑰丛上。冰凉刺骨的雪沾满了他裸露的、满是汗水的脊背。

男人站了起来，在雪地里寻找自己的鞋子和衬衫。找到后，他稍作停顿，依次穿好了右脚和左脚的鞋子。

楼上的门终于打开了，一群陌生的男人冲进房间。其中一个跑到窗边，看到了逃跑的那个人。他把其他人叫到窗边来，指向逃跑者的背影。

奥尼最后一次去奥卢的时候，我知道，他不会再回来了。

当警察打电话告诉我，他在拉克西拉[①]被抓到时，我唯一感到惊讶的是，他竟然没有用那支在外屋楼梯下藏了十二年的毛瑟枪。

约翰尼斯动了动。我闭上一只眼睛，用另一只眼盯着周围的一切。我看到自己的拇指在他和卡琳娜的手上按出了淤青。我将手从约翰尼斯那儿轻轻地抽了回来，尽量不弄疼他，然后拉紧了卡琳娜的手。

雪没过了膝盖。男人将衬衫从雪堆里扯出来，衬

---

① 拉克西拉（Raksila）是芬兰奥卢市中心区的一个街区。

衫的一只袖口在刚刚脱衣服的时候扯到了里边。到了大门口,男人试图决定离开的方向。他冲向左边,但又意识到左边比右边好不到哪儿去。——跑吧!我喊道。但我知道他听不见。听不见,也不想听见。即使那时的我和现在并不一样。

一阵清晰而透彻的痛感缓缓渗入我的眼球后方,那里有一块无法切除的组织。疼痛驱走了我伤感的回忆,它暖暖地涌进我的身体,使我一会儿兴奋,一会儿疲惫。医院的墙壁在剧烈的摇晃中逐渐消失,墙后浮现出童年的夏天。我在冰凉的河水里游来游去,水流穿过硬硬的头发打在满是泥沙的河床上。沙滩上,妈妈正用水煮净血色的围裙。当她四处张望着找我的时候,她的脖子看上去修长极了。我躲在柳树枝后面,但妈妈还是看到了我,哈哈笑了起来。

"拉赫亚,你要是在水里玩够了,就过来洗洗。"

那时候谁也不会逃走,我也开心地笑着,紧紧抓住河上的柳枝。阳光透过柳树,斑驳地洒在河面上。

在战争开始之前,在遇到奥尼之前,我只是妈妈最爱的小女儿。

妈妈、小河和柳树渐渐退到坚硬的墙壁之后,消失不见。太阳苍白得像只发光的灯泡。我感觉他就在附近。终于来了。

男人奔跑着,他清晰地感受到自己的心跳和呼吸,感受到自己迈出的每一步。他不敢看,自己是否还有路可走。

卡琳娜松开我的右手，坐到了窗户旁边。

我看到那男人的双眼就像脱缰的马，就像将要被宰杀的馊臭的公牛。他逃过海湾边的长椅，尽管他并不知道自己该去向何处。不被抓住就是最重要的。

卡琳娜目不转睛地瞪着我。

他要去哪里？他的身影离我越来越远，我再也看不到了！

那只手仍然牢牢地攥着我，肯定是约翰尼斯。我试图转头看看，但没有成功。疼痛穿透了我的背。我大声叫喊，却喊不出声。

"别跑远！"

卡琳娜说了些什么，但她的话模糊极了，我无法听清。我弓起背，身体弯得像马镫头。我大声喊着，多想让声音穿透年月，传进奥尼的耳朵：

"回到我身边吧。"

卡琳娜回答了我，但我听不到她说的话。

我多希望他可以回来啊。

门朝走廊打开，约翰尼斯走了进来。卡琳娜站起身，向他解释了几句话。约翰尼斯跑到床脚，卡琳娜则急匆匆地冲了出去。我呼出一口气，重新瘫倒在床上。

那只手更加用力地攥住了我。我想看看他是谁。脖子上的肌肉已经不听使唤，但我仍然试着把眼睛转向左边。我用一只眼睛看到了他，是奥尼。他汗流浃背，气喘吁吁。他的手在我的手里显得如此温热。

"对不起。"我请求道。他轻轻地点了点头。之后，他径直地望向我的眼睛。

奥尼，他依然是如此英俊。

玛丽亚

　　我以上帝及其圣名保证,会向每位在我助产时放心将自己交予我的产妇倾尽全力,无论贵贱,无论贫富,无论何时何地。

助产士誓言 1890

巾帼巷·1895

玛丽亚的双眼慢慢扫向幽暗深处。这是一间小茅屋，屋子两侧是不怎么像样的窗户，其中一扇窗户被木条挡住了大半边，因此，秋日傍晚的余晖只能透过另一侧窗户溜进屋内。很快，门边竖起了一道石板堆成的矮墙。门外还亮着，但墙上的临时壁炉里已经添满了接生婆们劈好的木柴。织机上的灰色地毯刚织了个开头。产妇四肢瘫软地躺在地板上，周围散落着血迹斑斑的毛巾。

玛丽亚直到今天才被叫了过来，这不是她的问题，因为镇子里的村民对她能否顺利接生抱有深深的怀疑。早些时候，玛丽亚在这地处深林的村寨里目睹了太多因臀位生产[①]或自身条件所限而死在鲜血和黏液中的母亲，无处宣泄的痛苦使她染上了酗酒的恶习。她常因醉酒而耽误助产，在四个月的时间里间接造成了五起产妇失血而死的惨剧。一年冬天，醉酒的玛丽亚抢过指挥杆自行驾驶雪橇，结果从雪橇上跌落在地。虽然盖在身上的羊毛和海狸毛减轻了疼痛，但她仍然因为驾驶的挫败独自大哭起来。雪橇师傅试图为她系上安全带，谁知她又急又气，最后自己手脚并

[①] 臀位生产是以臀部最先进入母体骨盆的胎位，是异常胎位中最常见的一种。

用地爬回了家。

受此影响，在接下来的好几个月里，谁也没来寻求这位新手助产士的帮忙，连神父也拒绝找她注射疫苗。她曾为这片镇子里的人们成功接生了许多孩子，他们都健康地来到这个世界，畅通无阻地呼吸着。即便如此，身为年轻女孩的她却不能受到应得的尊敬。每个村子都有饱经考验的产婆、接生婆和桑拿嬷嬷，她们能熟练地将孩子从阴道里扯出来，完成仓促而简陋的洗礼。有了她们，专业的村镇助产士在这里便无人问津，何况她连孩子都没生过，怎么能证明自己了解女性世界呢？

傍晚，房东太太在玛丽亚脱衣服的时候敲响房门，吓了她一跳。

"玛丽亚醒着吗？"明知还不到五点，她依旧这样问，然后不等玛丽亚回答便一瘸一拐地走进房里。"这里有人找你。"

玛丽亚把披肩扯上肩膀，跟着房东走到木质的走廊上，一位矮小的老妇人正等在那里。妇人把黑色的丝质围巾从肩膀上解下来，神色匆忙地伸长脖子朝窗外望去。

"您这是同意跟我走了？"她边说边向年轻的玛丽亚行了个屈膝礼。"那我们趁天黑前出发吧。"

房东太太整顿好马车，在启程前送上了无数遍的祝福。玛丽亚心想，她一定很想拥有自己的孩子，所以才会如此热切地为另一个产妇祈祷。她常常自驾马车，穿越漫长的旅程去看望新生的孩子，在满是鼠臭的茅屋里、在腐烂的地板上迎接他们并送上祝福的吻。贴心的她总会带去温热的食物、面包奶酪①以及浓稠的酪浆②，帮助多数刚出生的孩

---

① 又称芬兰吱吱奶酪，是一种用牛初乳制成的新鲜奶酪。
② 又称酪乳、白脱牛奶，是牛奶制成牛油后剩余的液体，有酸味。

子在求生本能的驱使下成功存活。遗憾的是,虽然她有抚养孩子的能力和基础,也有对孩子的强烈期许,却始终无法怀孕。而在缺衣少食的小茅屋里,瘦弱的村妇反倒每隔一年就能生个孩子。

一路上,黑围巾妇女应玛丽亚的要求说起了自己的情况。她是产妇的母亲,顶着所有人的反对来找助产士。但她顾不了太多了,因为女儿的生产已经持续了很长时间,做母亲的能够明显感受到女儿的疲惫与虚弱,于是就溜出来寻求帮助。听到这里玛丽亚才明白,找她来并非出自产妇自己的意愿。

就这样,玛丽亚来到了产妇家。两个男人坐在门口,正等着最新的消息。他们充满怀疑地望向刚刚到来的客人。

"她还是个孩子吧。"看上去更像父亲的年轻男人说道。

"手小点儿好。"年长的男人说道。"脱了裤子就明白了。"

年轻男人没被这句话逗笑,他一言不发地望向玛丽亚。她从他俩中间走进小屋,两个男人谁也没有阻拦。

一进屋,她便迎上了产妇痛苦的目光。这个可怜的女人肚子上满是汗水,身边坐着两位接生婆,其中一个注意到了造访者。她站起来,用沾满棕色血迹的抹布擦了擦手。玛丽亚把行李箱放在门口的水池旁,这时,另一位年轻的接生婆也注意到了她。擦完手的接生婆用木棍从炉膛里的碎木条上借了火,点燃自己的烟管。她走到玛丽亚面前,从头到脚地打量一番,然后抬手拨了拨玛丽亚外衣的束带。

"原来新来的助产士是个小女孩啊。"

接生婆转身回到产妇一侧,从烟管里吐出长长的烟雾。

"不需要大惊小怪,大家不是已经都知道了吗?"

玛丽亚顺着飘向天花板的烟圈望去。接生婆站在前面，挡住了她试图看向产妇的视线。她想要避开接生婆的阻隔，但后者的目光始终死死地盯着她。

"命肯定是保不住了，大的小的都是。"接生婆用一种在玛丽亚看来极其冷漠的声音吼道。玛丽亚当然知道，孩子已经胎死腹中。但这暂时不需要和产妇提及。

"流了很多血吗？"玛丽亚问。

"很多，已经有点止住了。"

"人怎么样？"

"还活着。"

接生婆看上去至少比玛丽亚大两轮，她朝着烟管猛吸一口气，然后将烟雾从鼻子里喷出来。烟雾氤氲着飘向天花板，那里早已被煤烟熏得漆黑一片。接生婆望着玛丽亚。

"你觉得该怎么办？"

玛丽亚转身向门口走去，黑围巾正悄悄地站在那里向床边张望，玛丽亚扫了她一眼，然后再次转回小屋。产妇用呆滞的眼神瞪着玛丽亚，一旁的年轻接生婆正摩挲着她的背。

"要是您跟着男主人上楼看看，他会告诉你连棺材都准备好了。"年轻的接生婆说道。玛丽亚觉得她年龄很小，说这话时，她的眼神有些愤愤不平。

黑围巾走到玛丽亚身后，看向已经无力睁开眼睛的产妇。

"要是你们害死她，"她指着将头沉沉地闷在枕头里的女儿说道，"我就杀了你们。"

"你说什么呢？"

"她是我唯一的孩子，除了她我一无所有。"

年轻的接生婆看了看年长那位。

"助产士你怎么看？"

"我会保证她活着。"

"怎么保证？"

"目前还不知道。"

年长的接生婆看了看周围的人，然后大步退到一边，把烟管里的烟灰全都掸到炉膛里，脑袋则一直朝着产妇的方向。玛丽亚把行李箱提起来，挪到产妇旁边，摸了摸她脖子上的脉搏。虚弱的产妇睁开双眼，试图看清眼前的状况。

"这位准妈妈叫什么名字？"

"列蒂。"黑围巾妇女回答道。

这让玛丽亚想到了神父的小本子上类似丽卡或弗雷德丽卡的名字。父母为她取了和房东太太一样的名字，听起来很富贵，让人觉得这家人并不缺梳子糕①吃。

"帮我挪一下她的脊背。"

接生婆们一脸疑惑，但还是照做了。她们扶着骨盆抬起产妇，把她挪到床脚躺下。年长的接生婆擦了擦产妇胸口的冷汗，黑围巾把破旧的被子盖在女儿身上为她取暖。列蒂痛苦的叫喊渐渐平息了，玛丽亚把被子的一角拉上来，盖在她的肚子上。

孩子的头已经露出了一半，脸颊正对着玛丽亚。他的眼睛定定地睁着，瞳孔是浅绿色的。玛丽亚摸索出孩子肚子所在的位置，那里十分冰凉。她用手摸了摸肚子下端，又摸了摸另一侧，接着将左手放在肚子一头，附上右臂挤

---

① 小麦制成的芬兰传统糕点，通常搭配咖啡一起吃。

压。孩子还是一动不动。年轻的接生婆目不转睛地盯着玛丽亚，年长的虽然站在窗边，眼神却紧紧地追随着玛丽亚的一举一动。玛丽亚从地板上的箱子里取出听诊器，把听筒的一头放在紧缩的肚子上听了起来，什么声音也没有。她小心翼翼地把手顺着孩子的脖子伸了进去，摸到肩膀后继续用手指轻轻摸索，这才发现一边的锁骨已经断裂，另一边的也很可能遭到了损坏。孩子的双肩早已缩在了一起。

"这种情况持续多久了？"

"已经有三个晚上了。"年轻的接生婆回答道，年长的跟着点了点头。

"这孩子生不出来了。"

"生不出来了。"玛丽亚用手指在孩子的肚子上轻轻划了个十字。

门开了。刚刚坐在门外的其中一个男人出现在门口，门外的冷气呼呼地刮到地板上。另一个男人走进来，挨个儿瞧了瞧屋里的女人，最后把目光停在黑围巾妇女的身上。

"还活着吗？"

"谁？"

男人没有回答。他踏着满是泥土的皮靴，轻轻走过地板，坐到了妻子身边。产妇的眼睛还是没有睁开。男人摸了摸妻子满是汗水的肚子，抬起胳膊愣了片刻，然后将手落在妻子的头发上，怜惜地抚摸起来。

"耶稣会保佑你，赦免你的一切苦痛。"

黑围巾妇女开始哭泣。

"叫你来有用吗？"年轻的接生婆用咄咄逼人的语气质问着玛丽亚，年长的那位则从窗边走到了玛丽亚的身旁。

"埋在一起还是分开埋？"她小声问道，仿佛这样其他人就听不到了。她将手放在玛丽亚的肩头。"如果需要的话,我会在列蒂断气以后把孩子扯出来。"她边说边做出忧伤的表情,不让任何人挑出毛病。多么残酷,走了一个列蒂,又会来一个丽卡。

玛丽亚的目光在屋内游走。外面已是漆黑一片,年轻的接生婆用炉膛里的残火点燃了新的木条。男主人坐在床沿上,将手抱作一团,脸上浮现出认命的表情。黑围巾妇女则已经精疲力竭,再也哭不出来了。玛丽亚生气极了。

"这栋楼里有芬兰刀①吗?"玛丽亚问道。

"你要它做什么?"

"肯定有。"

黑围巾妇女第一个行动起来,她跑到小屋的桌旁找了起来。

"芬兰刀。"玛丽亚重复道,连她自己都说不清重复的原因。"我需要芬兰刀。"

玛丽亚试图让自己的声音多几分底气。

"男主人去找刀,你去找桶。"她指着年轻的接生婆说。

"找桶干吗?"年长的接生婆不情愿地问道。

"装牛奶的桶可以吗?"年轻的接生婆问。

"不行,不能是木桶,如果有锡桶可以拿过来。有热水吗?"

年长的接生婆转身向后走去,年轻的那个也跑了出去。男主人什么也做不了,于是只能陪着黑围巾妇女去找刀。站在门口的男人忽然想起自己带了芬兰刀,于是将其从皮带上取了下来。

---

① 芬兰刀是一种小型的传统芬兰通用皮带刀,刀刃弯曲,刀脊扁平。

"这儿有一把。"

"太棒了。没有找到多余的吗?家里一般会有很多把刀的。"

男主人终于找到事做了。

"仓库里应该有。"

"快去找找。"年长的接生婆一边说着,一边从三条腿的大锅里舀出热水。男人看了看他的妻子,起身奔向屋外。

"还有马绳!"玛丽亚朝着男人远去的背影喊道。年轻的接生婆跑了进来,手里拿着锡制的洗脸盆。

"这个可以吗?"

黑围巾妇女从壁炉后的角落里找到了一把陈旧的芬兰刀,又从房梁上找到了一把新一些的。男主人从仓库里找来一把长刀的,将它放在了桌上。

玛丽亚开始从中挑选。她掂了掂它们的重量,并挨个儿用手举起,转动手腕比画着绕圈。最后她选择了最旧的那把刀,由于之前一直用来削土豆皮和奶酪,这把刀的刀刃已经被磨得又短又钝了。

"你们找到绳子了吗?"

"没有。"

玛丽亚解开衬衫的束带,将其叠好放在桌上。她从箱子里拿出围裙系在身上,眼睛环顾了小屋一周。接着,她拿起桌上的长刀芬兰刀,走到毛毯机前,从最外边的那根毛毯线上剪下了大约一尺长的小段,把它泡进大锅里。其余三个女人齐刷刷地望着她。

"助产士小姐要做什么?"

"现在,所有人出去。"

男人们没有多问,全都顺从地退了出去。在生孩子这件事上,向来只有女人能发挥作用。年轻的接生婆看了看玛丽亚,然后转身把黑围巾妇女请了出去。年长的那位紧随其后,到了门口又转过身来:

"需要帮忙吗?"

玛丽亚摇了摇头。

"显然,现在也没什么可帮的了。"

接生婆走出去关上了门。玛丽亚拿起刀和线,忽然愣在了沉寂的空气中,她仿佛感到一双小手在努力挣扎。

"妈妈,别丢下我。"

"妈妈不会丢下你的。"

"永远都不会吗?"

屋内静谧的氛围让人倍感沉重。玛丽亚不知道列蒂是否还有意识,她眼睛微张,但当玛丽亚在她面前挥手时,她却一点反应也没有。幸好,心跳声还在。玛丽亚拽着列蒂的盆骨,把她拖到床边,然后把洗脸盆放在自己两脚之间的地板上。接着她跪到床前,衬衫的袖子绷紧了她的胳膊。玛丽亚拿起毛线,把线的两头分别缠在右手和左手的食指上,然后将其绷到孩子的头颅两侧,向下移动。毛线一点点地经过孩子的额头和鼻梁。玛丽亚用拇指把线顶过孩子的下巴,勒在了他的脖子上。接着她开始向外拉扯,同时把毛线紧紧地摁在孩子的脖颈上。孩子的头开始随之摇晃。玛丽亚难受极了,她用力地闭上双眼。

"妈妈,带上我好吗?"

"妈妈要去很远的地方,市中心的助产士学校,那里不可以带小孩子进去。"

"那妈妈会回家吗?"

"当然会回来,我保证。这段时间记得好好照顾自己。"

玛丽亚继续发力,将毛线摁了下去,孩子的头晃动着。玛丽亚哭着咬紧牙关。剧烈的动作惊动了列蒂,她发出微弱的呼喊。玛丽亚暂时停了下来,大门外传来隐约的谈话声。

很久没有你们的消息了,所以来信问候你们在北方的状况。你们有收到我寄的钱吗?我从赫尔辛基的银行柜台上借了这些钱,然后用你们的名字寄了过去。如果有空的话,请随便写写自己的近况,报个平安。

孩子的头渐渐垂了下去,他那什么也看不见的眼睛像在望着天花板,从这头望向那头,然后由烟筒一路直下,定格在门口的木箱上。末了,玛丽亚的手指感到一丝微震,孩子的头彻底歪在了马绳上,随之晃动。

谢谢你为孩子寄来的纸巾。前段时间没有联系你,是因为我的身体状况很不好,连下床都很困难。此刻我很想念你,另外还想告诉你,孩子现在的状况非常糟糕。

玛丽亚把绳子抽上来,洗脸盆发出一声坠响。她感到胃里一阵恶心,本能地向前扑去,双手撑在了脸盆的边缘。

胃酸涌上喉咙，但没能呕出来。玛丽亚把深深嵌入手指的毛线取了下来，指节已经被勒得又胀又冰。她从床上摸到那把短刃的芬兰刀，试着朝自己的拇指划了一下，撕裂的疼痛使她发出一声闷哼。她很难审视眼前的景象，当然这一切也没什么可看的。终于，她一手摸索到死婴的肩头，一手拿着刀缓缓伸进产妇的肚子里。

  北方的状况怎么样了？孩子的病好些了吗？还在继续发烧吗？如果需要看医生，请尽量抓紧时间。我一定会尽我所能借到钱，支付所有必需的费用。

玛丽亚的手缓慢地移动着，她拿大拇指抵着刀背，像是在切胡萝卜。屋里已经很黑了，可这并未使玛丽亚分神，她正心无旁骛地工作着。洗脸盆被一块一块地填满了。恶心的感觉再度从玛丽亚的胃部喷涌而上，迫使她发出近乎嘶吼的干呕声。她把头枕在列蒂软软的肚子上，哭喊着，哽咽着。列蒂的盆骨硌着她的肺，肚子则在她的头下缓缓地摩擦和颤抖。

  为正式宣誓的助产士玛丽亚送上迟到的祝福，希望她不会对我们发火。这里好多人都患上了同一种病，而且没有之前那么好治了。鞋子我已经从这儿寄了回去。我帮不上什么忙，只能祈求一切快点变好。希望苦难就此终结，不要随人们去往另一个世界。

外面一点声音也没有。过了很久以后，门开了，年长的接生婆提着灯笼小心翼翼地走了进来。玛丽亚的头依然枕在列蒂的肚子上，她大张着嘴，却发不出一丝声音。洗脸盆里黏稠的血液和黏液缓缓涌动。年轻的接生婆被招呼进来，但她看到洗脸盆时马上就被吓得愣在原地。年长的那位注意到了这一幕，于是把灯笼凑得离产妇近了些。光线轻柔地洒在床铺上，列蒂睁开眼睛，追随着灯光缓缓移动。

年长的接生婆把洗脸盆从地上拿起来，递给年轻的那位。她显然很抗拒，但由于对方没有把盆子放去别处的意思，她还是接住了。年长的接生婆从地上拿起血迹斑斑的抹布，盖在洗脸盆上。

"把它端出去吧，如果有人问起，就说是洗脸水。"

"那我把它端到哪儿去？"

"你自己决定，不是垃圾堆就行。别告诉任何人你把它扔到了哪儿。"

年轻的接生婆走了出去，她朝门边正在向内张望的黑围巾妇女平静地点了点头，黑围巾看上去立马松了口气。

接生婆拿起另一条沾满血迹的毛巾，一手扶着玛丽亚的肩膀，一手将毛巾递给她。

"助产士小姐可以歇歇了。"

应该知道的是，当助产科大学生玛丽亚·朵美拉在赫尔辛基的产房中学到了充足的学科知识，并通过助产获得足够的经验时，这个在今天已经非常热门的学科会赋予她引以为傲的职业技能。因此，她能够自信地宣布自己已经成为合格的助产士，同时也承担起相应的义务和芬兰法律赋予助产士的权利。

玛丽亚转向一侧，将脸颊沉沉地靠在粗糙的木地板上。接生婆从门口的水池里接了杯水，坐到床边喂列蒂喝下，同时不停地朝玛丽亚张望，就像在摇头一样。玛丽亚翻了个身，鞋跟在地板上发出咚咚的闷响。暗黄的灯光里，她静静凝望着头顶的横梁和漆黑的天花板，眼皮有些发沉。直到接生婆把列蒂喝剩的水拿给她喝时，玛丽亚才终于如释重负，泪如泉涌。

客舍路·1904

　　床单非常干净，不过上面布满补丁。在餐厅有座位的情况下，客人却只能独自待在房间用餐，在身体不适的情况下吃前一天剩下的炖汤。

　　玛丽亚正一笔一画地在红色封皮的旅馆意见簿上写着字。起初，店主声称意见簿已经没有使用的必要了，但在玛丽亚的再三要求下，他最终妥协，从另一间房里找来了一本。这本意见簿上已经有超过五个月没写任何东西了。玛丽亚思考着往上写些什么，这东西当然是不能违背良心随意编造的。床上没有发现虫子，桌布一经要求就铺了上去。她提起笔来，店主正虎视眈眈地瞪着她。
"请问女士写完了吗？"
"请叫我小姐。"
玛丽亚瞪了回去，重新把笔放在纸上。

　　要是过于刻薄，就会令人讨厌。

　　她检查了一遍写下的内容，细心地在末尾加上标点，然后把笔递了回去。店主把意见簿转向自己读了起来，然后扬起了眉梢。

"炖汤是我直接从厨师那儿端来的，晚上我会再热一下。"

"请再给下笔。"

玛丽亚蘸了墨水，在下面写上日期和自己的名字。停了片刻后，又在名字下面加上了"助产士"三个字。

"这更像是一份协议书了。"

玛丽亚拿起暗青绿色的包走了出去。她已经朝着奥卢走了将近九英里，看来在走满十英里前，她仍然能保守住这个秘密。

马车上只有她和车夫两人，车夫是个沉默不语的十岁男孩。拉车的是匹老马，但走得很稳。小道上的沙子扬在马蹄上，仲夏的烈日炙烤着每一寸肌肤。玛丽亚坐在车座上享受着旅途的惬意，其间，溪岸边的水花像蠓蝇一样攒着堆地溅到她的身上。杜香花热烈地盛放，在无风的角落里持续散发着浓郁的香气。开阔处的风带来了石楠和沙土的气味。有那么一阵，玛丽亚甚至觉得自己身上散发着海盐和藻类的味道，哪怕隔了老远也能闻到。松树，松树，还是松树。玛丽亚无法忍受这种到处都是针叶树的森林，哪怕其中有一棵高大挺拔的桦树也是好的，这样的话，在建造房子的时候就不会在沙沙作响的深林里迷失方向了。

老马稳健的步伐和森林中的香气让玛丽亚昏昏欲睡。她的眼睛已经合上了一半，意识则仍然保持着警惕。老马加快了速度，新的节奏像是一首老歌。它不再唤起任何的苦痛和思念，而是将过往的一切冲淡，融进纯粹的回忆。玛丽亚先是在脑海中轻轻哼唱，当副歌的歌词蹦入脑海时，她忍不住唱出了声。驾车的男孩向她投来怪异的眼神，不过这倒逗笑了玛丽亚。她更加大声地唱起另一段：

> 你一出现便闯进我心里
> 之后的日子会频频想起
> 对你的拥抱是龙游凤戏
> 蜇你的嘴巴是真情实意

终于，路边开始出现一些建筑，先是小茅屋，再是大一些的住宅，最后是楼房。远处依稀呈现出奥卢多米奥教堂的塔楼。道路转向左边，下到了一片宽阔的河口区。男孩把马车停在一个小售货亭旁。

"现在得付钱了。"

"我在出发的时候就付过车费了。"

"还有过桥费呢。"

"你说的是哪里的桥？刚才那座桥明明什么都没付。"

"上面那座铁路桥是免费的，但是这些桥都要付钱。"

桥管来到了马车旁，他把手塞进手套，迟疑地看了看男孩，又看了看玛丽亚。

"多少钱？"玛丽亚问他。

"马车的话，一马克币。"

玛丽亚咔嗒一声打开包，从包里翻找钱包。价格还是挺贵的，但穿过铁路桥看上去得用很长时间。

"用别的方式过桥多少钱？"

"步行5便士。"

玛丽亚掏出5便士交到桥管手里，之后跳下马车，拿起了自己的包。

"你可以从这里转头了，我自己走过去。"

玛丽亚迅速走过大桥。桥中间朝向城堡岛的一段路是新修的，整条路并未用木头或是类似的材料，而是用了铁质的波纹管,看上去就像桥梁落在了灰色的彩虹上。大桥在玛丽亚的脚下轰轰作响,她停在中间的位置,将包靠在栏杆上。尽管天气很热,手中的栏杆却凉凉的,它们散发着金属和油漆的气味。玛丽亚从包里掏出信,透过信封确认了地址。她继续走到对岸,转向西大道,然后快速穿过人行道,在平顶房路左拐。玛丽亚仔细地搜索着,终于看到了自己寻找的店铺招牌,她停下来整了整衣服的束带结,走了进去。

柜台后面站着一位比玛丽亚年轻的男人。他将玛丽亚细细打量了一番,脸上浮现出满意的微笑。尽管穿着农村的衣服,玛丽亚看上去却并不像仆人,明显是位顾客。

"早上好!"[①]

"您好!你们店铺是在出租自行车吗?"

男人换成了芬兰语。

"是的,女士。"

"请叫我小姐。那我能看看吗?"

"请您稍等,我去拿。"

售货员穿过侧门走进里院,朝着库房走去。玛丽亚目送他到很远,然后在原地静静等待。售货员很快就回来了,朝玛丽亚打开柜台的门。

"小姐可以进来看看,包可以放在这里。"

玛丽亚手拿着包,跟随男人来到院子里。库房的货梯对面倚着一辆崭新的、闪闪发光的自行车。它结实的车身是浅蓝色的,粗粗的轮胎边缘有一抹深红。前叉的上方有个徽章,周围飘动的色带上写着:兄 弗里斯·科科拉。

---

① 此处原文为瑞典语。

玛丽亚认真地检查着自行车的每个部位,她抓起车把仔细端详,还查看了踏板。这辆车很漂亮,但它怎么看都跟药剂师的那辆不太像。她顺着车身抚摸,划出了弯曲的弧线。这好像是一种特别的款式。

"我拿的是女款。"售货员说。

"和男款的有什么不同吗?"

"车身经过了加固,因此车梁不是很弯,穿裙子的小姐骑起来会更容易。"

玛丽亚努力做着应答,却仍旧有些不安。她竟然独自地挑选和租用自行车,然后看中了这一辆。售货员溜到前面微笑着。

"而且,女士在骑车时确实也不太方便露脚踝。"

"难道还得遮住吗?"

店员注意到谈话内容的跑偏,于是改换了话题。

"感受如何,您觉得合适吗?"

玛丽亚又想了想。为何她单单要租女款的自行车呢?骑着这样一个交通工具,就像被装上了很多只脚。尽管它会在速度、许可权和骑行范围等方面让她费心,但她总算可以骑着自己的车子去生日旅行了。链条润滑油柔柔的味道让她的脑海中浮现出铺满沙子的小路、风的轻拂以及树叶描绘出的、未经叨扰的大自然的静谧品格。

"我就要这一款吧。"

售货员朝玛丽亚打开门,两人一起走了进去。随后玛丽亚拉开包,从最下面找到了被其他物品挡住的布包。她打开布包拿出一些钞票,用手掌抚平后放在了柜台上。在把钱交给售货员之前,她又从零钱包里拿出一些硬币,仔细地在钞票上码成一摞。

"好啦。"

"请问小姐需要现在骑吗?车子可以一直骑到目的地。"

"不需要,麻烦您帮我把车推到那条路上。"

售货员开始移动自行车,玛丽亚将包的提手挂到车把上,然后接过车子自己推了起来。这辆车子非常轻盈。玛丽亚看了看售货员。

"你会骑自行车吗?"

玛丽亚停下来望着他,他的头发散发着甜甜的发油味。

"你会骑吗?"

"我当然会骑了。"

"你上过学吗?"

对于这个突如其来的问题,售货员什么也回答不上来。

"要是没上过学的男人也会骑,那女人为什么就不能骑呢?"

玛丽亚把车推进市场,那里的货摊旁挤满了喧闹的人群。她把车子推到新商场后面一排红色店铺的阴凉里,然后把车子斜向左边,将脚放在右侧的踏板上,接着又慢慢把车身斜向右边,试图找到平衡点。她有些兴奋,因为自己从未独自做过这件事。上次练车还是在春末的时候,药剂师一边扶正车子,一边轻柔地扶着她的肩膀。

玛丽亚试着把左脚抬上踏板,但车子迅速倒向了左边,她不得不撑在了商场的地面上。她将车子向右倾斜,但此时车子又开始倒向右边。她坐上车座,两脚撑地,然后依次将脚抬起,试图保持平衡。在家里的时候,每当练到这个阶段,药剂师就会站在后面,用双脚夹着后轮,以防车子倒下去。他的双手环过玛丽亚抓着车把,胸膛紧贴着玛丽亚的后背,热乎乎的。这时,一直监视着他们的、药剂师的健硕的姐姐们就会小声议论,这样的行为不合规范,看上去就像在和妻子一起骑车,门外的乡里乡亲肯定会笑话这种大户人家的练车方式。

玛丽亚终于找到了平衡点,她尝试着用脚加速。车子平稳地滑向前方。玛丽亚坐在车座上,用两只脚踢动地面加速。前后摇摆的提包刚蹭着车把,把前轮拉扯得左右倾斜。玛丽亚停下车站了起来,拿起包,思考把它放在哪里才安全。一个整日在市场里胡逛的酒鬼也来到商店门口看她练车,两个人的手肘撞到了一起,酒鬼把头一歪,盯着玛丽亚的脚踝。

"这么漂亮的小姐啊。"

玛丽亚狠狠地瞪了酒鬼一眼。

"我知道你裙子下面是什么,当然你自己也知道。不过那里我比你更熟悉。"

围观的男人全都笑了起来,过了一会儿,其中个子最高的男人走近了玛丽亚。显然,他不想让嘲笑声继续下去了。

"小姐可以把包放到后面这里。"他拿起玛丽亚的包,把它放在后轮的车架上。玛丽亚之前并未留意到这里,这儿好像真是个放包的好地方。

"原来如此,多谢。"

"小姐可以试着加速,骑快一点就不会倒了。"

玛丽亚看了看面前的男人。他的胡子没有刮,外套上虽然有补丁,却很干净,两个袖口被磨得光溜溜的。整个人看上去很靠谱。

"可以示范一下吗?"

玛丽亚把车子交给男人,他抓住车把,一只脚跨过车轮。玛丽亚仔细地观察着他的动作。在踩动踏板之前,男人一脚放在踏板上,一脚踢动地面缓缓加速。玛丽亚安静地看着男人消失在商场后面,不一会儿又出现在另一头,回到了大家面前。男人从车座上下来,把自行车交给玛丽亚。

"车子高速行驶的时候最好坐下来。"

酒鬼已经离开,最后的几个小摊点也已经收摊走人,玛丽亚却还在练习。她好像突然间掌握了骑车技巧。她绕着市场转了两圈,第一圈试探着骑,第二圈则把稳了些,还在骑行的过程中朝着正在过铁路的男人们挥了挥手。玛丽亚回到练车的地方,从车座上跳了下来。她拿起后座上的包,从里面小心翼翼地掏出一件叠好的黑色衣服,放在牛皮纸上。为了练车,她专门购买布料缝制了一件自行车马甲。马甲两侧有两个圆口,胳膊可以穿过圆口抓住车把。玛丽亚抖开马甲,解开脖子上的两个扣子,然后把马甲套过肩膀。她扣上马甲,重新把包放回后座,然后坐上车座。旅途即将开始。

车子在石子路上颠簸极了,这让玛丽亚很不舒服。过桥之前她停下车,在钱包里找好了5便士。因此,桥管一伸手就拿到了钱。

"自行车要收10便士。"

"我推着车子走过去。"

"这当然也算骑自行车。"

"那你问自行车要。"

没等桥管反驳,玛丽亚已经把车子转到图拉[①]的方向并

---

① 图拉(Tuira)是芬兰奥卢市的一个街区,位于市中心北部,横跨奥卢约基河(Oulujoki River)。

坐回了车上。公路平坦又干燥，车子轻盈地行驶着，但难受的感觉却不能因此平复。当然还是淡了一点的，但仍然有如鲠在喉、郁积于胸的感觉。玛丽亚平稳地骑着，她试图让接下来的旅程愉悦起来，但还是没能做到。马甲热极了，盆骨也老是蹭着胳膊。玛丽亚停下来把马甲收回包里，然后继续骑行。燥热并没有减轻，前面还有至少二十英里的路程。玛丽亚本想唱首歌，但没能唱出来。

车子路过一片沼泽，一只落单的牛虻被玛丽亚的汗味吸引了过来。它固执地围绕在玛丽亚身边，一会儿停在看不见的地方，一会儿又突然起飞，试图停在玛丽亚的脖子和脚踝上。玛丽亚蹬得更快了些，企图甩掉这只牛虻，但它依然在绕着她转圈，一会儿近，一会儿远。玛丽亚解开了左臂上的扣子。不知从哪儿飘来了杜香花强烈而浓郁的香气。放眼望去，周围尽是松树。

突然，玛丽亚感到自己嘴里冒出了金属的气味，一股强烈的恶心感像波浪一样朝她袭来。她刹住车，正要从车上跳下去，但呕吐物已经从嘴里涌了出来，呕吐过于剧烈，就差把胆汁吐出来了。玛丽亚跪在长椅上，双手撑着地面。恶心的感觉终于消失，但身上却变得虚弱无力。罪魁祸首肯定是早晨喝的那碗昨天的炖汤。牛虻飞到玛丽亚的手上，在被她打死前咬出一个小包。新的念头蹦入了脑海。她转向灌木丛，看了看天上的云朵。可不可以这样呢？她是不是太蠢了？尽管上过学，却不能对自己有清醒的认识。

一股新的热忱注入玛丽亚的身体，也可以说是新的想法。她站起来，把几片越橘叶子从裙下取了出来。房东太太的出租屋住不下两个人，他们需要新的住处，哪怕一开始很小，但至少是属于自己的。玛丽亚抓住自己又蓝又闪的车子,重新坐了上去。她不可能成为任何人的厨娘或是洗衣仆。她是位独立女性,有薪水的助产士,受人尊敬和羡慕。十年里,她的名声传遍了周围的市区。日日夜夜,无论多远村镇的人们都会来她家请她助产。她侧过车身,用脚踩起踏板。她当然没事,一如既往般从容地活在这个世界上。

玛丽亚把双脚放回地面。那药剂师呢?怎么把这件事情告诉他?也许此刻他的姐姐们正围在他周围七嘴八舌地嚼着舌根,他应该已经知道了。

玛丽亚觉得自己无法呼吸,于是迅速脱掉敞开的衬衣挂在车把上,然后摸索到背后的胸衣束带。她想把束带拉开,但束带结却纹丝不动。她用力拽动带子,左右拉扯着束带结,但仍然毫无反应。其实束带结已经松了很多,她索性用两只手一起去解,还把束带直直地拉了起来,就像在背上扯了个弹弓。她抓紧胸衣向下扭动,直到束带开始艰难而缓慢地松开,从身上脱了下来。玛丽亚像昆虫蜕蛹般将胸衣扯到上方,从头上脱了下来,然后将其扔在长椅上。她饱饱地吸了一口气。用双手托起乳房,然后揉了揉肚子。呼吸终于变得容易多了。又是一次新的突破。

玛丽亚从车把上拿起衬衣重新套在身上。她没有把扣子系起来,而是直接把右脚抬上踏板,踢动左脚自己加速。冷风很快就吹到了她的胸上,但在她看来这只是让人放松的清凉。再骑二十英里就到了。女款自行车真是便利,特别是穿着裙子的时候。

如果变成男孩,她的名字将会是多沃[①]。

[①] Toivo,在芬兰语中是"希望"的意思。

波澜阶·1925

"今天就可以开始生火了,让房间里面干燥起来。"

泥瓦匠关上立式炉①的排风口,然后再次打开晃了晃。确认炉子一切正常后,他关上炉门,扭下了门闩。玛丽亚满意地看着刚装好的立式炉。新卧室里终于有炉子了。她把手中的木篮放在炉子旁边,从篮子里拿出柴火晃了晃。

"这些树枝和干条烧不出太高的温度,都是些没用的垃圾。"

"那得找些小一点的柴火了。"

玛丽亚提起篮子,穿过窗孔上凿出的门,把篮子放到客厅的筒炉旁边。

房间的另一头传来敲敲打打的声音,客厅里,熔化的蜡烛有节奏地落在烛台边缘,滴答作响。装修新厨房的泥瓦匠把阀门敲进他在梁木上钻好的洞里。嗡嗡的敲打声透过墙壁传到了客厅和整个房间,也许有必要去看看墙壁周围是否装修妥当。因为在此之前,由于没能从头到尾地监工,门厅已经修得比两腕尺还窄了。之前的泥瓦匠说他买的这一尺寸的梁木很便宜,但装好的窗户从外面看上去歪

---

① 立式炉是传统的充电炉,内置在圆柱形的锡壳中,以其高性价比、安装快捷的优点在 20 世纪初期的芬兰得到推广。受其形状的影响,立式炉也被称为裹皮炉。

歪扭扭的,这让玛丽亚很是生气。

村子北头有间厨房,以及一间玛丽亚将近二十年前买下的卧室大小的茅屋。她和女儿在这儿住了整整六年,在此期间她拼命赚钱,先是在茅屋的一头加盖了客厅,接着又在几个夏天之后往另一头添了两间卧室。现在,客厅外面又拓出两间卧室,另一头则建起一间宽敞的厨房。破旧的小厨房已经成为过去,现在的卧室通往新的厨房。这间厨房或许还能用来作食物储藏室呢,就像教区长和警官家里的那样。村里人对玛丽亚不断变长的房屋充满好奇,他们说这位助产士小姐是要把房子伸到女人们的住所那儿去,不过玛丽亚对这些话并不感兴趣。这期间,拉赫亚也对母亲盖房子的意图充满疑惑,她问玛丽亚到底要拿这些房子做什么。玛丽亚回答不了,也未曾给出任何答案。建了就是建了,为什么非要有原因呢?

玛丽亚从走廊上方的木抽屉里拿出她藏在那里的瓶子,这样的高度是禁令所允许的。

她拿着瓶子穿过走廊,把它放在桌子上,然后透过玻璃,看了看往屋里运木头的劳工。他斜靠着窗孔拿起木头,然后躬身把木头推进屋内。推着推着,木头就开始自己滚起来。另一头的泥瓦匠一把抓住木头,新厨房就在墙的一侧。玛丽亚从桌上拿起邮递员放在那里的几封信,一边走回客厅,一边快速地浏览了起来。她仔细查看了几个寄信人的姓名和邮票,但一封也没有拆开,而是把整整一沓信件全都塞进了围裙口袋。她当然知道里面写了什么,无非是必须要说的那些事罢了。

玛丽亚穿过厨房走向卧室,然后隔着门细听另一头是否有声音。外墙那边传来粗重的梁木向下移动时的震响。

玛丽亚敲了敲门,但没有任何回应。她掏出钥匙打开房门。房间的窗帘没有拉开,拉赫亚躺在床的一头,但已经换好了衣服。女孩虽然醒着,眼神却一动不动。玛丽亚大步走进房间拉开窗帘,强光迫使拉赫亚把脸转向了墙的方向。玛丽亚坐到床边,将手放在女儿的肩上。

"是不是很长时间了?"

"什么?"

拉赫亚的身体抖了一下,但眼神仍然直勾勾的。

"生孩子并不是这世上最糟糕的事。"玛丽亚继续说道。

"妈妈您到底想说什么?"

"你都开始一个人去蒸桑拿了,还总是围着围裙。这对助产士来说是不难猜到的。"

拉赫亚什么也没说,但她的身体放松了很多。玛丽亚躺到拉赫亚的旁边,用手环过女儿的身体。

"别担心啦。人们的生活中总会出现许多不愉快的事,但这件不一样。"

拉赫亚伸出手指,紧紧攥住了玛丽亚的手。玛丽亚吹吹她的脖子。她很想告诉女儿,要是一个人不放弃希望,世界就永远在她的脚下。

"是莱赫多·阿古的孩子吗?"

"我已经很久没见他了。"

"是吗?"

"请别生气。"

"我没有,那是男人们的做派。你本来可以踢他裆部的,我没来得及教你。"

"妈妈!"

拉赫亚被逗笑了,她看上去放松了许多。

"那是最好的方法了！"玛丽亚继续说道。

"那第二好的方法是什么？"

"把他们扔到牛棚里去。"

拉赫亚被母亲的话逗得笑个不停，玛丽亚看到女儿这样，自己也愉快多了。

"但是，那个阿古难道不急吗？"

"他怎么会急。他消失了，哪儿都找不到。谁也没听说过他，没有人知道他去了哪里。"

"做了这种事，当然会躲得无影无踪。不过我们俩也可以过得很好。"

"但他当初给了我承诺。"

隔壁房间传来脚步声和泥瓦匠的声音。

"助产士女士在这儿吗？"

玛丽亚把手从拉赫亚身上缩回来，从床上起身抖了抖短裙上的绒毛，然后打开了门。卧室那边的泥瓦匠拿着帽子。

"马上就完工了。"

"我来了。"

玛丽亚从门口转回来，轻轻地摸了摸拉赫亚的胳膊。

"一会儿再说。"

墙后传来衣架被钉入木头的声音。

卧室里，泥瓦匠退后几步，检查着自己的工作成果。

"会不会装修得太像卧室了，可是这间房子不是卧室。"

"挺好的。"

"这样的锡料以前是不可能被用来砌炉子的，助产士您是从哪儿得到这些东西的？"

"从奥卢订的。"

泥瓦匠凑近几步，敲了敲筒炉的金属外壳。

"质量不错呢，看上去价格肯定不便宜。"

玛丽亚静静地看着这个男人走来走去，一句话也没有回答，直到他看上去已经急不可耐。

"师傅留了点东西在走廊的桌上。"

泥瓦匠的脸上露出了微笑，他朝玛丽亚点了点头。

"你没有把窗户玻璃砌在烟囱上吧？"玛丽亚问道。

"我怎么会对助产士做这种事呢？"

泥瓦匠把帽子扣在头上，拿起锤子环顾四周，确定没有什么落下。

玛丽亚将他送出了客厅。还没到门口的时候，男人转了过来。

"再需要砌烤箱或者拓宽房子的话，您就打招呼。"

"应该不会再有这种活了。"

泥瓦匠从桌上拿起瓶子，把它藏进工具箱里。

"就像助产士您上次说的，这里已经像是驯鹿防护带一样了。"

男人抬了抬帽子，打开了门。

"您要记得烧小一点的柴火。"

门关上了，玛丽亚目送泥瓦匠离开。走廊的窗玻璃可以换成彩色的。领班总是这么说，但一直没能更换。

玛丽亚迫不及待地参观了一下新的卧室。其中一间的墙纸让她感到开心又满意，不过另一间应该换上颜色深一点的墙纸，因为它面朝太阳，显得更明亮些。窗台上可以摆几盆花，床和衣柜也该买进来了。

"妈妈要一个人搬进来吗？"

拉赫亚走进客厅。玛丽亚满意极了，这是三天以来女儿第一次自己走出卧室。

"离门太远了,如果有客人来,这里肯定听不到。"

拉赫亚坐上了客厅的靠椅。玛丽亚看着她轻轻摩擦靠椅的扶手。

"这间做你的卧室怎么样?"她建议道。"另外那间做孩子的。"

拉赫亚静静地听着玛丽亚的话。

"那儿放孩子的床,那儿放衣柜。"

拉赫亚从椅子上起来,来到门口观望。这个建议渐渐有了实现的可能。

"或者放在另一边?"玛丽亚继续说道,"这样的话你就住在路边,孩子住在院子旁边。"

"这里应该挺安静的。"

"厨房会不会离这两间卧室远了些?"

"但妈妈你在另一头就可以安静一些。如果你忙了一夜的工作回来,就不会被孩子吵到了。"

看到拉赫亚有了活力,玛丽亚十分欣慰。女儿在脑海中描绘着房间的布置,而且很长时间内看上去都很满意。她已经开始沿着墙壁为床和卧室的大衣柜寻找合适的位置,还在房间里穿梭,在空气中描画着家具的样子。正说着,有个词错过了玛丽亚的耳朵。

"什么?"

"得买个宽一点的床。"

"为什么?"

"我们没有能睡下两个人的床。"

"两个人?孩子可以睡在另一间卧室里。"

"对,可是这间我和阿古要住。"

玛丽亚的脑海中浮现出拉赫亚青一块紫一块的胳膊和布满胡茬儿印的脸颊。

"好，如果找到他的话。"

"肯定会找到。我不能像你一样，一个人承担着一切。"

"也就是说，你必须找到你的男人，才会去找工作？"

"是又如何！这有什么可问的？那你会吗？"

"我也许会尝试着去找工作的。这还需要问吗？"

"话说回来，能不能在这里凿个门，这样就不需要再经过客厅转弯了。"

"也许可以。"

拉赫亚回到自己的卧室，查看床上是否能睡下两个人。玛丽亚也准备去看看新厨房的装修工，但又想起了筒炉里的火。她从厨房的木抽屉里找到了细树枝，还从烤箱边拿了火柴盒。玛丽亚停在客厅的衣橱旁，从折起的夏季窗帘中间拿出三封未拆封的信。她从围裙口袋里翻出这几天的邮件，把所有的信捆成一沓，一起装进了口袋。

卧室里，玛丽亚把树枝堆到了筒炉旁边，然后把信件挤成一摞，塞到树枝后面。她打开火柴盒，从中拿出一根火柴划出火苗，然后将信封放了上去，直到火焰燃上了邮票。来自美国的邮票。这间房里的温度，已经足够了。

榭氏路·1933

自下而上的第四级台阶每次踩上去都会弯到变形。玛丽亚一直想修一修从院子通向阁楼卧室的这面外梯,但总是走在上面时才会想起来。她已经掌握了大步迈过楼梯的技巧,但穿着这条裙子的时候还是无法做到。玛丽亚把盒子换到另一只手上,然后抓紧扶手,小心翼翼地大步迈过楼梯。在拉赫亚的要求下,今天的她收紧了胸衣的带子。在此之前,她订了一些蕾丝和几米昂贵的蓝色人造丝,为自己缝制了一件隐隐流光的长裙。拉赫亚朝裙子瞥了几眼,因为她从没听说过教堂里可以穿黑色以外的衣服。不过玛丽亚并不在意。

"那就站在外面透过窗户偷看好了,不过我倒想看看哪个教堂司仪敢把我赶出教堂。"

玛丽亚将围巾直直地扯到脖子上,敲响了阁楼的门。

"可以进来吗?"

拉赫亚把穿衣镜放在桌上端详着自己的样子。玛丽亚一走进屋,她立马站起来拉了拉衣角。

"看起来怎么样?"

一条独特的新娘礼服映入玛丽亚的眼帘,它的裙角并不水平,两边裁剪得比较短,露出了脚踝和小腿肚。腰带与裙角遥相呼应,从腰部垂到了盆骨那里。这条裙子是拉赫亚自己做的。她把电影明星和新娘们的结婚礼服从报纸上剪下来,然后在城中心订了奶油色的布,先是自己手工做,然后用从邻居家借来的缝纫机缝制,最终呈现出这样一条受到不同款式影响、借鉴了许多设计灵感的结合品。优秀的裁缝拉赫亚如果愿意的话,完全可以靠这个手艺来谋生了。非常棒的是,礼服上还带了两条袖子。

拉赫亚等待着玛丽亚的评价,她紧张地低下头,看上去有点不知所措。这副模样猛地击中了玛丽亚的内心,一股热流穿过她的嗓子,涌上了眼睛。美丽的女儿已经为结婚做好了准备,多么幸运啊,作为母亲竟然能活着看到这一天。玛丽亚哽咽了。

"你真美,你是世界上最美的新娘。"

女儿放松了很多,两个肩膀垂了下来。

"是吗?"

玛丽亚打开自己拿来的盒子,拨开上方的丝纸,取出亲手编的哆尼花环。她双手拿着花环走到拉赫亚面前,女儿的肩膀再次紧张得耸了起来。

"我已经有安娜了,不能戴哆尼花环,而且我也没做颜色太浅的裙子。"

"这只是一株植物,白色也只是颜色罢了,并不代表别的东西。"

"说这个不吉利。"

"不吉利的谈话和衣服的颜色一点关系也没有,你觉得呢?"

拉赫亚没有回答,而是轻弹着手指的关节,看起来很紧张。

"害怕了?"

"有点。"

"你想取消吗？"

"我不会这么做的。"

"害怕只会持续一小会儿，错误却要伴随一生。"

"奥尼哪里错了？"

"我不是这个意思。但如果不是很肯定，最好别给什么太大的承诺。"

"这是我自己选的，我会自己承受。"

"好吧。"

拉赫亚看了看玛丽亚，然后把眼神瞥向一旁。

"美国那边还有来信吗？"

玛丽亚惊得张大了嘴巴，拉赫亚注意到了母亲的样子，她侧过头。

"你以为我不会知道吗？"

拉赫亚在桌上找到头纱，端正地戴在了头上。

玛丽亚觉得这很像一顶帽子，帽檐边的蕾丝从两侧脸颊垂下来，一直落到脊背上。拉赫亚用发簪把头纱固定在头上。

"现在我也该有孩子、工作、房子和丈夫了。"

"在不同的轨迹里重复和别人相同的生活，是吗？"

"是的，自己生活。"

"你好像拥有了一切一样。"

"是的。我不会变成孤单一人，而是像其他人一样。"

玛丽亚没有继续回答，而是拿起了花环。

"你要戴吗？"

拉赫亚点了点头。玛丽亚小心地把花环戴到头纱上扣紧。她退后几步，端详着女儿的样子点了点头。拉赫亚转过身，看向镜中的自己。

"我就要拥有一切了。"

楼梯传来脚步声，门被敲响了。

"准备好了吗？"奥尼问道。

"先进来吧。"

男人身穿深色西装，系着领带，头发厚厚地梳在脑后。他看到拉赫亚双手背后站在屋子中央，脸上立马焕发出艳阳般的光彩。

"你简直像电影明星一样。"

拉赫亚整了整奥尼的领子，扯直他的马甲。玛丽亚想起了自己拿来的盒子，她从里面拿出一个用哆尼花编成的胸针。

"我这儿有东西给你。"

拉赫亚拿起胸针，把它别在了奥尼的翻领上。

"看上去多像处子啊？"玛丽亚的话逗笑了拉赫亚。奥尼的脸上浮现出害羞的红晕，不过一会儿便消失了。拉赫亚合上别针，拍了拍奥尼的胸膛。

"虽然说我们已经建好了楼，你的老婆也能自己挣吃的，但你也该做出一个男人生活和劳作的样子了。"

"我会找到活计的。"奥尼边说边从马甲口袋里掏出怀表。"得走啦，出租车已经来了。"

安娜坐在最后一级楼梯上，独自一人玩着布条做成的娃娃。当阁楼的门打开，两位新人从楼上走下来时，安娜把布娃娃塞进裙子的口袋，向上走了两级楼梯。

"我能和你们一起坐马车吗，奥尼？"

"以后要叫爸爸。"拉赫亚纠正道，但奥尼却露出了微笑。

"你想叫什么就叫什么。"

"能叫吁吁①吗?"安娜确认道。

"能。"

"能叫苏苏吗?"

"能。"

安娜朝着奥尼大笑起来。拉赫亚挽起奥尼的手臂,朝安娜皱了皱眉。

"好了,别说个没完,妈妈要干正事了。"

奥尼把新娘接下楼梯,路过安娜的时候则调皮地揪了揪她的鼻子。安娜被逗得笑个没完,她跑到两人背后,抓住了奥尼的手。玛丽亚看着走向圆角汽车的三个身影,两个新人一人一边拉着安娜。奥尼和孩子相处得太好了。他跟拉赫亚结婚到底是为了什么呢?

玛丽亚朝上看了看,发现院子里已经聚满了来接新人的参加婚礼的客人。一些站在路边,一些已经坐上马车整装待发,准备去教堂。几个拉赫亚的伴娘害羞地从门口走进院里。人们纷纷祝福这对新人,有更热情的,也向玛丽亚道贺。

"新娘子妈妈,恭喜恭喜。"

"我好像之前就是了。"

玛丽亚迈着小碎步小心地走过楼梯。也许可以请奥尼来修修,因为听说他有一双巧手。大厅的门不太好关,门框总会卡住。现在家里有奥尼这样的能工巧匠,或许也可以叫他来刮刮墙面。

奥尼打开汽车车门,送拉赫亚坐上后座。玛丽亚走过

---

① 表示这个发音的一个词。

院子来到马车旁边。邻居家的儿子受邀在前面牵马,他坐在车厢里,手拿马辔头。玛丽亚习惯性地想登上车头亲自驾车,但她注意到了男孩疑惑不解的目光。她把脚放回地面,坐上了靠后的座椅。汽车车门打开了,拉赫亚左右环顾,寻找着玛丽亚。

"安娜能坐到妈妈您的车厢去吗?我们这儿挤得衣角都皱了。"

"过来吧。"

安娜从车上跳出来,跑到了马车旁。玛丽亚伸出手,把她拉到了自己旁边。拉赫亚关上车门,汽车缓缓驶向教堂。

马车从院子转向村镇路,参加婚礼的人们安静地随之前行。奥尼的家人没有来参加婚礼。玛丽亚看着路过的建筑,洗礼中心的屋顶上正在铺摊子,工人们向迎亲的人群招手示意。

安娜把布娃娃从兜里掏出来,像模像样地摆在座椅上。

"你在玩什么呢?"

"过家家。"

三个布娃娃靠着椅背并排坐着。

"这里面哪个是安娜?"

"这个,然后这个是妈妈。"

"那这个是奥尼吗?"

"不,这是姥姥。"

"奥尼在哪儿?"

安娜从兜里掏出一个大一些的围裙。

"他是这个,但是这里不需要他。"

"不需要吗?"

"要他干吗？"

玛丽亚张大了嘴巴，不过随即便合上了。她该怎么向孩子解释，没有人会因为他的作用被需要，而是在于这个人本身。层层叠叠的树叶后面依稀浮现出木质教堂高高的拱顶，钟楼的小窗户已经打开了。出租车停在教堂的院子里，奥尼转身为拉赫亚打开车门，并望着玛丽亚所在的车厢挥了挥手。

奥尼来他们家是不是为了寻找一个事先制定好的目标，就像寻找牛棚猫和看门狗一样？他真的会去修门框和楼梯吗？还是会像投影仪一样，虚幻地暗示主人已经获得了所有的生活所需？

在玛丽亚看来，生活就像一栋建筑，一栋拥有很多卧室和客厅，且每个房间都配备单独房门的大楼。人们穿越厨房和走廊，为自己寻找着前厅那些大门，他们中没有谁对谁错，因为这些都仅仅是门而已。有时人们需要意识到，自己所处之地与当初想要到达的地方截然不同。现在的玛丽亚，正不断地在房门的开合中，穿梭于助产士学校、诊所与自家的卧室之间。她意识到带上外孙女是个错误。这孩子并不明白自己的人生即将进入哪个房间。她仍在婚礼教堂前懵懂而稚嫩地问着，这个世界需要男人来干什么。

岑林路·1936

　　直到傍晚,玛丽亚才坐马车回到家。生产比她预期的要久很多。佝偻病使女主人的骨盆变得畸形,孩子的头无法从如此狭窄的通道里穿过,这需要助产士的手使出更大的力气,也需要母亲再坚持久一些。幸运的是,世界总会接纳新生命的呼喊。当孩子出生的时候,他的头已经在经历生产的挤压后变成了奇怪的形状。母亲对此非常害怕,但当玛丽亚保证孩子肯定会好起来时,她放松了很多。如果孩子有奶吃,睡好觉,不久就会和别的小孩没什么两样。孩子的妈妈也这么觉得。

　　瘦瘦的马匹将玛丽亚拉到了家中的院子里。她拿着求助者们给的姓名地址,到达这些地方需要稍稍转过村镇路,然后直下到第四大道十字路口和教堂那里。每个求助的人都提到了村子里助产士稀缺的问题。穿着羊毛外套的马车夫话不多。他在思考,是什么催生了这个新的孩子。玛丽亚并不同情他,因为早在待产的时候,她就建议他放慢生产节奏。妻子就像是秋天的麦田,不需要再耕作了,而且年纪大些的孩子数量也足够了。这次她也说了,却只能得到一些从外面学来的一模一样的句子作为回答,这样满世界都是的多余句子,她实在听不进去。

　　穿羊毛外套的男人刹住了马,但没有起身去扶助产士。

起来前，玛丽亚拍了拍铺盖上的雪。她的脊背很疼，尽管路况比之前好了很多。有许多个十年，她被迫在无路之境寻找通路，或骑马，或驾鹿车，或乘雪橇。每一次她都身披狼皮，手提皮箱，先送拉赫亚去邻居家的女主人那里暂时照料，然后再踏上旅程。成百上千次的生产、紧急洗礼、为死婴超度以及那些干在婴儿床上的血迹和黏液深深地刻在她的记忆里。一次又一次，身患佝偻病的女主人们倒在床畔，怀上超过十个孩子。她们哭喊着、拉扯着、翻滚着，向自己的母亲、姐妹以及天上挑剔的神灵寻求帮助，直到号啕大哭的新生儿带着血迹降生在她们怀中。

玛丽亚走上外梯，回头向男主人挥手告别，但对方已经一言不发地转身离去。她知道男主人并不喜欢她，但为什么非要博得他们的喜欢？他们又不给自己发工资。直到偏远村镇的产婆和桑拿嬷嬷拼尽全力也无法成功接生，直到产妇已经惨叫数日陷入昏厥，他们才会无可奈何地听从村里来的助产士的建议。每次出发前玛丽亚都知道，既然来请她，那就很有可能是难产。

玛丽亚打开笨重的门，穿过隔间来到厨房，脱下沉重的大衣挂在衣架上。厨房桌上的盘子里放着一块煎好的猪脖，是拉赫亚为她做的。玛丽亚用叉子撕下一片脆脆的肉，站着吃了起来。炉子上慢煮的肉散发出浓郁的香味，肉已经熟得透烂。这是为她准备的早餐，为表尊敬，她在主人那里吃了点粥，但只有一小勺，并不够。她还需要更多的食物。玛丽亚坐到厨房的桌子旁。伸了伸腿，转了转脖子。

对待产妇的时候，她是亲切且温柔的。她会轻抚她们的脸颊，擦去她们嘴角流出的、混着咬破舌头的血丝的唾液，用超越自己信念的力量去鼓励她们。就这样等到疼痛消失，生产顺利进行，孩子们撅着小屁股从妈妈的肚子里滑出来。也许等他们成年之后步入社会，会成为父母的快乐和骄傲。这里说的只是森林中出生的农村孩子的正常人生。在生产的阵痛中，大家听着这样的话，也许所有人都非常相信。尽管墙角的蟑螂不断掉落在产妇的肚子上，她的眼里依旧充满希望，怀着比现实美好很多的期盼。炉火已经熄灭，那里必须添上足够度过整个冬夜的柴火，产妇周围散落着脏兮兮的驯鹿皮。他们就看着如此模样的房间、温热的炉火以及足够吃的血肠，在内心深处升腾起少许力量，继续拉扯着新的生活陷入泥沼。

但有时候也会出现产妇没有足够力气生产的情况。这时候要将孩子非常用力地扯出来，就算是上过学的助产士也没办法止住血。随后母亲会变得虚弱且贫血，不能继续生产了。助产士很怕房间里突然进来一群沉默寡言的女人。她们用基督教礼将吓得脸色煞白的孩子们排成一排，然后静静安抚即将降生的孩子，直到他再无声音。在男人们回来之前，她们会抓紧时间清洗死去的孩子，然后煮上米粥。最后，男主人们踏着皮靴走进房间做起祷告，房顶上，不知名的女眷拿松枝清理着蜘蛛网。男人们相互宽慰道，基督会带领这个女人去往天堂，享受极乐。主带领的道路是多么未知，我们从来就无从知晓，因为现实已经证明，刚失去妻子的男人在不久之后就会找一个对孩子好的新老婆。小的时候，玛丽亚不能对这些事发表任何意见，只能跟着别人一起祈祷，吟诵耶稣如何用自己的鲜血偿还众人的血债。可是现在她不会了，现在的她会说出自己对男主人所作所为的看法。

神父已经是第二次走进停尸间指责这种不合适的做法。

玛丽亚被逗笑了。神父到底能为她做什么呢？相比之下，她像是最年长的孩子一样领走一具具难产而死的小孩尸体。如果她拒绝了，那么神父就得自己把孩子从修长的老婆肚子里拽出来，然后用婴儿车把孩子送往奥卢处理掉。但她没有拒绝。因为她不可以，不能，也不想。这里没有别的助产士，所以她从来没有休过假。这里的所有人都会在生产的时刻找她帮忙。同样，在去远岛的商业街时，她忍不住折向路的另一头，只因那里有几个待产的孕妇。她定居在这栋房子里已经有很多年了。

玛丽亚给自己涂了一片大麦面包，然后开门进入客厅，走向自己的房间。拉赫亚和奥尼已经睡着了，他们会注意到这个属于她的又一个森林之夜吗？这栋房子已经变成了这样的造型，又长又窄，有时那一头的一天已经溜走了，这一头还看不到，特别是当身处其中的人们还过着不同节奏的生活时。她已经习惯了这一切，拉赫亚也渐渐接受，只有奥尼偶尔有些困扰。他吓唬说要建造一栋新的房子，其中的所有人都能看到对方，如果谁从队伍里消失，其余的人都能注意到。当时谁也没回答他，而这件事也像小毛孩的大话一样再无后续。

玛丽亚很满意，虽然自己没能找到丈夫，但孩子却找到了。在玛丽亚固有的印象中，男人们只会命令和呵斥他们的妻子，他们总是挺着肥大的肚子颐指气使，指示着该做什么和该过怎样的生活。在村镇路上走着的时候，他们会像虔诚的基督教徒一样离自己的妻子两步远。玛丽亚注意到女儿也是这么觉得，她很害怕女儿会因此孤独终老，但不久以后，她就找到了奥尼。这个男人性格非常好，也很靠谱。

药剂师先生和别人不一样，他待人平等，不会因为听众是男是女而改换话题，不会把别人想成非常无聊和懦弱的人。但他在很久之前就死了。玛丽亚开始经常去他的坟前，向他讲述生活的转变，以及拉赫亚和第一个外孙的情况。不过和药剂师的姐姐们在一起时，她一句话都不会讲，有时甚至一看到哪个姐姐拿着花朝自己弟弟的墓碑走过来，就会躲得远远的。

玛丽亚用手摸了摸卧室的炉子，很温暖，上半部分甚至有些烫。她在心里感谢了奥尼一番，是他注意到自己没回来，然后专门升起了炉火。她知道，这肯定不是拉赫亚做的。在她看来，奥尼总在说跟孩子们有关的事，她觉得这已经足够了，但拉赫亚还想得到更多。玛丽亚坐到窗边的椅子上，用手指试了试棕榈树的花盆土是否依然湿润。为保险起见，她把花盆从寒冷的窗边挪远了一些，尽管这株植物还很小，它的生死也并没有太大的意义。

她换上睡衣，把发髻解成了三撮辫子。如果药剂师就睡在那里呢？午夜梦回，惊醒片刻，仿佛枕畔有人安睡。之前，玛丽亚每个深夜都会想起药剂师，然后学着丈夫的样子抚摸自己。她闭上眼睛，把头埋在枕头里，身体像触电般拱起。她用手轻抚着自己的嘴唇，触摸着自己的脸颊、胸部和大腿。但药剂师没有再回到她的身边，他一个人搬去了黑暗中闪着微光的窗后小床上。

玛丽亚想起一件重要的事，她再次起床穿过客厅来到走廊。她四处摸索着找到开关，扭开了灯。玻璃灯罩下发出的光线照到了房间的角落和路边，这是玛丽亚第一次打开它。在房子通向村子主干道的路线开通时，她立马安装了这盏灯，它可以一直照到第四大道十字路口，为那些驱车赶来的人们、滑着雪橇从深林里赶来的求助者们以及担心着大出血的妻子的男人们指引方向。

别急，助产士在家。

行旅路 · 1944

必须进行强制撤离。

女人们知道了黑基拉·维勒和的事。玛丽亚透过路边的窗户，看见他从很远的地方大步流星地走过来，顺着村镇路一路向前，走进右侧的房子里。之后又有个陌生人从左侧房子出来上班去了。玛丽亚来到院子里等待黑基拉，不一会儿拉赫亚也跟了出来。她顺着玛丽亚注视的方向细细看去，等待着无法逃避的消息。安娜一边从窗户里探出脑袋，一边看着两个面无表情的等候者，然后决定加入她们的队伍。"妈妈，那里有什么呀？"她期待着拉赫亚的答案，当然她也知道，此刻没人有空搭理她。

现公告如下，所有村民须从教堂村迁出，搬迁人口将被安置到迁居房内并安排正式工作。

每个人都已经有所察觉。枪声越来越响，东边战场送回来的男人远比送去的要多。他们回来时不再像曾经那样雄赳赳地踏过街道，而是被吊车拉着，一个个地躺在防水的铺盖卷里因伤哀叫，其中撑不下去的就会被马车运走，放进钉好的木棺里，在芬兰各处的墓地长眠。当黑基拉的儿子来到这里的时候，所有人在他张嘴前就猜出了一切，不过他还是亲自讲了出来，一字不落地读出了纸上的内容。他没能上前线，因为X光在他的肺部扫出了疑似癌症的阴影。他一直等着大家说他是懦夫，但谁也没有这样说。这可是癌症啊，谁能想到会发生这种事？他自己肯定比谁都难过。

在确认自己的猜测前，玛丽亚已经考虑了整整两周。她还在八月末去了趟边境的托儿所，并在那里目睹和听闻了很多事，全都是广播里那位和声细语的克洛伊茨没有提到过的。玛丽亚也从没提过这些东西，因为市长逼她保守秘密，还让她告诉其他人，我方突破防线只需短短几天，因为芬军已将俄国军队炸成碎片，只要芬兰的士兵们稍事休息，就能在一两天内抵达俄国的海岸。玛丽亚无须对这些话的真实性做出自己的判断，因为院子里横七竖八的活人和死人已经说明了一切。她本想和市长对视，但不确定他是否相信自己所说的话。

最终的安置点将在后墙河边的瓦萨省。

大家在脑海中回忆着芬兰地图。后墙河？那地方离这儿得有六七百公里的距离。玛丽亚闭上眼睛，等待漫长旅程的开启，但这山水迢迢的路途还是让她措手不及。最近一次的长途跋涉，大家仅仅到达了欧莱宁，这在最寒冷的冬季里几乎是不可能做到的事。奶牛的乳房结了冰，小孩在婴儿车里瑟瑟发抖，很多老人甚至没能撑到终点。而现在，大家即将面对比上次久两倍的旅程。

必须即刻开始疏散的准备工作，然后进行疏散。

这条消息如闪电般击中了玛丽亚家的女人们。

"你胡乱看什么呢?"拉赫亚喊道。

维勒和停止了阅读。

"这是指导手册。"他用一种不同寻常的语调说道,听起来更有底气。"我们得马上离开,不能被落在后面。"

"我们选什么样的马车去?能坐进口车吗?"

当然,答案众所周知,维勒和也没有精力再讲了。三个星期前马匹就被带去了前线,警卫队长这周三还来打听过玛丽亚的自行车。还好那天安娜恰巧骑着车子去摘云莓,避开了他们的征用。等队长第二次来的时候,玛丽亚向他出示了自己找来的牌照,上面说助产士有权拥有自己的自行车。

"你难道还会骑着这辆自行车去整理马车,然后去找接生婆吗?"

> 每个人的口袋里都需要有一张标签,上面标注姓名、生日、职业、家乡的省份和村镇,以及直系亲属的名字和地址。

一阵停顿后,维勒和读完了通知,然后把玛丽亚的名字签到纸上。临走时他想转身敬个军礼,但随即改变主意走进了旁边的房子。维勒和还在院子里的时候,玛丽亚她们只敢边听边点头,顺便提出一些异议,然后把所有的愤怒都憋在肚子里。他一离开,愤怒的指责就像潮水般涌了出来,可是每个人都觉得自己无能为力。要带的东西实在太多了,没有一件能扔下的。拉赫亚坐到了外梯上,安娜把两只脚交叉起来。玛丽亚看了看她们,随后也坐到了院子里的长椅上。必须要迈出这一步了。她们的心中都思索着同样的事。可目前的难题怎么解决呢？重要的是家产，而不是漫长的旅途。两个大人，三个孩子，如果加上约翰尼斯就是四个孩子。除此之外还有谷仓里的奶牛、猪仔和母鸡。

不到十岁的孩子必须将包含本人信息的布条缝在衬衫的胸口上，并在脖子上绑好铭牌。

突然，窗内传来玻璃被打碎的声音，屋外的女人们为之一惊。安娜跑进去查看，她猜是海伦娜又像昨天那样，在迷路时撞倒了台灯。这孩子自打从拉赫亚和奥尼的房间搬出来，与约翰尼斯住进同一间卧室以后，她印象中的房间布局就变成了一团糟。奥尼本来想阻止这件事，他觉得一个看不见东西的小女孩没必要搬来搬去，这是白费力气。但拉赫亚却很支持，她从未听说有哪个孩子在这个年纪还和父母同住一间卧室，更别说亲眼见到了。

这声响激起了拉赫亚和安娜的热情。拉赫亚跑到牛圈，开始规划应该打包的东西。安娜跑进跑出地询问着，要不要给弟弟妹妹戴铭牌？能不能看在圣诞节的分上把长大的猪仔一起带走？这对母女大声跟对方叨各种建议和口令。玛丽亚觉得她们两个的热情正在持续增加。

"不知道手推车上能不能放下箱子。"拉赫亚话音刚落，便在牛棚里尖叫一声，惊恐地提溜出一只红棕色的牛棚猫。"希望能放下。"

"能不能在地上挖个坑？这样就不用带走箱子了，迟些时候再挖出来。"安娜在她身后建议道。

"你想让俄罗斯人找到它吗！这就跟把桌子上的碗碟盖起来是一个道理！"

安娜低声哭了出来。她尽自己最大的努力想要帮上忙，天真地询问着自以为重要的事情，母亲不耐烦的语气让她觉得很过分。拉赫亚却被哭声惹恼了。

"安娜你别哭了，这会儿还有很多比哄你这个小屁孩更重要的事呢。"拉赫亚匆匆走进屋内。

安娜努力忍住眼泪，想要继续干活。她抖动着下嘴唇，擦去眼角的泪水，试图想一些别的事。

"姥姥，能带上相册吗？"安娜问坐在椅子上的玛丽亚。"你肯定要让我放下，但我可以亲自拿着。"玛丽亚没有回答，她端详着卧在猪仔旁边的牛棚猫，它正懒洋洋地注视着女人们与时间的战斗。

"喵呜，喵呜喵呜喵呜。"玛丽亚朝着猫发号施令，它沉思片刻，然后跑到院子中央打起滚来。它扭着尾巴，朝秋日的太阳眯起眼睛。安娜跑进屋里。

拉赫亚从窗户里扔出两个行李箱，箱子在草地上滚了几圈，撞在椅子腿上。过了一会儿，窗户里又飞出来几条床单和枕巾。

"妈妈，我们要不要带上羽绒被和枕头，万一今年冬天又特别冷呢？"拉赫亚透过窗户询问玛丽亚。

安娜抱出来一摞相册，扶起一只行李箱，把相册放在了上面。拉赫亚来到外面时发现了这堆相册，她一把抓起它们，远远地扔到了桦树下。

"这种东西没法带到瓦萨去！"拉赫亚暴躁的样子又把安娜惹哭了。

"姥姥都说可以拿！"她生气地喊着。屋里传来了哭声，看来是女人们的叫喊声把约翰尼斯吵醒了。谁也没打算去看看这孩子。

玛丽亚听到了院子里的争执，她觉得自己可以不用插手。拉赫亚是个固执己见的人，她生气地拿着电池叫骂出厂商，说如果中途没电就要他好看。但这种事情是很难控制的，就像她们将要放弃一切去重新生活一样。玛丽亚想，是不是家里有个像奥尼一样的男人，一切就会简单一些。也许有个公公或是父亲，或是另一半在，就可以把对自己来说稍微重一点的活计交给他们来做。这么想想也是好的，也许这样一个人真的会出现。猫咪懒洋洋地滚过草坪，站到玛丽亚的脚边。她把猫咪抱到怀里，揉着它的耳根。但是男人会是好的建议者和决策者吗？在锯子和锤子都需要打包的时候，他能确定助产箱该不该留下吗？话说回来，没有人能比女人更擅长从一堆没用的东西中挑出必需品来。

安娜跑到树下把珍贵的相册拿了回来。她想把它们塞回行李箱去，一些照片因此被揉皱了。

"决定你带什么东西的人是我！"拉赫亚喊道，好像下一秒就要打人了。门厅里传来海伦娜的声音，她来告诉大家小弟弟醒来的消息。她顺着墙根走着，右胳膊高高抬起，左半边身子靠着墙。走到外梯的时候她把右胳膊抬到身体前方，一边紧紧抓住金属栏杆，一边用脚试探着下一级楼梯。

玛丽亚又摸了一会儿怀里的猫咪，然后抓住它的脖子站了起来。小猫想要跳下来，但是做不到。玛丽亚捏住小猫的后腿，转向楼的一侧，将它重重地砸向游廊的墙面。窗玻璃裂出了口子，小猫一声也没叫。玛丽亚松开双手，小猫掉向地面。这一砸太过用力，一个生命顷刻间灰飞烟灭。此刻的院子充斥着宁静,谁也没有说话,包括海伦娜。她识趣地做着些不发声的事。好奇的苍蝇在死猫尚未闭上的眼睛周围盘旋。

"好了,开始打包吧。"玛丽亚边说边走进屋里。

晚上六点的时候,一切都准备就绪了。所有生活用具全都做好了分类和评估,很多器具从这堆垃圾扔到那堆垃圾,然后又被捡了回来。判断物品价值的标准除了价格和所承载的记忆之外,当然还有重量。重要的东西几乎都做到了随身携带。相机和玻璃制品被塞到了羽毛枕头的中间,银制托盘和勺子被缠在围巾里,藏到了洗衣篮的深处。还有很多东西没法带走。拉赫亚很生气。

"丢掉的我早晚会拿回来!"

猪、羊及其他小型家畜须由主人自行宰杀后运往政府大楼,交由政府人员看管。要带走的牛类需在挂好木质信息牌后迁往统一的集合点。

交易市场上正在宰杀着宠物猪,安娜终于被允许可以挑选几张照片带走。为了防止母亲突然变卦,她把挑出的照片从皱巴巴的兜里掏出来,塞进夹克的内衬里。终于,一切都准备好了。拉赫亚带头走在去政府大楼的路上,手里拉着约翰尼斯。安娜带着海伦娜跟在后面。

玛丽亚透过窗子望向四个人远去的身影,同时又下意识地试了试散尾葵的湿度。植物在夏季总会疯狂生长,贪婪地吮吸每一滴掉落的水珠。散尾葵的叶子又干了。村镇路上,离开的队伍已经陆续踏上通往政府大楼方向的路,没有人携带大件物品,带的都是手推车和婴儿车能塞下的东西。有些人说，海峡那边的人好像可以带家具离开。但这里没有铁路，就连德国人也不会来这儿搞建设，所以就算有人带了躺椅也是累赘，还不如自行放弃。

玛丽亚在各个昏暗的屋子里瞧了一圈，确定没有重要的东西落下。每件物品都能勾起无限回忆。卧室墙上挂着的壁毯要追溯到幼儿园时期，那时她还是个与现在截然不同、对未来无限期待的小女孩。客厅桌上的钩织桌布是在俄国封锁边界那年从箱包铺里买来的，用海贝装饰的箱子则是药剂师先生送给她的。接生婆们拿来的棕榈树和桃金娘的小芽，现在已经长得很大了。对于整栋房子来说，记忆则潜藏在那些壁纸和家具里。玛丽亚顺着卧室走向阁楼，一路上回忆暗涌，愈演愈烈。多少东西留在了这里啊！那堵修在客厅里的墙，是为了给拉赫亚隔出能照相的小房间。那装饰精美的炉膛，曾是海伦娜有次贪玩生火的地方，也是很久以前房子还很小的时候，母亲常常光顾的角落。这栋玛丽亚亲手建起的大楼已经走过了五十年。这些年里，玛丽亚听惯了人们在她扩建房子时有关"这是不是最后一次"的猜测，也习惯了他们在新一轮扩建时无比惊讶的神情。在这儿盖间卧室，在那儿修个柱子，每次人们总是笃定地相信这位助产士要倾家荡产。这栋房子最终还是顺利完成了扩建，玛丽亚也从未和任何人提起过盖房子的费用。

人们严格听从指挥，准确落实政府的指导和命令。

这里的一切将面临怎样的未来？我们还会回来吗？玛丽亚用手摸了摸光滑的领口，然后把放在躺椅背上的大号披肩扯下来披到身上。几本相册从小桌上掉落下来，看来安娜带走了大部分照片。玛丽亚朝着外面的游廊缓缓踱步。太美了，略微虚浮和梦幻的彩色玻璃窗格和窗前的椅子相互映衬，似乎与现实脱节，但却正是玛丽亚曾经追寻和拥有的真实。

玛丽亚推开大门，随后又将门拉上了。现在还来得及去墓地告别吗？要不要告诉那里的灵魂，自己很可能不会再回来了。她转回客厅，从衣橱旁的地板上拿起盛满水的陶罐，又去看了看棕榈树。之后她回到游廊，在出发前关掉了廊灯，然后走到屋外，锁紧房门，拔出钥匙。钥匙静静地躺在玛丽亚的手里，她沉思片刻，最终将钥匙插在了锁孔上。

天色逐渐暗了下来，玛丽亚走上了通往政府大楼的路。她没有回头，也许只有这样，才能使这远离家乡的步伐略显坚定。

牛车路·1953

把手有点不一样,比旧的那辆宽一些。玛丽亚坐上车座,把脚踩在踏板上,但车座硌得屁股很难受。她用身体感知着,回忆起旧车车座到踏板和把手的距离。这已不是同一辆车,骑车的也不再是当年那个人了。

约翰尼斯跑进玛丽亚的房间,露出他这年纪不该有的害怕神色。

"他们又开始打架了。"

"我听到了。"

"为什么他们这么可怕?"

"人们在表达自己意见的时候确实会变成这个样子。"

这句话连玛丽亚自己都不相信。这不是简单意义上的争吵,还有别的目的,那就是互相伤害。打架制造外伤,言语制造内伤,后者比前者更加深刻且难以愈合。最近几天,这对夫妇不再跟对方说话,而是把想说的话写在纸条上,透过门缝相互传递。现在他们终于打破沉默,之前蓄积的愤怒一触即发,变成了山呼海啸般的争吵,两个人谁也控制不了自己的行为。

"把抽屉里的那副纸牌拿过来,我们一起玩吧。"

约翰尼斯找到纸牌,然后把桌子抬到了床畔。玛丽亚坐起身,倚着枕头摆出舒服的姿势。她抓起牌,从中抽出一张梅花七放在桌上,然后把剩下的牌洗好分成三份,一份给约翰尼斯,一份给自己,还有一份花色朝下放在桌上。约翰尼斯搬起椅子坐到了玛丽亚对面。厨房上方响起一阵匆匆的脚步声。

"直接出吗?"

"对。"

"你先来。"

玛丽亚在梅花七的旁边放了一张方块七。

"本玻璃大师宣布,方块是最大的。"

约翰尼斯整了整自己的牌,从一排七里挑出红桃七。玛丽亚将一张梅花六拍到梅花七上,"米纳·微娜小姐宣布梅花可以这么玩。"

约翰尼斯微微一笑,将红桃七放在了梅花六上。

"尼西疯狂小男孩宣布,红桃大铲!"

玛丽亚笑出了声。

"你是不是跟我学的?现在我好像需要保持沉默啦!"

"我稍微重复一下就记住啦。"

"到谁了?"

"你。"

玛丽亚没有合适的牌,她在第三堆牌里抽了一张。约翰尼斯把一张红桃八放在红桃七下面。

"红桃炸弹!"他又开始说了起来,玛丽亚连忙反应道:"'饿'死啦!"

楼梯那儿传来怒吼声,厨房的门随即打开。

"你是个病人,知道吗!"

急匆匆的脚步声飞驰而下,拉赫亚的声音从楼道那边传来。

"就应该把你关到奥卢的医院里去!"

约翰尼斯缩成一团。他把肩膀耸到耳朵旁边,然后紧张地望着桌子。脚步声在楼梯中央停了下来,拉赫亚又开始向楼上走。

"是谁对你做什么了吗?"

厨房的门大声地关上了。楼梯那边很久都没有发出声音。过了一会儿,下楼的脚步声再次响起。这次的步伐不再像之前那样大步流星,而是放慢了速度。外门发出响声,有人出门去了。

"去看看你爸爸去哪里了。"

玛丽亚清晰的吩咐声使约翰尼斯回过神,他放下纸牌走向客厅。脚步声渐行渐远,玛丽亚试着透过窗子追寻他的身影,但什么也看不到。外厅挡住了通往牛棚的视线。

随后,楼上的门被打开了,楼道传来下楼的脚步声。过了一会儿,脚步声停在玛丽亚的屋门口,拉赫亚打开了门。

"约翰尼斯来过这里吗?"

"你问这个干什么?"

"他不知什么时候溜走了。"

玛丽亚看向忍住怒火强装轻松的女儿。

"你非得那么吓人地朝他吼吗?"

拉赫亚抿住嘴唇。

"不关你的事。"

"可我们住在同一栋楼里。"

拉赫亚没有回答。她看了看窗外,然后擦了擦小拇指上的灰尘。

"这儿有点脏了,你需要雇个保姆来,我可不会留下打扫的。"

"我不需要。"

"这孩子跑去哪里了?"

"你可能一个人待着比较好。"

拉赫亚转过身,她脸上的微笑消失了。

"什么意思?你不也一直一个人吗?"

"可这是我愿意的,而你不愿意。"

"你什么时候开始关心我愿不愿意了?"

门口传来敲门声。约翰尼斯上气不接下气地走了进来,他看了看自己的母亲,又看了看外婆,鼓起勇气开始说话:"邻居说,爸爸在他们那儿打电话叫了辆出租车,然后去路对面等车了。"

玛丽亚把手撑在桌上站了起来,颤颤巍巍地向另一个房间挪去,想要透过窗户看向村镇路那边。约翰尼斯跟在她身后,悄悄地说道:"他们说,爸爸带了枪。"

"什么枪?我们家没有枪啊。"

"我们有。"约翰尼斯坚持道。

"要是你早点想到那几个放在阁楼废物堆里的东西,它们早就被拿走了,哪会被孩子知道。"

"谁会记得这些小物件呢。"

窗外,有辆出租车到达了村镇路,它停在玛丽亚家的一角。为了看得清楚一些,拉赫亚跑去了另一个位置。随后,弯着上半身的奥尼出现在了某栋大楼和牛棚的中间,他用左手在衣兜里搜寻着什么,但从屋子里很难看清楚。玛丽亚开始向门口移动。

"现在得赶紧打电话叫人。"

"这里打不了电话。"

"我救了一辈子人,不想看到杀人这种事。"

"他不会杀人的。谁知道他带了什么东西?也许是瓶酒呢。也许他只是像其他男人一样把自己灌醉了而已。"

约翰尼斯忧心忡忡地看着妈妈和外婆,他的声音听起来有点害怕。

"爸爸去哪里了?"

拉赫亚顺着孩子的鼻梁望上去。

"哪里?肯定是去度假别墅了。他只能去那里,因为可以没日没夜地睡大觉。"

"你怎么变得这么刻薄?"玛丽亚说。"谁教你的?"

"谁知道呢。"

拉赫亚停在窗边。

"真是抱歉了,我跟你们不是一类人。"

"别这样说,不要犯同样的错误。"

"妈妈,您知道我的生命里到底缺了什么。"

"听着,缺的只是他一个,并不是所有。你并没有自始至终都是一个人。"

拉赫亚走到门口,越过玛丽亚,朝楼上走去。她的脚步沉沉地落在楼梯上,随后又在半途中停了下来。

"听说莱赫多·阿古已经在美国买了三辆公共汽车,还有两个孩子和一个德国妻子。芬兰这边早就成了他不愿记起的回忆。"

玛丽亚什么也没说。拉赫亚看她这样,就把手放在膝盖上弯下身来。

"还记得吗?战前我还和妈妈您住在一起,但现在我自己都是妈妈了。"

"早该忘记这些事了。你还要揭多久的伤疤?"

拉赫亚站起来，爬上楼打开门，但在门关上前向下瞄了瞄。

"那个没种的木匠总比司机好点吧？"

楼上的门关上了，楼道里一片安静。玛丽亚靠着门站起来，先是看了看客厅，随后又望向卧室。当她闭上眼睛的时候，老房子再一次在一片火海中隐隐闪现。火焰冲开了窗户，窗帘被升腾的火气荡得飘来飘去，倒塌的房梁压碎了所有留在屋里的东西。谁也没有亲眼见到这些，包括她自己，但越来越多想象的画面冲进了她的脑海。有些事虽然未说出口，但一直都藏在她的内心深处。

"爸爸坐着那辆车走了。"约翰尼斯还在窗户旁边聚精会神地张望着。

玛丽亚转身回到里屋，回到此刻自己拥有的两间房子里。小男孩把两只胳膊都放在窗台上，他的手放在天竺葵和洒水壶中间，并不想转向玛丽亚这头。

"家里还会再看到海伦娜吗？还有安娜。"

玛丽亚走到他身边，把手放在他的肩膀上。

"别关心这些了，想也没用。"

小男孩转向玛丽亚，他眼里闪烁着泪光，但没有哭。男儿有泪不轻弹，这是拉赫亚经常对他说的话。小的时候不能，长大了更不可以。此刻，这个孩子强忍泪水，努力表现出十四岁孩子该有的样子。玛丽亚很是心疼。这孩子小小年纪就被迫一个人待在空荡荡的房子里，承受着拉赫亚和奥尼越来越频繁和暴躁的争吵。早些时候，奥尼会和孩子一起探索各种各样的事物，但当他渐渐开始皱起眉头的时候，与孩子的交流也越来越少了，也许是因为约翰尼斯逐渐长大了吧。拉赫亚也没法很好地和孩子们相处，她已经意识到夫妻间的感情问题越来越严峻。不光是她,其实每个人都或多或少地感受到了一些。渐渐地,和小孩打闹、跟老人唠家常以及为大一些的孩子解答问题这些事,他们统统开始回避。拉赫亚看上去好像一点儿也不喜欢小孩了,不愿喜欢也没能力喜欢了。

约翰尼斯走到门口。

"我去看看爸爸去哪里了。"

"别去了吧。"

"你不是说,什么事都不会发生嘛。"

"要不现在我们这样,如果你愿意帮我,我就帮你。怎么样?"

约翰尼斯点了点头。

"去找一下你妈妈的自行车,然后把它推到院子里去。别告诉你妈妈。"

"外婆,你要干什么?"

"现在就去,顺便把大衣拿过来。"

约翰尼斯离开后,玛丽亚把大衣拖到身边,从袖子里找到了头巾。她坐了一会儿,缓好精神,然后交叉双臂,将胳膊肘杵在膝盖上,费力地站起身来。

一步接着一步,速度慢慢地快了起来。脚步起落之间,身体仿佛要被撕成碎片。玛丽亚知道自己的身体急需停下休息,可她什么也不管,只是继续向前走去。脚踩在地上,反坐力透过鞋垫压着肿胀的脚后跟,疼痛牵引出眼泪,可她没有慢下来,而是强迫自己的脚前后挪动着。她知道,脚步一旦停下来,就再也没法继续走下去了。呼吸一旦停下来,就再也无法起死回生。她正走在将生命拉回人世的路上,最后一次。

万圣巷·1955

玛丽亚靠着枕头,一袭家居服坐在床边。她左手撑着床头,打量着刚给炉子添了新柴的保姆。杉木柴的炭灰从炉膛里飞出来,飘过炉子的前壁,一直飞到橡木地毯上。

"莉特瓦,快把炭灰扫远一点,别把剩余的柴火烧着了。"

保姆从篮子里拿出两根木柴,先把其中一根塞到渐渐变暗的炭火里,然后用另一根帮忙,把炭火推到了炉膛的最里面。之后她将木柴放回原位,看向玛丽亚。

"您准备好了吗?"

"准备好我会说的,你再去找些木柴回来吧。"

女孩把煎锅放到炉子上,拿起木篮出门去了。烤箱那边飘来正在炙烤的猪肉香味。玛丽亚一阵放松,尿液喷洒在瓷盆里。

木柴在炉膛里噼啪作响,屋子里被烤得热烘烘的。奥尼把玛丽亚的床挪到炉子旁边,在那儿,玛丽亚关节处的疼痛减轻了许多,疾病仿佛可以暂时地被抛诸脑后。她不用再为脚趾关节处的疼痛烦恼,疲惫的双脚也不用再奔波于漫长的撤离线上了。每晚她都会在浴池里泡脚,这样会使症状有片刻的缓解。但直到固定地点的疼痛开始不可阻挡地蔓延到胳膊上,她才意识到,该来的总会到来。手指节的上方鼓起了一些小包,每天早上醒来的时候,手指都很难弯曲。后来膝盖和脚踝处也长起了类似的结块。起初玛丽亚仍能在两根拐杖的支撑下移动,当新房子盖好的时候,她能够自己走到楼下的屋子里。拉赫亚对母亲投入所有积蓄来建造房屋这件事非常不满,但她在和奥尼聊天的时候知道了原因,终于由介意转为理解。盖房子剩下的钱除了用来维持基本的口腹之欲和支付保姆的工资,其他什么事都做不了。因此,在作为博士的玛丽亚取得了去奥卢地区医院访问的资格后,她并没有路费赶去那里。当然还有另一个原因,即使在战时炸毁的区域已经架起了崭新的大桥,玛丽亚的身体仍然无法承受旅途的颠簸。

洗澡也开始成为一件艰难的事。很多次,玛丽亚一屁股坐到地上,必须得莉特瓦扶着才能起来,因为她的胳膊已经无法撑起肥胖臃肿的身体。玛丽亚试着指导莉特瓦怎么扶自己:先把两只脚先后立在地板上,然后从腋窝那里把上半身拉起来。这些步骤她不知向莉特瓦重复了多少天、多少次。从刚开始的柔声细语变成现在的厉声呵斥。每次她都很想告诉莉特瓦,脚上的刺痛如何使她彻夜难眠,手指节的疼痛又如何让她在一个人的时候落下泪来,痛到惨叫。但孩子们在新房盖起来的时候全都变了样,他们很快就安置好了买菜工、看孩子的仆人和保姆,谁也不愿花半天工夫把这个臃肿又佝偻的老女人从床上抬起来。莉特瓦也已经在备考职业学校了。尽管女孩自己什么都不敢告诉玛丽亚,但她还是从别人那儿听到了这个消息。

门被猛地推开,莉特瓦拿着木篮走了进来。她朝玛丽亚挥挥手,然后把手里的东西放到地板上,大步走到床边。她拉着胳膊把玛丽亚扶起来,把她挪到靠近便壶的地方。

玛丽亚的脚又刺痛起来。莉特瓦从床上拿走夜壶，夜壶下面衬的是一方破旧的毛毯，上面画着摩羯饮泉的图案。其中一只摩羯将头转向另一个方向，仿佛在竖起耳朵仔细听着什么。

"您可以试着休息一会儿。"莉特瓦边说边把便壶从地上拿起来。"我顺便把这个拿出去可以吗？"

"好，不需要再放这儿了。"

玛丽亚知道，如果不拿走的话，很快会招来很多苍蝇，搞得房间乱糟糟的。

"莉特瓦，你要开始做饭了吗？"

"炉子还不是很热，先喝点东西再做饭怎么样？"

玛丽亚没有回答。莉特瓦抬起炉子上的大锅，往脸盆里倒了些温水。她把盆子端到床边给玛丽亚洗手，自己则站在门口听了一会儿，然后打开门溜去了客厅。玛丽亚知道，她是在听楼道里的约翰尼斯是上楼还是出门去了。她们两人都对楼上的脚步声十分熟悉：拉赫亚会非常快步地走过台阶，奥尼的脚步则更显平静和疲惫。约翰尼斯会像小鹿一样跑过，每次都会踏很多步。通常情况下，每当听到约翰尼斯的脚步声，莉特瓦就会马上跑去楼道，停下手中正在做的活，装作在客厅干活给约翰尼斯看，同时又谈笑风生地聊起一些白日里听到的事。由于这孩子总是趁着倒尿壶的时候这么做，所以没有人会注意到这个细节。玛丽亚浅浅一笑，看来得尿得勤一点才行。

拉赫亚觉得莉特瓦很适合约翰尼斯，她既听话又能干，而且对家里非常熟悉。当拉赫亚听说莉特瓦在备考职业学校时，她兴奋极了，因为约翰尼斯没能进入职业学校。老师曾经说过，学校不是什么人都能进的，特别是动不动就失踪的奥尼的儿子。当拉赫亚跑去讲理的时候,那老师说,不让孩子上学这件事虽然还没有明确的原因,但要想找到也不难办到。拉赫亚和约翰尼斯百口莫辩。从那之后,拉赫亚的摄影工作室便开张了,十五岁的男孩约翰尼斯在教堂门口卖出了自己拍的第一张集体照。

玛丽亚坐在床边,思考今天要做些什么。屋外传来谈话声,玛丽亚缓缓地转过身子朝外张望。是莉特瓦。她在楼梯上遇到了约翰尼斯,正在同他说话。玛丽亚转过来,从枕头下面摸出一团用手巾包着的蛋糕,扯到身前,揪了一块放进嘴里。外面的谈话声没有被玻璃隔断,一字一句清晰地传进屋内。玛丽亚静静地看着两个孩子谈话时的一举一动。莉特瓦愉悦地说着话,两个手放在胯骨上,笑得像只芬兰猎犬。尿壶则被她藏到了大黄菜的下面。约翰尼斯交叉双脚,抖动着小腿。他用手遮住眼睛,被女孩的故事逗得哈哈大笑。

玛丽亚在盆里洗了手,然后用挂在炉壁铁钩上的毛巾擦干。炉子的热气传到了床头,烤箱里飘出诱人的猪肉香味。去年春天,她尚能自己做饭,那时候保姆会把她从桌边扶到轮椅上,然后再推到炉子旁边,而现在的她连给洋葱去皮和切肉都做不到了。她只能看着莉特瓦做饭,指导她什么时候把香肠切好,什么时候在锅里加黄油,让猪肉在变得焦黄之后更加入味。

她弯下身,试图把煎锅的火候调到中挡。她伸出手,够到了放在炉子较冷一边的坛子,然后把坛子举到眼前,确认面团是否已经发酵完成。然后她把双脚重重地踩在地板上,两手放到膝盖中间,向前弯曲身体,同时将手撑上膝盖,完成重心的转移。在身体正要缓缓离开床铺站起来的时候，她咬了一口面包。这样的移动，缓慢又断断续续。疼痛撕扯着臀部和膝盖，她用右手紧紧抓住炉子的旋转铁钩，借力站起，直到双脚掌握了平衡。另一只手将毛巾扔出去，挂在了铁钩上。嘴里的面包已经结成一块，任牙齿怎么咬也无法碾碎。玛丽亚开始伸直自己的上半身，虽然她的动作极为缓慢，但逐渐增加的重量仍然使脚踝的关节疼痛不堪。家居服的带子也崩开了。

煎锅里升起一缕细细的烟雾。玛丽亚用两只手抓住铁钩，几步走到了炉子前。她用一只手拿起黄油，剜了一大块放在锅里，肉块马上变得焦黄起来。她关上抽风机，想让这味道留在屋里。随后，她努力地保持平衡，缓缓松开了铁钩，重心落在了右脚上。玛丽亚端起发面坛子，朝着煎锅甩了七下。面团掉进锅里，浅浅摊成了面饼的形状，现出美丽的花边。醉人的肉香漫得满屋都是。玛丽亚满足地笑了，她用刀背利落地给饼子翻了面，烙了烙另一面，然后把饼盛到炉子边上的旧盘子里。这期间，她还在饼上撒了白糖。过了一会儿，她用刀子切了一块饼放到嘴里。舌头上满是面团和肥肉香浓的味道，玛丽亚忍不住闭上眼睛享受起来。饼边很酥脆，中间则又甜又筋道。此刻，白砂糖正于齿间沙沙流转，饼子则在舌尖和上腭间来回翻动。

玛丽亚把剩下的面团全都倒进锅里，把它们一个个地划开，然后盛到盘子里，再近乎惯性地送入口中。她专心地品尝着。她伸直脖子，感受着饼子被舌头搅动着在齿间翻转，感受着被搅碎的面团滑向喉咙，滑进食管。家居服从肩头滑到了前臂，喉间翻着浅浅的波浪，食物被缓缓咽进肚子里。她一口接一口地吃着，越咬越多，静静地享受着肉块轻轻滑过食管的感觉。愉悦从齿间溢出，滑过咽喉，最终踏实地落在胃里。

玛丽亚放下手,目送莉特瓦走了进来。小姑娘站在门口,像拿着礼物一样举起洗好的尿壶。玛丽亚知道,莉特瓦从没见过她站起来,也没见过她赤裸的样子。她透过莉特瓦的眼睛,看到映在其中的自己的硕大乳房,看到那壮硕的大腿和厚实的小腿,以及前臂上松垮的肉。

"过来煎吧。"玛丽亚用沉沉的声音说道。

莉特瓦什么也没做。她僵在门边,近乎害怕地盯着玛丽亚。这让玛丽亚不自觉地颤了颤。她将两只手紧紧地抓在灶台边。

"过来吧!"这一次,玛丽亚的声音明亮了很多,她又重复道,"过来煎吧!"

莉特瓦没有把目光从玛丽亚身上移开。她小心翼翼地把尿壶放在地上,然后转身走过玛丽亚,来到灶台旁。玛丽亚大步跨到一边,更加用力地抓住铁钩。莉特瓦在锅里倒了一些生面团,热烘烘的黄油味从烟筒里飘进屋内,然后从玛丽亚手中接过小刀,翻了翻锅里的煎饼。玛丽亚默默地盯着煎锅。莉特瓦把煎好的饼子盛到盘子里,举到玛丽亚旁边,然后又在锅里放入新的面团。玛丽亚把烫乎乎的煎饼送入口中嚼了起来。她让自己放松下来,沉重的身体缓缓地压在绵软无力的脚上。然后一只手抓着铁钩,另一只手将热热的煎饼从盘子里拿起来塞进嘴里。莉特瓦打开了排风扇,但屋里仍然满是灰蓝色的烟味。

浓稠的唾液在玛丽亚的颚间流转。她的脑海中闪现出很久以前的麦当娜雕像,助产士学校教研海报上那些用古老的野生岩石雕刻成的产妇,以及那些袒胸露乳的希腊生育女神。女人啊,为世界带来新生的女人,给予人们新的收获，为人间创造幸福的女人。她们的胸脯如波浪般巨大，胯骨像山川般宽广。她们远道而来，被社会寄予巨大的期望，生养孩子，承受苦痛。她们值得被献上珍贵的贡品。她们的光芒足以点亮火堆和蜡烛，她们的体内燃着滚滚的热油。她们的面前定要点起最高贵的熏香。

"煎吧。"她哽咽了。旧房子在涅槃之火中燃烧，她的请求回荡在古老神社的穹顶。"煎吧。"

拉赫亚

上帝的恐惧将成为我生命中最强大的力量。我总是选择自救。

面对逆境,我将牢记我们远大的目标。我将严于律己。

女子志愿军守则 1936

寻珠路·1911

拉赫亚在炎热中发现了显得恹恹的棕色玻璃罐、五根长铁钉和半块招牌,招牌上用大写字母写着APTE①。她辨认出了上面的每一个字母。

烟囱竖得高高的,好似在天空中摸索,其他房子在烟囱周围隐没了。两个空空的炉子挂在楼上,楼下剩下的是垒烟囱的石头和三个壁炉。拉赫亚用弯曲的拨火棍扒拉着炉壁边的灰。妈妈不准她去废墟那边,但是她已经偷偷跑过去三次了。每一次她都会想念放在火烧过的房梁边的宝藏,她把她的宝藏中最好看的东西都藏在她的围裙兜以及秘密基地里。她现在把宝藏藏在大楼角落的柱子后面。只有在妈妈去接生的时候,她才会去巡视她的宝藏。她知道,妈妈去接生的时候,她得马上跑去邻居阿姨家,然后得在那里吃饭睡觉,直到妈妈回家。有时在她离开家之前,她会玩玩具玩个痛快;或者试试自己能不能在不摔跤的情况下,从卧室穿过大楼去厨房。有时她甚至不去邻居阿姨家,而是一个人待在家里。她自己一个人玩得可开心啦。

拉赫亚记得这栋被烧毁的房子从前完好无损的样子。房子着火那天,一个新来的女仆点燃了火柴,想看看装在

---

① 芬兰语的"药房"是 apteeki,APTE 是这个词的前半部。

桶里的烈酒够不够博士要买的量。拉赫亚没看见着火时的爆炸，也没看见路边窗户上玻璃爆裂开的骇人画面，也没看见红发女仆冲出门口之后房门立刻倒塌的惊险场景。这一切她都没看到，但她从众人口中清楚地了解了一切。那一周每个人都在说药剂师郎姆伯格的事儿——郎姆伯格刚到火灾现场，就陷入了沉默。他注视着他燃烧着的药房，之后安详地走过他尖叫的姐妹身旁，走过炽热的门边，走进了药房里，静静地待在那儿。"火都蹿到人头顶了。"知情的人们说。从那年圣诞之后，他就变得越来越瘦，脸色也越来越苍白。连卡尔勒拉博士也说他对此无能为力，郎姆伯格就这样逐渐走向了死亡。

也有些人觉得，郎姆伯格走进燃烧的药房里只是去找他收银台上的钱箱，这样的钱箱是村里的第一个。它的曲轴能够弯曲，为了能看看这个特别的钱箱，有些人甚至特地去药房里买点含片或者咳嗽药，尽管他们并不需要这些药。据说，总是有人从镇子里跑到村里来买止背痛的药油，只有这时能看到药剂师按下收银台的按钮，一个个标识弹出来，首先出现的是黑色的数字"1"，之后是红色的"20"和"5"。然后药剂师扭一下曲轴，就会听到明亮的黄铜相互敲击的叮当声从收银箱深处弹出来，接着钱箱就会自动打开。

去年秋天，拉赫亚也去了药剂师家里看望他。她坐在凳子上，旁边的炉子和废墟中的一模一样，她还在他家里看到了拨火棍。药剂师请她和她妈妈立刻从药店到他公寓来，让女仆去招待那些药房的客人。他把纸卷成一个卷，往里面填进去一个高高的玻璃瓶，玻璃瓶里装满了条纹糖。他为拉赫亚做好这个卷，还把拉赫亚坐的凳子放到了温暖的壁炉边。之后药剂师和妈妈一起去了储藏室，还把门关得紧紧的。拉赫亚坐在凳子上，舔着糖果，无聊地晃着腿。她的腿快碰到地面了。她听到妈妈用平静的声音对药剂师说着什么"像男人一样"，还有"放弃"。药剂师轻而快地说着"新的机会"，说了一遍又一遍。削了皮的土豆泡在冷水里，放在壁炉边。当药剂师黑发的姐姐走到厨房里的时候，妈妈和药剂师已经不再在储藏室里继续谈话了。她把洗衣篮放到一旁的桌子上时，她注意到了拉赫亚。她愣在原地，嘴滑稽地张开又合上，但她一个字也没说。接着她跑过拉赫亚身边，猛地拉开了储藏室的门。药剂师正坐在餐桌旁，他把头埋在掌心里；而妈妈站在窗边，看着窗外的路。药剂师的姐姐停在门槛边上，吼叫道："我说过了，接生婆不准带着她的野种进这栋楼！"

拉赫亚之前从邻居小女孩那儿听到过这个词。她们凑在一块儿想这个词到底是什么意思。拉赫亚觉得，这个词代表着某些异于常人的东西。

妈妈这次没有朝药剂师的姐姐吼回去。她甚至显得很平静："那就告诉你兄弟，别老是眼巴巴地来找我。"

拉赫亚不明白为什么药剂师的姐姐那么生气。这个女人老是在生气，她即便在四道口或者考克涅米看到妈妈，也不会和妈妈说一句话。而她现在正大吼大叫，尽管拉赫亚不明白谁值得让她如此大动肝火。过了一会儿，药房的门开了，药剂师的另一个姐姐也跑了进来。这个姐姐更矮些，她尖叫着："村里一半的人在墙后面都能听到你的声音，另一半在窗后都听到了。"妈妈说，这窗大敞着，窗外一个人都没有，谁能听得到呢。但药剂师的姐姐们根本不听妈妈说的话。

拉赫亚在尝试能不能从条纹糖上的白色舔到红色。她看到,这两姐妹正背靠背坐在门口。靠后的那个人屁股窄窄的,她的裙子耷拉到腋下,好像一个直直吊着的口袋。另一个人的屁股更肥厚些,肥肉像水溢出瓶子一样从裙边溢出来。拉赫亚想,她们俩中的任何一个有没有胆量把婴儿的脐带用刀切断。妈妈总是什么都敢做。她会骑着单车从这条大路的路口到任何地方,田里的男人们看到她那长长的黑色大衣时老被吓一跳,他们以为是死神来了呢!

　　妈妈平静地离开了厨房,她的脸颊闪耀着白色的光点。她紧紧地抓住拉赫亚的手,像阵风一样穿过厨房的门,走到院子里。离开时,妈妈把手里的纸币放到了厨房的小桌上,那个年纪大的姐姐立刻攥住了那些钱。拉赫亚觉得有些烦躁,因为那些条纹糖被落在凳子上了。但是妈妈现在并不想管这些。药剂师垂着的头转向了走廊末尾的那扇窗。当拉赫亚走了很长一段路再回头看的时候,她看到药剂师还在窗边望着。她想朝他挥挥手,但是妈妈紧紧地扯住她,挥手的动作只能变成连指手套在冰天雪地里挥舞出的一条线。

　　在这之后,拉赫亚再也没去过药房,尽管她向妈妈请求过。她在每个夜里从自己的窗外望去,都能看到药剂师站在她们院子的牛棚的阴影里,站在雪堆里,看到他盯着她们的房子。在圣诞节的时候,他在雪堆上放了一个小小的礼物盒,但是妈妈打开窗户,吼着说他喝醉了,让他赶紧回去躲到他姐姐们的怀里。拉赫亚一直瞄着看,但是药剂师哪儿也没去。早上的时候,他不再站在牛棚里了——这很好,因为屋檐上的雪刚刚落了下来。他要是还在那儿的话,准会被刮掉头皮,然后就得在医院用大大的针和棉线把头皮缝好。白天拉赫亚去拿桶的时候，看到礼物盒上的包装纸被牛踩到了粪堆里，但是盒子里什么也没有。

现在药剂师死了。拉赫亚在早上和妈妈一起去了他的葬礼。人们把地上洁白无瑕的雪铲开，打算把他葬在那儿。妈妈要求放一束冬天晾干的帚石楠到山丘下。拉赫亚更想自己放，因为它看起来很可爱，但是妈妈的表情让她不敢再问。

拉赫亚挖着，铁棍变得像马镫头一样弯曲。如果那里有个壁炉，那么这里肯定有把椅子，布拉宁的阿姨老是坐在上面大口喘着气。那里还得有个通往厨房的门。她朝后看，估算着门的距离。这里的某个地方肯定还有个架子，上面有药粉、有药片，还有一个高高的玻璃瓶，里面装满条纹糖。就在这里的某个地方。

烈火巷·1931

拉赫亚在黑暗中就像在明亮的光线中一样自如。她的手放在身体前方,当她行走时,手指就会碰到暗房的桌面。她的右手在桌面上摸索着落下来的东西,左手则在桌下寻找着凳子。找到凳子后,她坐了下来,她的双手仿佛自己有了意识,马上就开始了工作。

在老家的村子里拉赫亚尝试了所有能做的工作。她去做了抄写员,坐在银行的内室里,把咖啡色封面的书里的内容填到一个个印好的表格里去,这些表格将随着现金一起被运到南方去。

"拉赫亚是可以在这里全职工作,"银行经理说,"但是她很快就会结婚,然后离职。所以没必要再教她其他东西。"

拉赫亚穿上白色的制服,去教堂所在的村子的医院里当护士,她照顾肺结核病人,清洁器具,还协助医生做手术。

"她很有经验,也不怕血,"医生说,"可惜她是个女孩,要是个男人就好了。"

注意到了拉赫亚的视线,医生又补充道:"另外,她也很心软,软心肠的人可不能长久地照顾将死的病人。"

她的手在桌上摸到了木框,她把木框推到沿着轨迹滑动的阀门上,然后把木框翻转过来,取下底板,把它放在了桌上。

一扇又一扇门在拉赫亚面前锁上。理由要么是女人的身体太弱,要么是女人没有从事此项职业的才能。除了这些理由,她隐隐感知到了那些没说出来的真实理由,因为她不受信任,因为她是个私生子,因为她不靠男人生活。拉赫亚尝试着去改变,去迎合着这些成见——她不顾妈妈不赞同的哼声,她去女子志愿服务军,去教堂,去各个社团寻找一个个机会。但是那些职位往往是由教区的其他人担任的。每次她遇到合适的职位的时候,那些职位却已经不再缺人了。

拉赫亚在桌上寻找着堆积起来的玻璃底片。这些底片很容易碎,不能随意放置,所以在房间里变暗之前,她把它们全都放好了。她找到了底片,把它们放在木框底部的玻璃上。然后在左边的小盒子里摸出相纸,相纸有一面滑溜溜的,另一个学徒把它们都堆在了一起。拉赫亚把相纸放在底片上,接着放好后板,再把明胶乳剂密密地抹在相纸和玻璃板间。这样做好的相框就堆在旁边的桌上。还有五个要做。

有人敲起了门:"里面有人吗?我可以进去吗?"

拉赫亚应声:"柯尔克拉,你等一会儿,我马上来。"

某天早上,拉赫亚在助产士的房子里静静地打包好了行李,她摸了摸熟睡的安娜的脸颊,在桌上留下了一封信。她走过熟睡的村庄,春天已经拜访此处。她走到四道口,骑上马。她确信,妈妈会理解的。安娜也许不会。而且她安定下来之后,会尽可能地多回家看看的。她不会再依靠妈妈活着了。

最后一个木框也做好了，拉赫亚站了起来，用厚重的黑布把桌上的东西都仔仔细细地盖好。最后，她确认相纸都被裹好了。拉赫亚把木框抱在怀里，走向门口。她掀起厚厚的帘子，摸到门把手再把门打开。照进房间里的光线很晃眼，她在门口停了下来，等自己适应这刺眼的光线。柯尔克拉站在门边，双手拿着一叠玻璃底片。男人夸张地翻了个白眼："你做得太慢了。"

"要想做好这东西总是需要时间的，若你要的是次品，当然可以做快点儿。"

拉赫亚把相框搬到显影室里，显影室的窗前放着用布盖起来的箱子。在箱子后面，镜子捕获了阳光，把光芒穿过放在布料中间的底片上。这样底片上的小小人影才会显现出来。学徒的工作是用尖细的画笔抹掉底片上每个瑕疵（比如说眼镜的反光、眼袋、皮肤上的疙瘩、黑影和血管）。之后把玻璃片上的影像冲洗成照片，客人就会收到一张可能和本人实际外表并不相像的照片。

一个大胡子的学徒抬起头："拉赫亚，你是要去休息吗？"

拉赫亚正把布包着的相框抬起来："我去给底片曝光。"

"你还要去冲洗照片？我们有放大器呢。"

"我不想用放大器。"

"我可以教你用。"

"那请你教我用吧。"

一年前，拉赫亚成了奥卢市巴卡霍内路上海兰德尔照相馆里的一名学徒。自从那时起，这儿就有挺多学徒了。一开始，海兰德尔并不打算收下她，那时他就坐在办公室的椅子上,抽着烟,活像个烟囱,上下打量着她。拉赫亚打破了寂静,诉说起自己坚定的决心。对拉赫亚来说,这可能会是这个上午她遇到的第三次拒绝。

"小姑娘,你对摄影有什么了解吗?"

"我一无所知,所以我来了这儿。"

"这儿对女人来说可不是个好地方。"

"为什么不是呢?我可以像其他学徒一样工作。"

"其他学徒都是男人。"

"那么现在正是招个女学徒的时候了。我可以做好我的那份工。"

拉赫亚成了照相馆的学徒。一开始,她从早到晚都坐在暗房的桌边,修饰底片上的瑕疵,然后把底片曝光,最后把没曝光过的玻璃底片放到相机的暗盒里。她也很好地完成了她的其他工作:冷静地听别人嘲笑她是个女孩,在黑暗的房间里用力地拧那些不安分的咸猪手。通过一次又一次的工作,她终于证明她至少和其他男学徒一样好,甚至可能更优秀。拉赫亚不想失败。她不像其他学徒那样有那么多选择的余地,为独身女人提供的工作很少有。

拉赫亚穿过空荡荡的大工作室,经过木质三脚架上的相机(她是学徒中唯一一个可以用这相机的),打开门,走到院子里。早上的时候天空阴云密布,不过现在太阳穿过云层露出了头。水从屋檐上滴下来,树林里的鸟儿在歌唱着夏天的来临。院子里的雪差不多化完了,只有阴影处残留几点白色。她把相框放在院子里的长椅上。阳光已经很强烈,但是风又把巨大的云朵赶到了太阳面前。拉赫亚把晾衣绳上用衣服盖住的手表扯了下来。表已经不走了。她把弹簧上满,但是没转动指针。除了读秒,手表上的时间现在没有其他意义。

拉赫亚掀开黑布,拿出第一个木框。她把木框放到长椅上,看了看手表上的时间,然后开始把木条塞到布料里。木条沿着轨迹摩擦,让阳光穿过玻璃底片映在相纸上。拉赫亚一直注意着表上的时间,当秒针转过四分之一圈后,她把阀门推回去,为了确保没问题,又把木框上下移动。她用黑布重新盖好它,再把另一个木框放到前面。在乌云盖住了阳光之前,所有相纸都被充分曝光过了。之后,要保持所有照片的质量均等不比掌控合适的曝光时间简单。

最后的相卷也按准确的时间曝光好了。一只小蜘蛛仿佛醒了过来,飞快地爬过长椅。拉赫亚用黑布把长椅上的相卷都盖好。她没回房子里去,而是把脚后跟放到椅子上,把裙子拉到脚踝边。尽管温暖的春阳让脸颊暖洋洋的,但是寒冷的强风还是让人战栗不已。

照相馆的门被打开了。

"小姑娘干完活儿了吗?"

拉赫亚没转过去看是谁在问:"又有什么事?"

她没听到回应,于是转过身——门边站着那个上周一来拍照的男人。他很高,皮肤黑黑的,看起来是个逗趣的人。他拍的是自己的肖像,要三张照片。他穿着双排扣的直筒大衣。拉赫亚赶紧站了起来:"不好意思,我以为是别人在说话。"

"我来这儿问问照片好了吗,我听说很快就会好。"

"我马上去看看。"

"不着急,"男人关上门,走进院子里,"我可以抽烟吗?"

他从口袋里掏出一个金属烟盒,从里边抽出一根烟放到嘴边,他看了看拉赫亚,递给了她:"小姑娘抽吗?"

"没女人抽烟,至少这儿的女人不抽。"

"不抽吗?什么时候这儿连抽烟都不许了?"

拉赫亚在想,要不要教育一下他,女人的处境究竟是怎么样的,但是她懒得再这么做了。男人把盒子递给她,拉赫亚拿了一根烟。

男人吐了一口烟:"现在能看照片了吗?"

"拍照的人很帅,所以效果不错。"

烟雾轻柔地旋到他们头顶上。

拉赫亚继续说道:"这些照片很适合寄给女孩们看。"

男人笑了:"我要寄到国外去,寄给我认识的男人。"

"不好意思。"

"不必道歉。"

男人眯起眼睛打量起拉赫亚:"小姑娘打算自己开一家照相馆吗?"

拉赫亚急速地吸了一大口烟,烟好像在她的眼底搏动。她瞥向男人带着笑意的面庞。这是第一次有人出声问她这件事。拉赫亚思考着,话语就随着烟雾吐露出来了。她说,尽管她是这里最好的学徒,但她也不可能自己开家照相馆;她说,她只能待在院子里,或者和别人一块儿去后面暗房里的桌边坐着;她说,她决定回去干点简单的活儿,自给自足,待在女儿身边。烟雾同这些零星的愿望和计划交织在一起。如果妈妈愿意借钱,还给她在房子里留个卧室?或者房子的另一头可以建更多的房间?新的想法在她的脑海里层出不穷——最后一次沿着路走去远处的高地的时候,村民们无声地把人生的转折点印刻在之上的时候,她想着自己的结婚照片和订婚照片的时候。烟雾也仿佛在替她诉说,上一次人们看到移居国外的人照的照片是多么眼红,想让自己也照一张相似的照片，或者更好看的照片。为了应对这样的需求，得给照相馆装上好看的柱子，给帘子画上优美的背景。但是厚重的帘子上有褶皱。为了回去开店，拉赫亚已经学会了各种各样的技能，比如只有阳光而没有其他的电灯光的时候怎么拍好照片。

烟雾带走了拉赫亚最后一缕白日幻想。拉赫亚突然清醒过来，意识到自己显得赤裸而愚蠢，但是男人专注地听着，没有打断她，也没有哈哈大笑。他的脸上既没有轻视，也没有惊讶，而是专注的神情。之前她说了安娜遭受的事故，他也没指责她。

窗被打开了。柯尔克拉透过玻璃招呼了一声，然后走了进来。拉赫亚把燃着的烟蒂甩到地上，用力踩灭了它，然后把相框都抱在怀里。

"您有需要的时候我就过来。"

男人点了点头，也站了起来："我明天再过来吧。"

"您当然可以，明天就好了。"

"什么就好了？"

"照片。"

柯尔克拉没动窗户，而是等着，直到拉赫亚进了屋子。

"拉赫亚，你在和他调情吗？"

拉赫亚什么也没说，而是把相框都放到了暗房里。暗房里的相纸还要松开，还要再慢慢用机器弄好照片。她觉得心中一片澄澈，好像在桑拿里从头到脚淋上温水一样。

无援路·1938

拉赫亚把发烧的孩子放在床上。要给孩子身上盖点东西。玛丽亚把披巾递给拉赫亚,拉赫亚就拿起披巾把孩子裹得好好的。安娜坐在床尾,盯着她的妹妹。

"你这会儿着急也没用,"奥尼靠在门边说道,"她可能只是感冒了。"

奥尼试图显得冷静些。昨天拉赫亚在海伦娜身边熬了一夜,她一直坐在床边,直到男人早上起来了叫她去休息。然而在拉赫亚看来,男人此刻的平静刺痛了她,她的脑子一片混沌,就像纸页被撕开又黏合了起来。

"如果这不是个小问题呢?不然等到明天我们带她去医院看看?"

海伦娜的身子在披巾里躬成虾米状,可她的手脚反而伸得直直的。她的嘴唇都干得皲裂了,嘴大张着,却没发出一点声音。拉赫亚应了一声。她把海伦娜抱起来,按了按海伦娜几乎没有起伏的胸膛。玛丽亚坐在床上,就在孩子的头边。她看向奥尼:"她这样不像是要退烧,还是带她去医生那里看看吧。"

奥尼耸了耸肩,然后去拿他的外套。海伦娜的肌肉松弛了下来,拉赫亚把孩子放回床上。她解开她背后纱布的结,然后小心地把纱布放在床上叠了两个对折。安娜想钻到妈妈怀里，拉赫亚把她放在自己的膝上，环抱着她，手交叠在她的肚子上。安娜继续盯着她的妹妹，突然转过头看向玛丽亚："姥姥？"

"怎么了？"

"上帝是在惩罚海伦娜吗？"

"上帝为什么要这样做呢？"

"是因为她很坏吗？"

奥尼站在门边，手里拿着拉赫亚的大衣。奥尼自己身上穿着一件有着两排条纹的浅棕色的长外套，他把外套递给拉赫亚，同时问安娜："海伦娜做了什么坏事吗？"他的声音充满了不赞同。

安娜想了一会儿，说："因为做了坏事才会被惩罚。"

奥尼的表情凝固了，好似一张陌生的面具。他蹲下身，摸了摸安娜的脑袋。女孩继续说道："她每个晚上都大喊大叫。"

"每个婴儿都会大喊大叫的，这对他们来说不算做了坏事。"

奥尼对安娜视如己出，每次看到这样的场景，拉赫亚都会感到惊异。那些好事的人老是问安娜是谁的孩子，但奥尼却对这个问题的答案不感兴趣——他从来没问过这个问题。在遇见拉赫亚的第二天，他就向她求婚了。他笑着说，他只向一个女人求了婚，却得到了两个女人——他现在已经拥有了一个完整的家庭。而海伦娜出生的时候，奥尼从来没说过这是他的第一个孩子，反而对所有人说他家里有三个美丽的姑娘，而他和三个姑娘中年纪最大的那个结了婚。所有人听到这句话的时候都笑了，兴致勃勃地讨论着这件事。有时这让拉赫亚十分恼怒——这种假笑。

"我们该走了吧？"

拉赫亚着急着走。奥尼把大衣放在床上，拉赫亚把安娜放下来，拿起床上的大衣穿上。安娜想让妈妈继续抱着，但是拉赫亚没理会她。玛丽亚伸出手，安娜爬到了她的怀里。拉赫亚扣好大衣，转身想抱起孩子，但是奥尼已经先抱起她了。拉赫亚想现在她还要做什么。她拿起叠好的纱布，把它放在柜子上。安娜靠着玛丽亚，向前直直地跷起脚。

"上帝肯定是在惩罚什么。"她笃定地说。

听到这话，奥尼怔了片刻。然后他转身把海伦娜带到了屋外。拉赫亚跟着男人穿过厨房走廊，走到院子里。冷意扑面而来。尽管早上她才把楼梯上的雪扫干净，但此时雪已经淹没了楼梯。

村庄的道路变得很窄，以至于两辆相遇的马车都很难顺畅地并排通过。路的两边已经是高高的雪墙。拉赫亚落在男人几步后，路人看到了可能会觉得他们俩不是一块儿同行的。他本来打算自己一个人去医院。路人会怎么想这个自己带着孩子的男人呢？奥尼大步走着，拉赫亚几乎要小跑才能勉强跟得上他。

"等等我。"

奥尼停了下来。拉赫亚抹了抹额头，拂下被汗打湿的头发。

"怎么了？"

"没什么，你走得太快了。"

奥尼转过身望向村子。拉赫亚盯着他后颈上那些被小心修剪过的头发。如果说走在前面的人得抱着孩子，那么奥尼看起来并不打算撒手。

"继续走吧?"

"好。"

奥尼快步走过学校的岔路,走过守卫的身边,然后径直走向医院。他把孩子给拉赫亚抱着,戴上帽子,朝路人匆匆地点头致意。

拉赫亚听到奥尼的翘头靴踩在雪上发出的嘎吱声。她突然奇怪地觉得自己在这儿没什么用处。

"海伦娜怎么样?"

"不清楚,先看看吧。"

安娜小时候也经常发烧,但这个孩子这次却不一样。一开始只是感冒,还没发烧。晚上,她的小臂上起了好多红色的疙瘩,到了早上疾病就开始显现出它的威力。尽管白天的时候已经退烧,但她还是不得安宁,仿佛声音和光线都会引起她的疼痛。

"等等。"

奥尼转过身,拉赫亚赶紧加快脚步跟上了他。孩子惊醒过来,盯着前面看。她觉得孩子看起来清醒了很多。是在笑吗?她感觉肚子似乎没那么难受了。

"孩子是不是病要好了呀?"

"得去医院看看才安心。"

"万一看医生很贵呢?"

"该花多少就花多少吧。要是看完病后没钱的话,我们就吃土豆好了。"

奥尼继续走向四道口。合作社的条纹雨篷在入冬的时候就已经撑起来了。他直走过四道口,在莱斯塔卡家的拐角左转,走向医院的平房。烟雾从烟囱里蹦出来,想直冲云霄,却被湖上吹来的风吹散。

在候诊室里奥尼没让拉赫亚抱孩子。他固执地把孩子抱在怀里，在候诊室找能坐的地方。门口的痰盂被擦得发亮，痰盂边坐着头戴毡帽的老看门人，他朝他们点头致意。拉赫亚还记得他去年夏天的时候来找过妈妈去接生。那时妈妈去别的地方接生了，还没回来，他就耐心地在厨房里等到了晚上。奥尼在他旁边坐了下来："别在这儿等了。"

"为什么？"

"妈妈平时回来都很晚，还不如直接去找她。"

奥尼看着看门人把痰盂里的东西倒在了长芽的灌木丛里，然后看门人在房间另一边长椅上坐了下来，朝他们友好地点了点头。

卡尔勒拉医生房间的炉火生得太过了。尽管拉赫亚说她和孩子两个人一起进去就行，但奥尼还是跟着走进了诊室。他和医生握了手，然后坐在门口的椅子上。拉赫亚脱下孩子的衣服，把她放在诊疗桌上。医生把听诊器戴上，听了好久海伦娜肺部的声音。他按了按孩子的脖子，又测了测心跳，然后按着孩子的骨盆，让它贴近桌面。他抓住桌角，然后把孩子的腿掰弯又掰直。拉赫亚觉得孩子似乎太安静了。卡尔勒拉把手指按在海伦娜的肋骨上，用另一只手的手背轻拍了两下。他紧盯着孩子的表情。最后他转向拉赫亚说："显然是发炎了，但是最坏的事还没发生。"

拉赫亚全身都放松了下来，奥尼给了她一个了然的微笑。

"那她现在在好转吗？"

"好好休息，疾病自然会离开，但是孩子的身体会长时间地无力。"

拉赫亚紧紧闭上眼，不让泪水冲出眼眶。她不由得松了一口气。奥尼看到了这一幕,看到她紧闭上双眼又睁开。

"我们有什么可以做的吗?"

"孩子必须在温暖又安静的环境中入睡。她的睡眠怎么样?"

"差不多能熟睡一整夜。"

"那就不用担心,夫人的睡眠怎么样?"

"没什么特别的,也很好。"

拉赫亚的肚子感到一阵微弱的动静。她把手放到肚子上。要是这次能给奥尼生个男孩就好了。

卡尔勒拉看着拉赫亚把海伦娜外套的袖子拉下来,盖住她的手。孩子很安静,她看起来好像对周遭的一切都不感兴趣。医生继续看着拉赫亚给海伦娜穿衣服,突然他的眼睛眯了起来。

"等等!"

"怎么了?"奥尼在椅子上转过身来。

"你们把孩子放到桌子上。"

"要把她的外套脱掉吗?"

"让她穿着好了。"

卡尔勒拉托着孩子的背,把她抱到桌上。他把孩子的双腿拉到骨盆处,又把她的脚趾蜷起来。卡尔勒拉把手移到了她的右脸,接着是左脸:"奇怪。"

坐在椅子上的奥尼急切地向前倾过来,他的神情很严肃:"是怎么回事?"

"父亲在这儿叫一下孩子吧。"

"现在要做什么?"

"你叫一下她的名字。"

拉赫亚感觉自己的腹底好像受到了挤压,尽管她不知道为什么。

"海伦娜。"奥尼小心地叫了她一声。

"再多叫几声,让她看向你们这边。"

"海伦娜,爸爸在这里,看这儿啊。"

孩子朝声音的方向转过头。卡尔勒拉在她后脑勺打了个响指,海伦娜的头立马转了回去。医生的手又慢慢地在海伦娜的头上从右移到左,然后又慢慢地移回去。他的眉头皱了起来。拉赫亚看着这一幕,她向前走了几步,看向孩子的脸。海伦娜的目光一直盯着响指声响起的地方。

拉赫亚不由得惊呼:"我的老天啊。"

她的眼睛看向拉赫亚声音传来的方向。卡尔勒拉的手再次在孩子的眼睛上做了一个大动作——他的手从右移向左,又从上移到下。但海伦娜却好像没看到。海伦娜紧盯着拉赫亚的方向,尽管拉赫亚就在女儿的身边。直到桌角处她的裙边传来一阵沙沙的响声,她才把目光掉转,去寻找发出声音的东西。

回家路上奥尼背着海伦娜,虽然拉赫亚原本打算自己一路抱着孩子回去。男人把孩子的双手放在自己胸前。暴风雪再次来临了。

"我们得去药店买点药膏。"

男人停了下来,但他没有转身。他什么也没说。

"奥尼?"

男人还是没转过来,他挥了挥手,仿佛撵开一只虫子一样,把这个问题抛到一边。

"奥尼!"

男人耸了耸肩,然后继续向前走。拉赫亚看着奥尼远去的背影。她想大喊，叫住丈夫，安慰他，告诉他，一切都会变好的；告诉他，眼药膏买来肯定是有用的；告诉他，医生说的是错的，孩子肯定会好转的；告诉他，世界上什么事都有，但只要他们一家人在一起肯定不会有坏事发生——她一直是这样相信的，然而世界却给了相反的结果。但是她什么也没喊，奥尼背着海伦娜越走越远了。男人拉起披巾，让它盖住女儿，让她不受暴风雪的侵扰。

家门前的阶梯上，拉赫亚用门边的扫帚刷掉鞋上的雪。玛丽亚坐在厨房里。她什么也没说。

"他们在哪里？"拉赫亚问。

玛丽亚朝卧室的方向转了转头。

"他们俩都在那里？"

"对。"

"他们干了什么？"

"哭了。"

"奥尼不会哭的。"

"男人也会哭的。"

拉赫亚想，现在轮到他了，轮到他被抱在怀里安慰。她在世上孤独一人生下一个孩子，在痛苦的日子里孤独一人照顾她、哄她入睡。当孩子长到几岁大，只想整天跟着她的时候，她要坚持；当孩子问为什么她没有父亲的时候，她要回答。现在轮到另一个人来承担这些了。一个能让她和孩子们在困难的日子里依靠的人。她决定要和母亲过不一样的生活。她想要一个人来照顾她。

玛丽亚看向她："你干吗站在这儿这么久？"

"我说了什么吗？"

"你什么也没说。"

拉赫亚脱下大衣，走向卧室的门。奥尼躺在床的一侧，脚上还穿着鞋。他用双手把孩子牢牢紧抱在怀里。海伦娜的手指紧紧攥住她的脚趾，眼睛看向天花板。拉赫亚坐在床边，为丈夫按压他的太阳穴。她想抱住他的脑袋，亲吻他的眼眶，对他说些安慰的话语，但是丈夫的头从她手下移开了。

"父辈的所作所为都会报应在孩子的身上。"拉赫亚听到奥尼的声音里带着哭腔，"直到第三代，甚至第四代都会受到影响。"

"你在说些什么呢？"

拉赫亚躺下，用手环抱着丈夫。奥尼想挣开她的怀抱，最后还是任由她的手放在他的身上。他的哭声好像从拉赫亚的肚子里传出来似的。

"海伦娜，对不起，爸爸对不起你，对不起。"

安娜躲在门边偷看着卧室里发生的一切，但她什么也没说。

壕沟巷·1946

"你要去干什么?"奥尼睁开眼睛,看向拉赫亚。尽管她慢慢地从墙边起身,在床上手脚并用地缓缓跨过奥尼,奥尼还是醒了过来。拉赫亚发现自己此时正停在奥尼身上,她感觉到丈夫嘴里呼出的气息。她都快记不得这种感觉了,因为她很久没有和丈夫如此亲近过。她能感受到他身体的温度穿过被子,向她袭来。丈夫看了看她的脸,像是突然被惊吓到了。拉赫亚快速地转过身,落到地上,抽出一条软软的棉袜。

"我来生火吧,你再睡会儿。"

拉赫亚在黑暗中四处摸索,找到了桌上的火柴,点起了蜡烛。奥尼急急地翻身到墙的那一边,把被子拉到肩膀边。拉赫亚感觉很满意,因为,此刻她终于有点专属于自己的时间了。

防空洞是在沙土地里挖出来的,里面冰冷冰冷的。每晚炉子里都烧着很多柴火,火大得连烟囱都显出暗红色,房间里热得让人待不下去。每个人进去前,都会到外面呼吸下新鲜空气,然后再进到闷热又有股草腥味的防空洞。但是晚上的时候木板墙后面的土地就会结霜,热度会从那里悄悄溜走。到了早上,在被子外面呼出的热气马上就结成了霜。冬天里,哪怕每张床垫下面都垫了厚厚的报纸,寒冷也会侵袭到床上。拉赫亚穿着睡衣也觉得很冷,就开始穿起奥尼的旧睡袍。奥尼则在棉裤里用布把脚裹得严严实实。

德国人撤到了冰封的海岸上,他们把村里的房子都烧了。而若是村里还剩下些什么立着的东西,俄国人也会为了队伍的行进把这些东西都拆了。所以给逃难回来的人剩下的,就只有没被拆掉的烟囱,像一片小小的茂密的森林。而这些仅剩下的烟囱也被战火或者暴风雪弄得破碎不堪了。在死寂中,村民们去寻找自家剩下的东西。烟囱在雪里露出一个个烟囱头,他们根据这些烟囱来确定自己家所在的大概位置,但是那些消失了的房子却很难定位。就像扭曲变形的尺子,熟悉的家园已然变得陌生。那里是我们的木仓吗?祖母种的红醋栗又到哪儿去了呢?如果说那堆被烧成炭的树干是邻居家院子里的桦树,那么它的左边肯定就是我们的桑拿房了。

男人们静悄悄地从前线回来了。他们面无表情地看着被烧毁的村子。如果家园的毁灭是随机发生的、和战争无关的事情,那么他们是为什么而战?这毁灭之巨大令他们难以理解。努力回想这些建筑完整的样子,也只能想起小小的一部分。每当回忆那些细微的地方——它们已经被烧成灰烬,脑子仿佛就停止运转了。你还记得这里曾经有优美的紫罗兰色墙纸吗?那里的那扇窗,阳光常常透过树叶照进来。这里是那块有点弯的木地板,每次踩在上面都会发出"嘎吱嘎吱"的声音。旧收音机和其他东西一样被烧了吗,还是被某个士兵带走了?它是否已经破碎,残骸现在正躺在脚边,还是它正在柏林或者莫斯科奏着《艾瑞卡》①，还是它随那个被射死的士兵正一起在树木下腐朽？

那些占领此地的士兵来自温暖的国度，他们离开了，因为他们的帐篷里冷得让人受不了。现在回到村子里的人只能暂时住在河岸边的壕沟里。全家人只能挤在壕沟的方寸之地里，不过，还好他们没有很多东西要放在这里。雨冲刷着木板做成的箱子，箱子里放着几叠衣服、几张毯子、几个盘子，还有他们结婚时收到的作为礼物的银勺，以及从前挂在墙上的带着相框的老照片——照片里死去的亲戚们用冰冷的眼神看着照片外逃难的人。不过，要不是当初含泪抛下这些东西，在漫长的逃亡路上它们早就被换成土豆或者治疗脚伤用的药膏了。要是有什么从和平年代幸存下来的东西，像是蕾丝窗帘或者蜡烛之类的，它们一开始还被拿来装饰家里，但是很快就被压箱底了。当人们站在桌边，一边忍受着壕沟里腐败植物的臭气，一边清除从天花板掉落的沙子时，银色的果盘不能证明居住在这里的人拥有着什么，反而一直提醒他们：他们失去了什么。从前做罗塔志愿军②时留下来的制服被拆成布料，再缝制成了孩子们的上衣。

拉赫亚打开小火炉的暗门，往里面丢劈成两半的松树枝。这些树枝上周才从树上被砍下来，虽然已经放在屋子里干燥很久了——连衣服都被熏上松树的湿味儿了，但这些树枝现在还是潮湿的。她用小刀把一根树枝削成羽毛棒③，再用蜡烛点燃它。接着她把小一些的树枝在地上聚拢，用烧着了的羽毛棒引燃这些树枝。她衣服的袖子都染上了

---

① 纳粹德国军歌。
② 辅助芬兰白军的女性志愿者组织。
③ 用于生火的木棒，形似羽毛。

煤烟。

拉赫亚拉开了门墙小窗户上的窗帘，朝外面望去。织锦做成的窗帘在双层玻璃的映照下显得非常华贵，然而在屋外面看就看不到任何东西。基于同样的原因，门前也挂上了壁毯。这样的话，野鹿会站在门边悠闲地喝地上的水，这些水就不会渗到壕沟的沙地上。天黑之后，窗玻璃透过的光也显得比别家的暗不少。河几乎完全冻住了，但是河的中心还没有冰覆盖，在寒冷的清晨，这里会升腾起雾气。邻居家壕沟的窗户闪烁着微弱的光。妈妈的腿疼得她睡不着。幸好安娜住在妈妈那儿，能帮帮她。安娜老听到外婆说身上像着火似的疼，这时她就会拿来温水给外婆敷。

炉子已经生起火了，排烟管发出"嘶嘶"的声音。拉赫亚从架子上取下一口锅，再在门边的水桶上拿起一个盘子。初秋的时候，每天早上都能从桶里捞出溺死的老鼠。它们的脸上还残留着惊恐的表情，爪子伸向不同的方向。现在没那么多老鼠了。拉赫亚用长柄勺打破了水面的薄冰，给锅里灌满水，再把锅拿到炉子上加热。奥尼在废墟中找到过木炉，想把它搬到壕沟里，但是没找到和它连着的排烟管。所有东西都短缺——铁管、砖，还有灰泥。

约翰尼斯睡在窗边的床上，海伦娜也躺在同一张床上，头朝着不同方向，酣睡着。晚上，拉赫亚会用手轻扫掉被子上出现的老鼠屎，给孩子们盖好被子，再在床和墙之间放上一卷毯子，把孩子和冰冷的墙隔开。幸好约翰尼斯不再像奥尼刚从前线回来的时候那么害怕他。约翰尼斯在建房子的时候会帮忙扛木板，还有递工具。整个秋天，奥尼都在耙烧毁的房子的灰烬，在里面寻找铁钉——这些铁钉在烈火中被扭曲成结。他小心地用自己的斧子在院子里的石头上轻敲这些铁钉，把它们一一敲直。拉赫亚好几次忍不住好奇：那根六英尺长的、弯得像镫头似的钉子，是怎么被一点点敲回原形的呢？他们回来的时候一切都是破碎的，但还有这些像他一样不折不挠的人。

奥尼再次睡着了，他仰卧着进入梦乡。他仍然是个英俊的男人，有着长长的腿和窄窄的脸，即便在战争中，他也没像许多人一样变得惶惶不可终日，但他在睡梦中一直紧抿着嘴角。拉赫亚想摸摸他的脸颊，但她还是没摸。他不喜欢这样，让他好好地睡一会儿吧。

拉赫亚小心地从桌子旁的搪瓷盆里拿起脏盘子。她用长柄勺装了几勺热水倒进盆里，再把盆放到长凳上。水还很烫，拉赫亚又用勺子装了些冷水进去，接着用手搅了搅，继续加冷水，直到温度合适为止。

拉赫亚解开了裤子的扣子。今天是周几了？这个月是几月来着？每天要做的家务如此多，重建家园的工作如此繁重，以至于现在是哪一天、哪一个月都没什么分别了。只要天还亮着，每个小时都要不停地劳作。每一天都要把新的房子给建好，但与此同时，奥尼改变了计划，准备再扩建一些：他想再建两间卧室，或者在地下室建个大暖炉，或者在阁楼再开辟点住人的空间。拉赫亚觉得不需要这么多空间，但奥尼假装没听到这句话。看来我们的男主人没听过什么叫"过犹不及"。

房子应该会又大又好。当丈夫急着实现他心愿的时候，拉赫亚不用迟疑，可以说出自己的愿望。适合拍照的大房间、能装下餐桌的厨房，再加上个招待客人的餐厅？要不要装两个楼梯，一个给家里人从院子走过来，另一个给村里人从大路上走过来？丈夫能这样尊重她的想法，甚至是有些小心翼翼的态度，这让拉赫亚觉得心里一暖。卧室的大小够吗？厨房要不要直接通向会客的地方？要不要建个阳台？拉赫亚说的一切，奥尼全都照做了。之后也没人能说出有什么想加上去的东西了。于是从太阳升起开始，到最后一丝阳光照在桦树皮上的时候，大家无时无刻不在劳作。奥尼找不到任何钉子之后，终于也结束了敲铁钉的工作。

　　太阳落下之后，拉赫亚要用锅做饭，要用沙子加固不断掉落的墙面，还要用洗衣锅煮一遍衣服，再用冻僵了的手指在冰水里洗衣服。约翰尼斯上次在壕沟里的桑拿里说，妈妈的胸变小了，她丝毫不觉得惊奇。拉赫亚的手按在胸上摸索着。她消瘦了，瘦了很多。每个人都瘦了。她的裙子要改得小一些，不然穿上就会掉下来；她的大衣变得如此宽松，以至于寒风一下子就吹透了。拉赫亚蹲下身，双腿跨在盆上，开始洗澡。今天是哪一天了？拉赫亚把手按到肚子上：她上次来月经是什么时候了？这个月还是上个月？

　　昨天奥尼从她的嘴角拔下来一根毛，又黑又粗。他笑她，说男人们都去了前线，女人在家里都变成男人了；还问她，脑子里是不是全想着家里的事，都没想到前线的男人们。拉赫亚的小腹感到一阵无声的痉挛，这痉挛挤压着她的腰和肺。她想抱住奥尼，说些甜言蜜语，抚摸他的头发。如果他现在在她的身边，她会指天边的云给他看，笑着问他这云像不像牙齿。她想让他在她身边说，等房子建好了，他们的生活会是什么样的——那时他们都实现了共同的愿望。

　　妈妈常问拉赫亚，会不会再要一个孩子，就像其他女人和她们从前线归来的丈夫们一样？她怎么能告诉妈妈，她已经忘了和另一个人做爱是什么感觉；怎么能说，她想要男人的触碰；怎么能说，她多么想要感受男人压在她身上、进入她的感觉；怎么能告诉妈妈，她知道一个人独自在空床上醒来、只能拥抱被子的感觉。她想要一个男人，和她一起平等地、友爱地生活，没有独自寂寞的思念，没有无法满足的欲求。这个男人将是她的伙伴，时不时地像兄弟一样温柔地亲吻她的额头。她想和这个人做爱，无论是谁都好，无论他是伐木工，是脏兮兮的猎人，是没有腿的残疾士兵，只要她能感受到一丝欲望。她想要他触碰她，抚摸她，撕碎她的衣服。她只是想要做爱，哪怕自己并没有那么享受。

拉赫亚没听到什么声音，但是她却感觉到有人在看她。她抬起头，看见奥尼正盯着她。他的眼神中没有评判，没有欲望，甚至没有一丝兴趣。他只是看着她。同时，拉赫亚在看着他的时候明白了他为什么会这样。她是个乳房已经干瘪的女人，长着胡子，身上穿着一件过于宽大的睡衣，脚上套着一双黑灰色的棉袜。她看向水盆，自己的手正放在盆里。

"你在看什么？"

奥尼没回答。

"你他妈的到底在看什么？"拉赫亚看见约翰尼斯惊醒了，但是她没管约翰尼斯。在非常疲惫的时刻，她觉得自己憎恨孩子们，憎恨这个家庭。要是这个家族没延续下去就好了，就断在这里，断在她这一代。拉赫亚从盆上站起来，站在这个小房间的中央，下半身赤裸着："你说你他妈的到底在看什么！是这个吗？！"

拉赫亚猛地把睡衣往上拉，衣服上的扣子飞到了桌下："你看的是不是这个，女人的奶子，还是更下面的地方？"

海伦娜也醒了过来，茫然地直视前方。

"你怎么不看了？啊？"

奥尼什么也没说，也没转过他的头。拉赫亚把水盆扔了出去。奥尼还没来得及抬手挡住自己的时候，它就砸到了奥尼的眼角。

"别看了！不准看我！谁都别看我！"

一小股血从奥尼的额角流下来，滴落到地毯上。他擦了擦伤口，这让拉赫亚非常恼怒："你要是个男人你就打回来！你还是不是个男人了！"

奥尼一动不动。拉赫亚拿起桌上的洗碗布，扔到孩子们的床上："把这块布给你爸擦擦。"

约翰尼斯没动。

"赶紧拿给你爸！还是你要看他流血流死?！"

男孩拿起洗碗布，爬过床尾到另一张床上，把布递给奥尼。他的另一只手伸向海伦娜，她正往这边缓慢地摸索着爬过来。他们三个人挤在一起，就像三只惴惴不安的老鼠。

拉赫亚转过身，她拉开门上挂的壁毯，推开门。门外是晚上下的厚厚的雪。拉赫亚穿着棉袜，站在雪堆中，不知何去何从。

枕木街·1950

"约翰尼斯,吃饭了。"

拉赫亚从新橱柜中取出四个深口碟,碟子边缘装饰着黄玫瑰和红玫瑰。她将它们放到餐桌上。在房间的角落,奥尼已经认真地铺好了床。拉赫亚不明白丈夫为什么不把床留给她来铺。约翰尼斯从前门走进厨房,去洗手。

"洗完手之后把汤匙拿过来。"拉赫亚说。

拉赫亚回到厨房,看了看炉子,确保里面的火灭掉了,然后关上炉门。她把盛着鱼汤的锅从炉子上拿到桌子上。约翰尼斯手里拿着汤匙,带到饭厅。他从饭厅走回厨房,挥了挥手里的碟子,嘲笑妈妈:"妈妈,这个碟子是给谁的?"

尽管拉赫亚今天再三提醒自己:海伦娜不再住在这儿了,但她仍然做了海伦娜的饭,在餐桌上摆上她的盘子。海伦娜的第一封信已经从赫尔辛基盲人学校寄过来了,这封信是某位不知名的老师手写的。拉赫亚拿起盘子放回厨柜,又把三个水杯放到桌子上。她总感觉三个杯子有点少。安娜和一个移居的卡雷利亚人在一起了,搬离了家。妈妈也不再下楼。这里只剩下她、约翰尼斯和奥尼了。

拉赫亚打开通往楼梯的厨房门:"奥尼,饭做好了!"

下面没有声音。最近她会在窗口那儿告诉他饭做好了。但是丈夫不会看她,而是缩缩肩膀。他现在就像躲在肩膀中间似的,像一只被痛打的狗。他不敢转过头,身体躲向一边。问他,他也会答话;叫他做什么,他也做。"如果你不能待在家里,就走吧。"她说。但他没走。他去哪儿了呢?

拉赫亚回到饭厅,坐在桌子旁。约翰尼斯已经坐下了,正在给自己的面包上抹黄油。拉赫亚拿过儿子的盘子,给他盛上鱼汤。她做了太多鱼汤,没有注意到自己做的已经够四个人,甚至五个人吃的了。

"你爸爸去哪儿了?"

"他就在里面。"

"你们去哪儿去了这么久?"

"去了教堂,还去了教堂的钟塔。"

"你爬上钟塔了吗?有没有害怕?"

"爬了,在上面几乎都能看到咱们家了。"

约翰尼斯用勺子舀起鱼汤,把盘子里的鱼汤都喝光了。他显然很饿。男孩把他的空碟递给妈妈:"还有鱼汤吗?"

"当然还有,够你喝的。"

拉赫亚从水壶里给自己倒了一杯水。水里有股金属味,就像战前从旧井打出来的水一样。即使用沙子和苏打来擦拭,水也会在碗碟和水壶的底部留下棕色的水垢。

"妈妈,春天的时候海伦娜会回来吗?"

"她当然会回来,圣诞节的时候就回。"

"我们要去接她吗?"

"你爸爸肯定会去的。"

"爸爸说我们可以建一艘小船。"

"嗯哼。"

"夏天的时候,海伦娜可以和我们一起坐船吗?"

拉赫亚没有回答。奥尼想要和谁一块儿去郊游,不和谁去,这些关她什么事呢?她该做的就是在其他人乘着邮车去爬山戏水的时候在家照顾母亲。没有人会想到叫她一起去玩,她也不想去。偶尔她一块儿去玩的时候,她感觉自己像只奇怪的不合群的鸟。别人在互相开着玩笑,说些过去的事情:"你还记得是什么时候吗?""这与那时候比起来不算什么。""是那时候吗?"那些所谓的"时候"她都一无所知,如果她追问的话,别人的谈话就会被打扰。于是,她也不问了。

约翰尼斯把勺子放在盘子上,把杯子里的水喝完了。

"我今天还去了旧钟塔的废墟。"

"你去那里干什么?"

"我想看看旧的大钟还在不在。"

"那些大钟要不是在炮火中熔化了,就是被俄国人带走了。"约翰尼斯觉得拉赫亚就像个破坏游戏的人,但他没把自己的想法说出来。拉赫亚猜奥尼会问约翰尼斯有没有找到大钟,还会一起讨论熔化的金属会埋在地下多深的地方。他总是很讨孩子们的喜欢,可以很轻松地融入他们的话题。他不会糊弄孩子们,而是把他们当成年人一样对话。

约翰尼斯从桌边站起来,感谢了妈妈,然后把盘子拿到厨房。拉赫亚也站了起来。她一手拿着奥尼没用过的碟子,一手拿着自己的。他把脏水盆放在干净的炉子边上。她穿上围裙,把汤锅放到厨房。还剩下一半。放到柜子里的话明天还能吃,但是不能放得更久了。拉赫亚看着炉边的空盘子,决定把鱼汤盛到盘子里。如果奥尼不吃的话,也许妈妈可以吃掉。拉赫亚打开厨房的门,双手小心地捧着汤盘下了楼。盘子里的鱼汤随着她的脚步摇晃,她只能停下来,等鱼汤不再晃动。到了楼下,她腾出一只手敲妈妈的门。没有人回答。地下室的门关着,所以奥尼也不在里面。也许他在牛棚里?拉赫亚再次敲门,还是没人应门。她拿着汤盘,犹豫着是把它拿回厨房还是把它先放在地板上再拿个小盆子盖着。她决定把盘子拿回厨房,倒回锅里,这样它就不会结冰了。她走上楼梯的时候,突然听到身后传来微弱的"隆隆"声。妈妈肯定是醒过来了,正走过来开门。拉赫亚又回到了门口。但门没有打开。

拉赫亚再次听到了"隆隆"声,但它不是从妈妈的房间传来的,而是从下面传来的。她打开地下室的门,但楼梯笼罩在一片黑暗里,根本走不了。她正准备关上门的时候,又听到了这个声音。这声音听起来不像是手杖用力敲在地面上的声音,而是更微弱、更沉闷的。拉赫亚打开楼梯上的灯,小心翼翼地走下去。这段楼梯上面的部分是木头制成的,下面则是水泥。她发现自己手里还拿着汤盘。

走到下面的时候,她本能地瞥向地下室装马铃薯的篮子,因为春天的时候这里有一窝老鼠,不过现在什么都没有。声音又从她身后传来。拉赫亚转过身,在一堆砖头后面看到奥尼的脚。那双脚现在就在那里,她却看不到奥尼的脸。拉赫亚跑到奥尼身边。奥尼睁大眼睛盯着她。他的整个身体都在摇晃,嘴里充满了血沫,他的脚跟不停地磕着地板。拉赫亚看着丈夫,气得满脸通红。她气得把盘子扔出去,盘子飞向中间的烤炉,然后在墙边碎落。

"该死的,你在干什么!"拉赫亚的声音在地下室的四壁中回响,传到了楼上。"又是这样!"

楼上的门打开了。约翰尼斯的声音从楼梯传来:"怎么了,妈妈?"

"别来这里!"

约翰尼斯走下楼梯。

"这里不关你的事!"

约翰尼斯继续沿着地下室的楼梯往下走。

"不准进来!"

拉赫亚看着奥尼,歇斯底里地喊着,但男孩的脚步却没有停下。约翰尼斯停在楼梯旁,盯着他的父亲。

"爸爸在做什么?妈妈怎么了?"

奥尼的手指蜷曲着,他的嘴动了动,试图说些什么。

"爸爸怎么了?"约翰尼斯问道。

拉赫亚转过身试图挡住儿子的视线。她离奥尼太远了,无法挡住孩子的目光。奥尼的头不停地撞着水泥地板。在这个狭小的房间里,这声音显得震耳欲聋。

"快走吧!走!"

约翰尼斯一动不动。他用力地眨着眼,什么也没说。他甚至没有哭。奥尼后脑勺上的伤口一直流着血,血滴到了地板上。拉赫亚蹲下并试图扶住丈夫的头。奥尼躬起身体。拉赫亚坐在地板上,把奥尼抱在怀里并试图将他指关节推回原位。她背对约翰尼斯,想要挡住约翰尼斯,让他看不到他父亲的脸。男孩仍然站在楼梯边,握紧拳头。

"约翰尼斯,去把姥姥叫过来。"

"要是姥姥睡了呢?"

"叫醒她,就说是我叫她过来的。"

男孩转身跑上楼梯。拉赫亚追上儿子,说:

"告诉她,让她一定要来,来不了也要来。"

拉赫亚又回到了奥尼身边。男人的嘴唇动了动。

"对不起。"他说，血从他舌头上的伤口流到脸颊上。

"现在别说了。别说了。"

拉赫亚在她围裙的裙边擦了一下手上的血迹，她听到楼上传来拐杖敲打在地板上的声音。奥尼的肚子抽搐着。拉赫亚抚摸着男人的头发。

"事情并没有那么糟糕。从来没有。"

奥尼看着她的眼睛。楼梯上传来声音。

拉赫亚将自己的额头贴在男人的额头上："不要留下我一个人。哪怕这座房子里只有我们俩，好吗？"

军库街·1957

拉赫亚拿起剃须刀,扭着刀柄。刀柄的铁壳像金属铸成的花一样绽开。她把旧刀片摇到手掌上,接着放在床边的椅子上——她把这张椅子当作床头柜来用。她拿起装刀片的盒子,取出一片新刀片,小心地放在刀柄上。最后,她重新拧上铁壳,剃须刀被拧得很紧,拿着它就好像握着一根随时可能刺伤人的尖刺。

拉赫亚扶起奥尼,让他靠在枕头上。她自己站起来跨坐在床尾,把丈夫的头搂在怀里。她先在杯子里把肥皂打起泡,然后将泡沫涂在丈夫的下巴上,接着涂在两侧脸颊上。她用手指沾上杯中的泡沫,再涂到胡茬儿上。奥尼闭着眼睛。当他感觉到泡沫落在他的皮肤上,他试图睁开眼,但是他的眼睛只能睁开一条小缝。他的嘴动了动,可是看不出他脸上有什么表情。他的眼睛又闭上了。

昨天,他出院了,但是今天医生还是过来给他打了针。奥尼有时是清醒的,但一直连话都说不了。拉赫亚把剃须刀放到他的脸颊上,然后慢慢把它推到下巴。刮胡茬儿的时候,她的手指能感觉到他的脸颊在微微颤动。剃须刀在白色泡沫间滑动,留下一道和皮肤同色的划痕。拉赫亚用手摸了摸这条划痕,它就像肥皂一样滑。

她从未把她发现的信件告诉过任何人。多年来她一直悄悄地阅读这些信件，晚上在地下室整理它们，以不同的顺序排序，首先是时间，其次是写信人，然后是内容和情感。一夜又一夜，她读了一封又一封陌生人手写的信，查看日期和发生的事情。写信人的笔似乎总缺墨水，写下的每个词墨迹干涸。陌生的写信人已经不会再提出见面的请求，但是在避暑小屋发现的那些信才是最糟糕的。即使在梦中，拉赫亚也能识别出他的笔迹，一丝不苟却也有棱有角。大写字母J会转三个弯，a字母的上面总是有个小开口。小写的m字母是从底部向上写的，如果后面跟着i的话，往这三个竖的最后加上一点就行。每天晚上拉赫亚会读这些写给奥尼的信，试图通过这些笔记来猜测写信的人是什么样的。

拉赫亚将奥尼的鼻子扭向左边，再一点点刮掉胡茬儿。剃须刀上面沾满了胡茬儿。该怎么清理？她忘了带上毛巾，只能用袖子抹干净刀片，然后用另一只手拿着剃须刀，把奥尼的鼻子扭到右边。

拉赫亚把一部分信件带到了她的房间里看。这些信件让她看到了自己丈夫新的一面。在这些信件的故事中，她的丈夫仿佛是一个陌生人，又仿佛是她熟识的那个男人。亲切、友善、善于交际、幽默风趣。值得注意的是，有时候写信的人会骂他。信纸上的奥尼和在家里的他几乎一模一样，只是更加强硬、更加有力，也更加真实。拉赫亚注意到了信件的日期，当信件传达的感情越深，奥尼在家就显得越坏。

奥尼转头的时候，拉赫亚把剃须刀举起来，直到他不动了，她再继续为他剃胡子。她把剃须刀滑到脖子上，再从下往上拉。她先从喉结的右边刮起，然后从左边，最后把中间也剃干净。胡须被剃须刀卷成一个个旋涡,而喉结那一点却纹丝不动。拉赫亚轻轻抚摸着,感知它移动的方向。她先把它往上推,再小心地刮过它。她感觉到在他的皮肤下,甲状软骨那里有一块小小的凸起。

有时拉赫亚会把信念出来。她希望是自己对奥尼说了那些话。她在黑暗中用低沉又嘶哑的声音念出信纸上的字字句句。她看向镜中自己的脸,看着自己的嘴唇如何念出那些不属于她的话语。这些话从她的口中说出来是多么奇怪,多么艰涩。她会在句与句之间停顿,等待丈夫的回答,但他从不回一句话。

拉赫亚将剃须刀放在椅子上,又把剩下的泡沫擦在袖子上。她抬起奥尼的头,将枕头和她的腿从丈夫的身边移开。她躺下来,在他旁边睡下。她知道他的另一边就是床边,所以她用手臂环住他,以免他摔下床。奥尼的脸就在她眼前。拉赫亚把鼻子凑到丈夫的脸上,她闻到皮肤上的肥皂味。他的眼角有细细的毛发,耳朵后面有一颗小小的痣。她能看到他脖子上的血管随着心跳在微弱地颤动。

要是一直这样该多好呀。她想一直这么待着——靠着他感受他胸膛的温暖,看着他的眼珠在眼皮下颤动。她拂过奥尼的胸膛,滑过他的肚子,再摸向他的腿。她默念着信中的字句,透过棉布感受到他胸肌的弧度、肚脐的凹陷和前面的凸起。

她知道他很快就会醒来。在打完针之后,他会在药物的作用下清醒过来,然后起身远离她。他会躲起来,这个想法像剃须刀一样拧紧他的思绪。他会在纸上写下他要对拉赫亚说的话,用邮票把信纸封起来,再让别人去读。他不是故意对她这么坏的。

房间里变得很凉。拉赫亚从床上起来,把被子盖在他身上。她从椅子上拿起剃须刀,带到厨房,放在洗碗盆边上。炉子上的铁锅里,肉汤正慢慢变凉。她把水倒入洗碗盆里,在柜子后面找抹布——这些布是从海伦娜那条旧的红裙子上面剪下来的。她打开门,下楼梯到地下室,走过她从来没用过的烤箱,打开从锅炉房到木仓的门。那里很黑。锅炉房里透着微弱的光,在这昏暗的光线中,拉赫亚开始。奥尼的笔迹在粗糙的水泥墙上无数次重复着同一句话:"我不能。我不能。我不能。"这些用木工铅笔写下的句子仿佛是同一个模子印出来的,但这些话已经写满整面墙,甚至写到了天花板。

拉赫亚仔细读着这些句子,尽管她之前已经注意到它们了,在上周去医院之前就注意到了。她移开信纸,将盆放到木柴上,再把抹布浸到水里,但她没有拧干抹布,而是直接把湿布贴在墙上,让墙面弄湿了再开始擦拭。墙上的字迹模糊了起来,变成一道道红色的水流,好像一条条血管。拉赫亚把抹布对折两次,再用抹布去擦那些留在缝隙间的痕迹。抹布在墙上打着圈,但字迹并没有消失。松散的沙子噼里啪啦地落在柴堆上,木柴从她脚边咕噜噜滚开。墙上的水泥吸收了水分,颜色变得深了,但拉赫亚知道,只要水干了,这些字迹就会再度出现。她试图用指甲把这些潮湿的字母划花,但它们并没有消失。

墙上好似流着一道道小溪。拉赫亚把抹布放回盆里。她举起手指,点在一个大写字母M上,然后沿着它的线条描画。"我(Minä)"。灰色的墙壁上这些词语显得格外突出。"不(en)"。每个字母都必须拐好几次弯。拉赫亚的手指描着e,从上到下又从上到下。"能(saa)"。她试着用不同的方式写字母s，但又回到原点，用奥尼的方式来写这个字母。在单词的末尾点上句号后，她向后退了一步。

"它们只是言语。"拉赫亚微笑着对自己说。她进到锅炉房里，关掉沉重的炉子。现在她知道了，她该做什么。

但是在写信前，她可以给奥尼喂点肉汤。

鳏寡道·1959

虽然拉赫亚在葬礼上再三邀请,还让约翰尼斯挨个儿去邀请奥尼的战友和合作社里的同事,但是奥尼的追悼仪式上来的人并不多。

每个人都知道,为什么特尔麦宁的灵车是从奥卢接回奥尼的。讣告上没有写死因,还强调死者身边只有亲人,没有其他人。在孩子们的花环丝带上,拉赫亚想写上"父亲"这个词,安娜也打算这么做。在教堂里,每个孩子都分别走到棺材边,在宾客面前表达对父亲的哀思。海伦娜念了一段她在外面学到的诗。拉赫亚戴着花环,思念她心爱的丈夫,他曾经英勇地捍卫过祖国,也一直守护着孩子们的未来。

拉赫亚跟着宾客走到墓穴边上。她认识每一个站在前面的人、瘦弱的亲戚,还有同村的人。她不认识那些隐藏在后排的陌生面孔,也不敢一直远远地盯着。直到掘墓的人开始刨开泥土,准备把棺材埋下去的时候,她暗暗地猜想每个人是不是真挚地为奥尼哀悼。当墓穴挖好之后,拉赫亚想在这里最后多陪伴一下丈夫,但约翰尼斯和海伦娜紧拉住她的手:"每个人都在等,您要先走。"

拉赫亚把手从孩子们的臂弯上扯下来:"你们不用陪着我。"

因为妈妈猝不及防的举动,海伦娜在水坑中滑倒了,慌忙中靠在玛丽亚的墓碑上。墓碑上的镀金字母上已经长出胡须状的苔藓。约翰尼斯扶起姐姐,牵着她走到平稳些的沙地上,说:"我们先去前面吧,等妈妈过来了我们再走。"

拉赫亚静默地站着,直到宾客们都躁动不安,无法继续等待了,她才领着宾客们离开。一些人静静地跟在她身后行走,一些则留在队伍的最后面。这个特别的队伍踏上这个村庄的道路。拉赫亚走在最前面,孩子们跟在她身后几步之遥,再后面的就是宾客,他们拖着长长的队伍,好像是一个个村民在路上独行,互不相识一般。

当她回到家,拉赫亚注视着宾客们一个个走过门外这条路。有几个人低着头,缩着脖子走,没有看房子的窗户,但是大多数人都路过停灵间,脸上却没有一丝悲伤。有个人放轻脚步,伸长脖子看谁进去了房里。拉赫亚盯着这个人远去的影子,猜想这个客人是为了哀悼奥尼而来还是来蹭吃蹭喝的。为客人准备的食物太多了。

几个来悼念的人走了进来,没人认识他们。他们登上楼梯,走到楼上,耐心地等待着大厅里的寡妇从窗边走过来打招呼。每个人都说一些无趣的话,例如"这一定让您感到震惊""您对自己做了这样的事"或"您现在该如何安排生活"。拉赫亚对每个人的回答都是相同的:"谁也想不到会发生这样的事"或"对孩子们来说很艰难"或者"我会继续好好生活的"。几个单身的女人低声说她们的丈夫在战后仍未逃脱战争的阴影。她们不安地瞧着周围的人,轻声讲述那些愤怒的攻击、歇斯底里的哭泣,以及沉迷于酒精中的逃避。拉赫亚对她们微微点头,却说:"听起来真令人惊讶，我们家可没发生过这样的事。"

她审视着每一位客人，询问那些陌生的来客是从多远的地方来。她对那些来自其他山野村庄的人都不感兴趣，但只要有客人说家在奥卢时，她总会抿紧嘴，矜持地收一收下颏："您是怎么认识亡夫的？"

战友、客户、造砖工。每当拉赫亚听到这些意料之中的答案，她的肩膀就松弛下来，脸上漾出一抹笑容："这里有食物，还有别的东西，我们的女儿会给您倒咖啡的。请去休息一下吧。"

最终，没人再踏上楼梯，拉赫亚想没有新的客人来了。她挂上合适的表情，走到陌生的客人中。她试图与几个客人聊天，但是没能说上几句话就说不下去了。奥尼总是能和别人聊起来，哪怕是陌生人他也能搭上话。无论是在小木屋里，还是唱诗班的咖啡桌旁，他都很受欢迎，只要他坐下，就马上能和别人打成一片。他会先讲一个故事，牢牢吸引住别人的注意力，然后再倾听陌生人的故事。他从来都不会怀疑，到底这个讲故事的人有没有用正确的勺子吃饭，或者有没有在错误的时刻发笑，就算是听过的故事，他也会津津有味地再听一次。

海伦娜在希尔图宁太太边上的沙发坐了下来。拉赫亚坐在沙发扶手上，帮女儿整理头发——她的几绺卷发从发网边露出来了。海伦娜感到很惊讶："谁在弄我的头发？"

"是妈妈。"

"这样好像是爸爸还在的时候那样。"海伦娜笑了，但很快又想起了现在。

"我先拆开发网，然后整理好再戴上。"

"就这样吧，也挺好的。"

"你怎么知道这样挺好的？"

　　海伦娜没有回答，只是转向另一边，继续说刚刚没说完的话。以前，她面朝的那边楼梯仍在修建中，她不小心错上了这段楼梯，最后爬到屋顶上，爸爸从屋顶救出了她。拉赫亚听着这段她从未听过的故事。这段故事结束后，一个听者开始讲述自己和奥尼的故事，然后另一个也说了起来。拉赫亚都听了，却意识到在这些故事中，奥尼要么独自一人，要么和孩子们一起。而她却从来没有参与过。

　　拉赫亚向外望去。路上一个人都没有。约翰尼斯在厨房的门边挥手。有个穿着军装的人来了，他来得太晚了。应该是一个腿脚不好的人，所以走了很久才从墓地到这里。拉赫亚站起来，走到楼梯边。楼梯另一头站着一个男人，他穿着阿尔斯特大衣，身形挺直。那人的左手拿着一顶毡帽。拉赫亚紧张地吸了一口气。正在走上楼梯的这个人听到了，抬起头。他们看着对方的眼睛，一言不发，他们俩都知道对方是谁。他在离拉赫亚两阶的地方停了下来，脱下右手的手套，准备和这个新寡的妇人握手。他有着淡蓝色的眼睛和精心修剪过的金发。拉赫亚看着这个人，向后退了一步。她不太确定这个人有没有参加教堂的仪式或者去过墓地。男人把她的退后当作邀请，又向上走了两步，伸出手。拉赫亚把手藏在身后，就像一个羞涩的孩子那样。她所能做的只是盯着这只手和伸出这只手的男人。她的目光在这个高大男人的嘴唇、颧骨下凹陷的阴影和他的黑色袖扣上徘徊。她把一切都看得仔仔细细，把一切都印入脑海中，无论是他手指上完好无缺的指甲、唇上的小小血管，还是左耳下没和胡须一块剃掉的鬓角，她都绝不会忘。

　　约翰尼斯走到拉赫亚后面的门边，男人看见了他。拉赫亚把目光从男人合身的背心上移开了。她永远无法对这个人说一句话。她无法伸出手,无法触摸男人的皮肤,无法吐出一句必要的客套话。她不知道该怎么办。

"我……我……"

拉赫亚看向约翰尼斯,但是儿子却盯着她,完全没发现该到自己招呼这个客人。拉赫亚又退了一步,无措地看向四周。厨房的门一直开着。她转过身,奔向厨房里安全的宁静中。她关上门,靠在门上。透过门,她听到约翰尼斯在解释:"对不起,妈妈今天太累了。"

那人的声音出奇地低,"你就是约翰尼斯吗?"

声音传到门的另一边,拉赫亚坐到了厨房的桌子边,双臂撑在椅子扶手上。客人被带到了其他房间,声音渐渐小了。拉赫亚盯着放了肉桂棒和蛋糕的大盘子。她捏起一块蛋糕,把它握在手中。蛋糕烤得很好,很蓬松。妈妈的食谱,秘诀是不遗余力地放奶油。拉赫亚握起拳头,蛋糕在手指下碎开。她用力攥紧拳头,直到拳头里漏出金黄色的碎屑。

安娜从厨房里拿出一个半满的盘子,上面盛着热过的菠菜卷和三文鱼面包。

"妈妈你站在这儿干吗?我会照看好这里的。"

拉赫亚把桌子上蛋糕的碎屑扫到地板上,然后点了点头,问:"外面的东西都被吃光了吗?"

"还没呢。不过现在厨房里还有食物剩下,我想把外面的盘子全都装满。"

女儿把盘子装满,然后端了出去。拉赫亚看着她走开,然后小心地走到门口,偷偷往餐厅里看。餐厅里一个人都没有。她走进餐厅,在餐桌后面徘徊。挂在五斗柜上的照片好像在凝视着她。拉赫亚试图让自己看起来精神些。她转动桌上的咖啡匙，让它们指向完全相同的方向。汉尼宁太太在大厅门口，充满谅解地朝她点了点头。拉赫亚也点了点头，把鲱鱼和鸡蛋的位置换了换。没有人碰过三文鱼汤。她偷偷望向起居室，但在门框的另一边却看不见那个男人了。拉赫亚回到五斗柜前，看着母亲的照片——她看上去是个充满悲悯之心的人。拉赫亚把照片反转过去，让它正面朝着墙："我不需要你可怜我。"

从大厅传来一个陌生人的声音。拉赫亚转身看过去，但只是在约翰尼斯介绍房间的时候才见到了他的背影。那个男人正和坐在沙发上的人们握手，"你就是海伦娜吧？你父亲说了很多关于你的事。"

"但愿他不会什么都说出来。"

海伦娜银铃般的笑声在房间里回荡。她总是会被她父亲的事情逗笑。男人转过身，拉赫亚吓得退到门框后面。从她那边只能看到男人的鼻子、嘴唇还有脚跟。她想知道，如果用这个男人的声音念出那些信里的话，那听起来会是什么样的？是不是平静而深沉的低语声读出那一个个低落而黑暗的词语？

拉赫亚觉得独属于自己的东西好像被夺走了。她坐在厨房的床上。房子一建成，奥尼就为自己挑了这个房间。她住在房子另一头，安娜的卧室在阁楼，而其他孩子的房间在中间。有好几次，她让奥尼和她搬到同一个房间里，但房间里住不下两个人，反而谁也睡不好。妈妈再也不能爬楼梯了，只能住在楼下，像毛毛虫结蛹一样窝在房间里。不久，他们就各自住在各自的房间里，紧闭着门，担心自己打扰到其他人。巨大的房子充满了沉默和体贴彼此的考虑，为了不打扰别人，打开的门被安静地关上。最后，每个人坐在床边听着别人的动静，想着会不会有人过来，会不会有人在床边坐下，问今天过得好不好。但是没有人来，也没有人问，他们都是门后的囚徒——那些关上的、锁上的门后的囚徒。

听不到男人的声音了，拉赫亚从床上起来，走到门边偷看，但她没有看见那位客人。他肯定坐在钢琴边的某个地方。约翰尼斯看到了母亲，他走进房间里，"客人还问您在哪里呢。"

约翰尼斯坐在拉赫亚身边，抬起手，但是不知道该放到哪里，于是又缩回了手。

"您心情不好吗？"

"不好，我正在这叹气呢。"

"那就叹会儿气吧。"

"最后来的那个客人是谁？"

"我没问。我猜是爸爸的朋友吧。"

拉赫亚站起来，看着桌上的盘子。能拿这些东西干什么？肉冻很快就会变质。她把一个盘子递给约翰尼斯，"拿去给客人吃吧，如果有人想吃的话。"

约翰尼斯接过盘子，拉赫亚从桌子上拿起小面包。装面包的是个高脚盘，还有两个黄铜把手，把手上的装饰是巨人或者怪物的头部。约翰尼斯一直在门口等着，不知什么时候他已经长成一个男人了。

"对你们来说，他是个好父亲。"

约翰尼斯点了点头，但是拉赫亚发现他其实根本不理解她为什么这么说。

那个男人的声音从大厅那里传了过来。拉赫亚闭上眼。

那个男人坐在厨房门边的椅子上,问道:"这就是奥尼盖的那栋房子吗?"

拉赫亚捏紧了拳头。妈妈再也不在了,奥尼也再也不在了。而女儿们也从她身边离开了。这里剩下的只有约翰尼斯和房子了。她不会让他们再离开了。拉赫亚睁开眼,走进大厅里。

她说:"对,这就是奥尼盖的那栋房子。是为我和孩子们建的。"

教堂路·1967

　　教堂里的每个老妇人都觉得自己有罪。在礼拜之前的这一周，她们已经行了恶事，动了恶念，现在她们悔恨不已。礼拜堂里回荡着呻吟和哭喊，人们大声呼求主的怜悯，而神父享受般地细致描述着地狱里的悲惨画面。
　　教堂并不是美丽的建筑，也没有人想把它建得美丽。相反，它粗犷而雄伟，因为神的存在是为了唤醒恐惧和敬畏，而不是同情或团结。在祭坛后墙的壁画上，虔诚的天使仰望着上帝的全知之眼；祭坛画里的耶稣在十字架上流着血，痛苦地扭动。因为建筑者的疏忽，墙上有一道裂缝，肉眼就能看到这条裂缝延伸到了礼拜堂的地板上。这仿佛表明了，无论如何，联系都是存在的。尽管神父抹了很多次灰泥来盖住裂缝，但它总是一次又一次地出现，这让神父感到非常沮丧。
　　礼拜堂里的氛围变得更加狂热。在谴责教众、令他们感到痛苦之后，又到了神父最喜欢的环节——他整个星期都在期待它——他直起身，牢牢地盯着教众。这是最令他愉悦的事情：让这些人在永恒的火焰中受苦，而前排的老妇人们已经准备好了。不仅因为她们身怀原罪，还因为她们都是女人，所以她们活该如此。神父和女人们都同意这个观点。但是，神父决定延长这段享乐的时光。他给了严肃的领唱一个信号，唱诗班立马唱起了赞美诗。不一会儿，大厅里回响着阴沉的歌声，仿佛正在盘问一般。管风琴声没有轻快地响起，反像是被按到了最大的音量。唱诗班的尖啸和呻吟声混杂在一起，传到了教堂的每一个角落。即使是被家人带来的婴儿也不敢哭喊，这些婴儿反而惊讶地看着祖母们低声忏悔。她们祈求耶稣在永恒的折磨到来前回到他的选民身边。神父扭曲地笑着：受苦吧，你们这些奸淫的人，贪恋尘世、见风使舵的人。

哭声在吊灯和圣徒的画像间回荡，令风琴管和走廊都发出了嗡鸣。罪人们抬起脚，重重地跺到地板上，仿佛这般哭号忏悔就能进入天堂、得到永生。人们因恐惧毁灭而放声哭喊，教堂沉重的长椅在哭声中震动，数字从赞美诗板上被震落，这哭声甚至把祭坛右边的烛火都震灭了。后墙的裂缝看起来正在闭拢。

哀号声好似浪潮般撞到教堂的内窗，又似浪花般破碎了。神父在心里默数了十下，才打算制止这哭声。他将手放到祭坛的栏杆上，挺直脖子看向礼拜堂。

"你们当中谁愿意为自己血腥的罪过忏悔？你们当中谁会为自己的恶行道歉？"他大声咆哮着，听者立刻觉得自己有救了。

"我！我！求基督宽恕！耶稣啊，不要抛下我们！"

"你们当中谁愿意接受永生的上帝，谁愿意与撒旦为敌？"神父大喊着。

几百只手举了起来。神父走过一个个哭泣的教民身边，在每个人身上都画了一个十字标记：

"以我们的主耶稣基督的名和血，您的罪孽得蒙救赎。"

大厅里，没有人会误认这个标记。在"得蒙救赎"之前，没有人放下自己的手。

拉赫亚坐在倒数第三排，和其他人一起唱着赞美诗。她机械地随着音乐动着嘴，但她并未对自己的罪感到悔恨。每个人都注意到了这一点。她在想，要不要在礼拜之后直接离开，也不必和谁寒暄交谈。她很久没参加过礼拜，也没有在教堂喝咖啡。至少这次她该留下来吃圣餐。

在布道之后，人群开始散开。一些老妇人还沉浸在刚刚的氛围里，在走廊上哭泣，但没人管她们。气氛变得轻松愉快，人们在这周也感受到了主的恩典，在原罪消失之前总是需要一段时间的。拉赫亚沿着教堂的走道走着，没看向任何人。她试图像周围的人一样沉浸在这轻松愉悦的氛围中，但她失败了。一位俗家教士站在教堂的门口，他显然在等着某个人。拉赫亚低着头，盯着教堂的酒红色地毯，连余光都没瞥向任何人。但她担心的事还是发生了。教士找到了他的目标。他伸长脖子，看向过路的人。人们边加快步伐，边庆幸教士这次的目标不是自己。

"拉赫亚，请留步。"

机会的大门曾经为她打开，但现在已经关闭。为什么她不在唱最后一首歌的时候早点离开呢？教士向拉赫亚走了一步，就站在她和敞开的门之间。

"我们一直很担心您误入歧途，您知道的。"

她被指责过两次，他们两次说她对神不敬，要求她悔改。在这两次中她都否认自己侍奉除了上帝之外的伪神，她不承认自己曾接触过那些错误的思想。最糟糕的是，她拒绝屈服，拒绝悔改。但就是这个，她正为此担忧。

"我邀请您参加下周二晚上八点的教牧关怀①会议。到时所有神父和教士都会为您提供支持和帮助。您会来的吧？"

拉赫亚想尽了所有理由和借口，但是没有一个合适。

"我会去的。"

"不见不散。愿主保佑你。"

"愿主保佑。"

村道上到处都是人。人们离开教堂，去别人家里做客，或者聚在一起去喝咖啡。星期日是一周里唯一不需要劳作的日子，但是可以去亲朋好友家串门。当然，不能有狂欢，不能有笑声，也不能做什么出格的事，因为这一天是神圣的。年幼的孩子们可以到处跑动，但是大人们必须懂得规矩。拉赫亚决定直接走回家。村道旁的桦树已经金黄，蓝莓的枝头也变得赤红。也许今年的田野将与树林同时染上秋色，大自然将用温暖的色彩宣告秋日的到来。秋日并非总是同时降临在田野和树林间，有时染上秋色的叶子才刚刚开始从枝头掉落，树林才刚刚变色，而田野里的植物早已变成腐烂般的棕褐色。这两者的时间总是很难同步，如果有幸遇到漫山遍野层林尽染的景色，人们总是很难忘记。

回到家，拉赫亚走到二楼。她没和明娜说，自己在楼梯间待了一会儿，然后走进厨房。卡琳娜早上为孩子们准备了越橘汤，还给拉赫亚在桌上留了一杯，但她现在不饿。她把穿去做礼拜的衣服扔在餐厅的沙发上，然后坐在摇椅上思考。她看向四道口，心里一阵恐慌。人们仍在路上走着。有些人打算顺便去墓地上清扫亲友们的坟墓，反正他

---

① 指宗教活动中牧师或主教给予教民在精神上的关心与帮助。

们都到这里来听布道了。男人们大步走在妻子的前面，也不管腿脚不好的妻子只能蹒跚着前行。在克雷恩巴士的后座上，小孩们坐在大一些的孩子的怀里，就像套娃似的。

拉赫亚等了很久才被叫去参加聚会，不过她成功地在这几周躲过了教士的要求。教区的长者当然会训斥她家里人。他们说她不虔诚，还提到约翰尼斯和卡琳娜买的电视，但是教士和拉赫亚都知道这不是真正的理由。电视不过是个借口，用来掩盖的借口。他们真正想训斥的是她太过了。太过了，什么都太过了。这批评很难用言语表达，连拉赫亚自己也不知道怎么说，尽管她完全清楚背后的理由。她太过特立独行，不像教区里的其他女人那样容易满足，那样安静，也没有女人应有的机敏和体贴。她从不接近任何人。即使她是女人，也从不表现出自己的疲惫或者柔弱。她有自己的位置，而且太显眼了。因为她的工作，她很难躲在角落里，但同样因为她的职业，教会也是她服务的对象。正因如此，才不能容许她这般不同。

还有其他的原因，拉赫亚知道。她的母亲身为助产士却不够谦卑，没有依上帝的命令来完善世界或保持妇女的沉默。相反，母亲年纪越大，她对世界的秩序批评得越多。她毫不犹豫地怒斥那些鳏夫，不管她斥责的对象是收成不好的村夫还是有十六个孩子的教堂司事。最后，她选择在杂志上发表自己的见解，鼓励妇女考虑自己需要承担的婚姻义务，她还暗示过，意外怀孕的风险比人们想得要更大，风险就像自家院子里的草丛一样疯长。许多人都知道怀孕的风险，当这些虚弱的女人们得知再次怀孕会给自己带来生命危险的时候，她们总会询问助产士如何避孕。但是如果助产士——这些专业接生的人告诉她们避孕的方法，那么这几乎是一种应受惩罚的行为。奥尼还在的时候，他们也说他该受到惩罚，只是没人当面说过。

上帝好似从各个地方鞭挞着拉赫亚，但她仍然不能谦卑地低下头，不让自己低到尘埃里，而是特立独行，她拥有自己的事业，因此她自觉自己和男子也没什么差别。这就足够让教士们开一次会。如果不能在这次会议上让拉赫亚低下头，不能让她从此悔改，虔诚地侍奉主，不再特立独行的话，那么是时候让她知道世界的秩序了。渐渐地，串门的人少了，原来走亲访友的人都回到了家。任何一个真正虔诚的人在这天都不能说话，也不能到村里其他地方去。照相馆也不能开门。

路上的人渐渐少了，现在还在街上走就看起来不够虔诚了。他们同之前的过路人相向而行。拉赫亚还记得上次教牧关怀会议的结果。她坐在教众间，没说话。所有人都坐着，除了赫斯卡宁家的男人，他站着听那些所谓虔诚的人的斥责。赫斯卡宁不能出言为自己辩护，因为这意味着他的灵魂将永远停留在黑暗中，他能做的只有点头和乞求宽恕。也没有任何一个听众可以为他辩护，因为这是背叛了自我和自己的信仰。赫斯卡宁只能告罪忏悔。尤其是他选举时没有选主流的候选人，投票者知道这件事后，教会让每个人轮流发言，很快就要到拉赫亚了，但是她不知道该说些什么。其他的事情也被提到了：借用钢锯、人们周六的心情，还有赫斯卡宁的妻子向牧师夫人问好的时候总是慢吞吞的。赫斯卡宁满脸是泪，他年纪很大了，很难长时间站着。他听了那些批评的话，又是道歉又是解释，立刻表示他从此会虔诚地侍奉上帝。

拉赫亚坐在摇椅上，摇着摇着坐到了黄昏。马路上驶过的汽车前灯在天花板上投下一个个运动的图案。卡琳娜好几次叫她去吃晚饭，但她还不饿。直到入夜，她不得不起身去厕所。厕所在楼下，房子的大门边上。拉赫亚没开楼梯灯，而是摸黑走这段熟悉的路。这栋房子并不方便人居住，像座迷宫。最初设计它的时候，并不是为了两个家庭共同居住，设计的重中之重是拉赫亚的客厅，所有的房间都是围绕着它设计出来的。约翰尼斯把卡琳娜娶进门后，这栋房子像是一分为二，拉赫亚独自继续着自己的事业，而年轻的夫妻打算建立自己的生活。拉赫亚给自己预留了大厅和饭厅——饭厅的沙发曾是奥尼的床。她让约翰尼斯和卡琳娜住在随便安排的一个房间里，他们的第一个孩子出生后，这个房间对于他们来说太小了。于是又让这个小家庭换了一个房间，还移开了一个书架，这样书架后面才有给孩子的位置。只有厨房是共同使用的空间，可是因为厨房就在饭厅而拉赫亚睡在饭厅，只有等拉赫亚醒了、换好衣服之后才能用。

拉赫亚回厨房的时候听到了声音。卡琳娜在砧板上切东西，孙女们手里拿着一把牙签。每个人似乎都很开心。桌上散落着切开的卷心菜。而当拉赫亚走进厨房的时候，说笑声戛然而止。她说了声"晚上好"，大孙女麦莉特微妙地应了一声。她朝摇椅走过去，然而坐着不再让她感到享受了。她站到窗边，盯着外面空荡荡的马路。院子里的桦树下似乎有人走动。拉赫亚试图在夜色中看清，但是她没认出是谁。直到树下的身影离开——一只棕色的兔子蹦跳着离开了院子，沿着马路跳走了。它到长椅上尝了尝皱叶剪秋罗的茎秆，现在又小心翼翼地小跑着。它总是会被风吹草动吓到，停步蹲下。拉赫亚望着这只兔子，直到它在消防局的拐角离开马路，在湖那边的方向消失了。拉赫亚拉上窗帘，穿过属于她的大厅，走到约翰尼斯和卡琳娜的房门前。

约翰尼斯和卡琳娜正坐在沙发上，看着电视里的拉希埃逃离着火的房屋。明娜坐在他俩中间，卡琳娜正把电视上的字幕读给她听。麦莉特拿了个枕头，躺在沙发桌下面。她已经能自己读了，甚至为了证明自己，她还跟着小声念。沙发桌上有一个托盘，托盘里是白菜帮子做的牙签"刺猬"，牙签上还插着奶酪和葡萄。桌脚边有瓶开了的红酒，这是给成年人的享受，孩子们就可以在桌上的水壶里倒苹果汁。卡琳娜的父母每年秋天都会通过邮车寄苹果汁过来。窗帘开着，烛台上还点着蜡烛。

拉赫亚踏进房里，其他人都吓得冻住了。除了明娜还在叫卡琳娜读字幕，所有人的注意力都从电视转移到了她身上。麦莉特小心地从桌子下面爬出来，背靠在爸爸腿上。约翰尼斯试图偷偷地藏起桌上的红酒杯。

拉赫亚走到沙发边，坐在沙发的角落里。约翰尼斯把明娜抱起来，放在地上。女孩立刻溜到桌子下姐姐原来的位置。麦莉特想抗议，却又不敢。卡琳娜看着拉赫亚，但是拉赫亚没有回视她，她朝约翰尼斯耸了耸肩。桌下的女儿要喝果汁。麦莉特从牙签"刺猬"上给自己取了一根。她把奶酪和葡萄分开吃了。然后她又拿了一根，递给她的奶奶。

拉赫亚握住了她的手。她本来想说看那部在奥卢拍的电影，但是没说出口。电视里，拉希埃说了些什么，但是谁也没听明白。

鱼笼街·1977

拉赫亚沿着墙边穿过走廊,停在大厅中间。

她的脸颊泛着白,脖子却发红。

"你周围的所有人都死了。"麦莉特喊道。

现在孩子们在一块儿的时候总会闹起来。这回也不例外。

路灯下,铲雪车把人行道清扫一空。拉赫亚看向窗外,发现它把雪扫到路两边的玫瑰丛上。行人们远远地躲在路的另一边,等铲雪车开过。它铲得很快,发出雷鸣般的轰隆声。拉赫亚走到了离它远一些的另一个窗口边。铲雪车向村庄里的远处驶去。

有什么东西在卡琳娜和约翰内斯的身边发出了微弱的光。卡琳娜去为孩子们准备下午茶了。拉赫亚仔细听着——她离开的时候谈话声变小了。她听到孙女们的声音,还听到了达比欧的声音。托马斯在地上睡着了吗?拉赫亚不能和他们待在一起。她觉得女孩们在看到她的时候装模作样的,还故意曲解她说的每个字。达比欧就很有礼貌,什么都不说。

拉赫亚和托马斯一起去散过几次步。这个男孩会在桥上到处摸。他会观察河岸边雨水侵蚀形成的洞穴,还会说住在这些洞穴里的巨魔的故事。他们一起去拜访奥尼的坟墓，把墓碑的镀金字母上的苔藓刷下来。拉赫亚会和他说家里这座大房子是怎么建起来的，也会告诉他过去的故事。她会说起奥尼和玛丽亚的一些故事，还说起海伦娜是怎么失明的。他们聊起这些事情的时候都是随心所欲的，想到哪里就说到哪里，没有规定一定要说一个情节完整的故事。有些故事过去已经被说过很多次了，有些细节却又被忘记了，于是不同故事的细节串联在一起，又变成了新的故事。尽管如此，每次拉赫亚指给他河岸土坡下的洞穴位置的时候，托马斯总是会全神贯注地看，听她说的故事。在家里的时候，她用药瓶的瓶底在报纸的边边角角画圆，然后他们会一起在这些圆里画上笑脸、哭脸和悲伤的脸。托马斯永远只画笑脸。

一辆汽车驶过屋边的弯道，开向房子前。它越开越快，排气管轰隆作响。拉赫亚转身穿过厨房。她边走边关上厨房里开着的灯，然后她走下楼。妈妈的房门已经下了安全锁。妈妈的房间后面住着约翰尼斯朋友的儿子和他的朋友，他们俩都在村里的高中上学。从他们的房间传来大笑声。而收音机的声音从地下室传来。拉赫亚推开门，走到地下室。地板上满是砖土和烟灰。约翰尼斯刚从桑拿房出来，他拉上身后的门。他的脸被里面的烟熏黑了，眼角却有几道白色的纹路，这是因为他用力眯着眼，煤烟没能把眼角的皱纹染黑。拉赫亚走到一半，在楼梯上停了下来。

"里面还有洗澡的水吗？"

约翰尼斯现在才注意到她："锅里的水开始热了，洗之前我就生了火。"

约翰尼斯把砖头整齐地堆起来。烤箱下面的那几层砖还没移开，拉赫亚在看烤箱后面的防火墙上水泥的痕迹。

"你在干吗?"

"我做个壁炉。"

"谁要在这里烤火?"

"没人在这里烤火,不过做个壁炉挺好的。桑拿后可以烤些香肠。"

洗衣机上面的晶体管收音机套着塑料袋。收音机唱着歌,歌里说四月的时候有个人在河口也唱着歌。约翰尼斯的手指在他的衬衫上蹭了蹭,上面马上印上了烟灰。他脱下衬衫,然后反过来穿上衬衫,这样外面的那一面就没有烟灰。他手臂那块儿都是黑的,但肩膀和胸部却是白色的。他看上去就像有着黑色面孔和白色条纹的人形胶片。

"水已经热了吗?"拉赫亚只能站在楼梯中间,哪里都无法下脚。约翰尼斯小心翼翼地把衬衫折好,放进洗衣篮里,免得到处飞扬的尘土把衣服弄脏。

"妈妈,别跟卡琳娜说那个壁炉的事。"

"她不知道吗?"

"我想给她个惊喜。她总是说起她娘家的大壁炉。"

"你打算做个那么大的?"

"这里没那么多地方,只能按这里的空间做个差不多的。"

墙后,中央供暖锅炉的发动机发出嘶嘶的声音,接着声音突然变大了。太吵了,约翰尼斯去关了中门。地下室再次安静了下来。

"噪声太大了。"

"对。"

"那个旧锅炉就没什么声音,你还记得吗?"

"那个烧木头的锅炉?"

"最好留着它,万一哪天派上用场了呢!"

"留着也没什么用了。要是用它的话,天冷的时候我就要半夜起来给它添柴,不然就会结冰。"

约翰尼斯打开桑拿房的门,走了进去。拉赫亚听到水烧开时锅盖的跳动声。然后儿子回来了。

"现在温度就合适了。"

"麦莉特好像出门了。"拉赫亚说。

"应该是的。"

"她不是已经去跳过舞了吗?"

"不是你们那个年代那样。他们学校现在每个月都有次迪斯科舞会。"

"我和她说这是自取其辱。"

"你还记得我们以前说过什么。"

拉赫亚在儿子的视线里垂下了头。

约翰尼斯朝桑拿房走过去。

"妈妈,你有什么事吗?"

拉赫亚想说,托马斯不想和她出去散步了,也不想坐在她身边,就算她开口叫他。和其他人坐在同一张桌子上,大声说故事,全家一起说从卡琳娜那里听来的有趣的玩笑,这样子真是太好了。但是当她张开嘴,却只能说出别人觉得是挑刺和抱怨的话。当其他人议论她说的话时,她当然注意到了那些偷偷交换的眼神。礼貌地对视后,他们就会从她身边移到远处的椅子上。和她在一起会不开心,从来都没人开心,可是她也不能做什么来改变。拉赫亚张开嘴,却又找不到合适的语言。她就是这样,有时会被别人说——她就是这样又孤独又冷淡又阴暗的人。

"没什么事,一切都好。"

约翰尼斯进到桑拿房里,关上门。拉赫亚看着紧闭的门和门后的儿子。她感到一阵终结般的恐惧。

"约翰尼斯!"

拉赫亚感觉好像一切都变得又湿又滑,像显影液里的照片一样从她手上溜走。她突然意识到自己不再拥有这栋房子了,它正一点点地变成别人的东西。她没有把握住变化。自从女儿们不再来探望她之后,除了儿子,这里没有什么和她共同拥有旧日的温情了。而现在他们母子间的门也关上了,只剩她一个人待在另一边。

"怎么了?"约翰尼斯的声音听起来像蒙了一层被子。

"海伦娜最近怎么样?"

儿子的声音变了。

"她没和你说吗?"

"没。"约翰尼斯打开门,站在门边看向他的母亲。

"你也没给她打电话吗?"

"现在怎么了?"

拉赫亚走下楼梯,约翰尼斯把门彻底打开了。

"她正怀着孩子呢。"

"她怀孕了吗?"

"这你都不知道吗?"

"我当然知道,"拉赫亚说,尽管她的确不知道,"她眼睛看不到怎么照顾孩子?"

约翰尼斯没有回答,而是盯着门。他保持着沉默。

"她昨天出院了。"

"我得马上打个电话给她。"

"明天再打吧,现在太晚了。"

楼梯上传来脚步声。麦莉特跑了下来。卡琳娜的声音随之而来。

"你回家后要马上跟我们说。不然我就一直不睡等你回来。"

约翰尼斯听到大门关起来的声音。

"他们应该是不和卡利一块儿去了。"

他转身回到桑拿房里，关上门。门板鼓了起来，门板底部的边也卷了。约翰尼斯把门把手往上拉，门关上的时候好似发出了一声叹息。拉赫亚继续盯着没建好的壁炉。堆起来的砖的一侧泛着石灰般的白色，另一侧则是灰黑色。她试图弄清楚哪种壁炉适合放在角落，但也没有想到有什么合适的。

拉赫亚沿着楼梯往上走。厨房门底下透出光。卡琳娜看着窗外，拉赫亚在她旁边停下来。汽车从马路上开到院子里，然后停在那里。一个男孩从车上下来，点燃一支香烟。然后他低下上半身，探进车厢里，把前排的座椅折起来。麦莉特上了车，男孩又坐回前排驾驶座上。卡琳娜试图看清谁是开车的男孩，但她认不出来。汽车在挡路的雪堆间来回驶过，消失在道路的尽头。拉赫亚走进餐厅。卡琳娜仍在注视着汽车的尾灯，然后转过身对着拉赫亚："这话我只说一遍。"

拉赫亚停下来，但没有转身。

"您想的话，可以随便对我大吼大叫，"卡琳娜继续说道，"我不会对您做什么。但是请您不要再对孩子们说任何坏话了，行吗？"

拉赫亚什么也没说。她知道，如果她不回答，卡琳娜就会跑到家门外。拿起车钥匙，开车往奥卢去。她听说卡琳娜总是这么干。狂开五十公里，然后掉头又开回来。装作若无其事地继续煮粥做饭。

"行吗？"卡琳娜又问了一次，她的声音中有一种特意伪装过的平静，"如果您同意的话，请您答应我。"

"行。"拉赫亚的声音在餐厅里回响。约翰尼斯说过这件事很多次。他为卡琳娜担心。他怕她汽车打滑，或者撞上驯鹿。

卡琳娜转身走出门。她应该是下楼了，但拉赫亚没听到她的脚步声。

"他在那儿建壁炉呢。"拉赫亚对着墙纸说。

"他在做什么？"卡琳娜问。

"他正在炉子的位置上建一个壁炉。"

"这会是他做的事呀。"

卡琳娜的声音变得柔和起来。她关上了门，门外传来她下楼的声音。拉赫亚走到开关那里，把灯关了。房间里瞬间黑了下来。餐厅的窗上印照着灯光。拉赫亚弯下身，摸了摸散热器的表面。它很暖。有人刚刚又打开了它。她关上温控器，看向窗外。在路灯的灯光下，雪是橙黄色的。旗杆的绳子在风中弹动着飞舞。如果奥尼还在，现在这里会是什么样呢？

卡琳娜

　　我将永远爱你，逆境也无法使我动摇，纯美之心将燃至生命的最后一天。

　　谨以此誓，戴上你予我的婚戒。

婚誓 1960

柴门路·1964

卡琳娜在挪动婆婆沉重的沙发。她抬起沙发一角,将彩条毯滑入沙发脚下。松开手,沙发重重地砸向地面,幸好厚毯子减缓了撞击的声音。地上的婴儿篮里,明娜惊醒并哭了起来。卡琳娜暂停片刻,确认婆婆没有听到任何响动。对于卡琳娜来说,这个拥有狮足状沙发腿的家具实在太过笨重。她把孩子哄睡着,然后绕到沙发的另一头,抬起沙发脚将毛毯滑了进去。一番努力之后,她终于在地毯的帮助下将沙发拖离墙角,挪到了房间中央。是时候擦窗户了。腹部忽然袭来一阵疼痛。

她在这栋房子里住了四年,整日在迷宫般的冷清里打转。刚进村时她就知道,这栋房子并不招人喜欢。尽管是在物资短缺的年代建造的,它仍然大得无边无际。婆婆不忘宣称它是村里最大的木房子,还说在所有的建筑里,只有教堂比它高一些。卡琳娜觉得,虽然这栋房子是在渴望被看到的前提下建造的,但它厚重的棕色窗帘足以在天色渐暗时将住户们隔绝在内。上锁的外门上空空荡荡,始终没有门铃。

卡琳娜打开僵硬的窗钩,钩子的铁锈味沾染在手上。窗玻璃笨拙地朝内打开。她把椅子挡在玻璃后面,以防止窗户晃到墙上,砸掉挂着的竖形油画。这幅画早在战前就挂在这里了，画上是一排紫色的房子。渗入的冷空气顺着地板游走。卡琳娜将明娜的婴儿篮抬上茶几，然后在窗台上放好热气腾腾的搪瓷盆，换上旧衬衫，开始用抹布擦拭窗户。肥皂水很快就变灰了。

窗外，麦莉特正坐在雪堆上吃雪。卡琳娜靠着窗户制止她，但女孩只是转过身背对房子，继续我行我素。

卡琳娜审视着村镇路，它穿过房子，直向四道口奔去，那里曾是他们和约翰尼斯乘邮车经过的地方。彼时的卡琳娜还满腔热情。从奥卢一路走来，她眼睁睁地看着桦树逐渐减少，松树纷纷变成蜡烛形状。约翰尼斯解释说，这种形状的松树能够承载更多的积雪。当邮车吃力地爬上山头，又迅速冲到山脚时，卡琳娜抓紧衣服，一边笑着，一边牢牢握住丈夫的手。对于习惯了平原的人来说，这样波浪般起伏的风景实在令人惊心。而当成百上千座被雪覆盖的山丘遮住了天际线的时候，更是如履梦境般难以置信。

到达终点时，婆婆已经等候许久，她为衣着单薄的卡琳娜披上外衣，在握手和自报姓名前，把女孩从头到脚打量了一遍。至于约翰尼斯，婆婆则什么也没和他说。道路两旁重建的白色房屋盘踞在酷寒中，各占一角。房屋间严格按照公共工程局的规定间隔开来，与马路保持相同的距离。它们以一种奇异的、独具特色的方式散发着魅力。

院子里，麦莉特正把雪一堆一堆地撒下来，像是在扮演雪精灵。她很快便停下来端详自己的母亲。卡琳娜看到，她厚厚的连裤袜上结了很多冰块。

她很明白为什么非要今天擦窗户。婆婆不想要孩子，可她还是生了两个女儿。当她第三次怀上孩子的时候，尽管知道她没法一人挪动沙发，婆婆还是命令她擦洗窗户。

流产以后，婆婆若无其事地为住院的她送去鲜花，在她不小心摔倒撞碎了丑陋的棕色花瓶后，婆婆也没有责怪她一句，即使这花瓶别具意义，曾在撤离的时候被婆婆的母亲打包带走，又完好无损地带了回来。约翰尼斯为死去的孩子掉了眼泪。那又是一个女孩。这次怀孕后，卡琳娜不敢告诉任何人，但婆婆还是听到了她晨起呕吐的声音。

每到夏天，村里就会呈现出美丽而繁茂的景象。沙质的布料在阳光中迅速升温。热腾腾的淤泥混杂着拉布拉多沼泽茶的香气，随风散入村庄。高大的孤松树梢嗡嗡作响，却无一根被风吹折。盛夏时节，约翰尼斯在东边木屋外的湖上泛舟。卡琳娜坐在后排船座上，用手划动沁凉的湖水。还是在夏天，他们乘坐约翰尼斯的多厢电动自行车去森林里野餐，吃着小食，喝着从羊毛袜包裹的暖瓶中倒出的温热牛奶。夏天满是木屋和笑声，满是亲密无间。待到七月，回家的海伦娜会和约翰尼斯一起讲故事，卡琳娜总要细细分辨，哪个故事结束了，哪个又开始了。秋天刚到，海伦娜就又像候鸟一样飞去远方。冬天，大家坐在密不透风的家里，一边安抚孩子，一边等待黑暗降临，等待着来年夏天的到来。那时候，只有安娜会悄悄地潜入村里，和妈妈面对面坐在厚重的沙发上。

暗房是他们唯一可以享受二人世界的地方。卡琳娜会坐在约翰尼斯旁边，看着照片被一张张地冲洗出来。照片上的人们像被施了东方的神奇魔法般跃然纸上，让人无论看多少遍都会觉得惊奇无比。约翰尼斯一次次地让在黑暗中显现出新婚夫妇、墓地和风景的相纸重见光亮，然后再将它们依次地放入显影液和定影液中。这些液体的配方必须十分精确，否则就无法将那些被镜头捕捉到的面无微笑、瞪大眼睛的人们从背景中分离出来，抑或是照片刚开始很漂亮，后来却褪去颜色。约翰尼斯从他母亲那里学来了正确的调配方式，能够品尝出正确试剂的味道。他会用小拇指的指尖轻沾试剂，然后用舌尖来试味。据说，正确的试剂会在舌头上留下独特的酸味。

"这是爸爸的'照片指头'。"麦莉特总爱这样指着父亲泛黄的小拇指指尖打趣。

当然，最重要的还是聊天。谈话主题就像底片上的人物一样多姿多彩。政治、历史、故乡、家庭，在这儿，他们可以毫不混淆地谈天说地。有时候谈话会延续到深夜，卡琳娜就把明娜的婴儿篮放在地板上。每日清晨，孩子总会闻到显影剂的味道。

卡琳娜把外窗玻璃擦了整整两遍，以免落下婆婆的话柄。明娜醒了，正看着自己的妈妈。

"妈妈马上回来。"她朝孩子说着，尽管哪儿都没去。

小腹刚刚停止了阵痛。搪瓷盆里灰色的污水早已凝结成冰。

厄运道·1966

　　楼梯台上传来一阵吃力的抱怨。在窄小而陡峭的楼梯转弯处,曼达家电的员工们只得将沉重的包裹靠在扶手和墙壁之间。扶手上的木头嵌入了包裹的横档和助轮中间,使整个包裹吱呀作响。抬包裹的人下方,有个年轻的深色头发男孩正铆足力气把包裹向上推,另一边,年长些的涂有布莱尔克里姆牌发蜡的男孩一边为墙面刷上防剐蹭油漆,一边嘲笑挥汗如雨的伙伴竟不知道从下方推重物更费力气的道理。虽然家里没什么人,楼上的卡琳娜还是提醒员工们保持安静。男人们松开手,将包裹从扶手上挪了下来。卡琳娜闻声走下台阶,看着目前的进度问道:"大家还行吧?"

　　男人们成功地把重物抬上了楼,将其放在地板上。他们活动身体,挺直脊背,年轻的男孩则朝左右两边抻了抻上半身,与此同时,卡琳娜刻不容缓地为他们打开了厨房的门。男人们看了看同伴,又看了一眼卡琳娜,重振精神,将材料从地板上抬起来,挪进了厨房。这次他们没有撒开手,决定将重物一鼓作气地抬到卡琳娜规定的位置。她看了一圈,然后招呼男人们将重物靠在食物柜旁的墙边。男人们小心地将包裹立到墙边,年长的男孩从口袋里取出螺丝刀,拧下助轮,年轻的那位则将它们一个个地套上手腕。

男人们看向卡琳娜，确认没有其他吩咐后离开了房间。年轻小伙为卡琳娜送上了"一天顺利"的祝福，但卡琳娜没有听到。

她后退两步，细细端详。真好看啊！外壳刷着白色的保护层，棱角镶着铬角线，把手闪着金属光泽，向下拉时，门就打开了。门的内侧可以看到几个用金属打上的大字BOSCH（博世），字母下方的"优质"两个字稍小一些。卡琳娜出声地读着。两排字是对齐的，即使字数不一，也呈现着几乎一样的长度。这是她梦寐以求的冰箱。

从搬进这座房子开始，卡琳娜就盼望着拥有一台类似的家具。婆婆的食物柜塞着两根直通院子的透气管，又大又深，也不能很好地保存食物。柜中的隔板是用嵌板充当的，撑嵌板的衣架横穿了整个柜子。约翰尼斯说，这些衣架是他凭一己之力从旧房子的废墟里挖出来并砸平的，刚拿出来的时候几乎都报废了。尽管衣架上的钩子已经弯到变形，卡琳娜却总觉得自己的袖子会被衣架钩住。

现在终于有了新的机器，虽然它比食物柜好点儿，但还需要适应一下。家里人只把沙拉放进冰箱，因为婆婆并不喜欢这样的东西出现在厨房。为了安全起见，约翰尼斯将马克笔和便士存放在不同的角落。这些钱是为摩托车存的。一开始，家里没有为摩托车买新的传力杆，但当它在路上急停两次之后，大家便意识到它该翻修了。当然，链条也该换一换，但约翰尼斯把这些预算都推到了未来。他每天都在担心，这台车子会不会自己反应过来已经很久没有加油了，然后在某个时刻发出最后一声哀鸣。卡琳娜凭借自己的技术拿到了行政执业资格证，并在市政厅谋得在家润色议案的兼职。有两次，婆婆在门口质疑每夜传出的打字声,约翰尼斯就骗她说,是卡琳娜在练习双手打字。婆婆并不知道,卡琳娜早就会打字了。

把插头插进插座后,冰箱开始运转起来。它先是连发了两次金属撞击的声音,仿佛是某两个零件撞到了一起,但没过多久,整个机器就开始协调地运转,内部传来机械嗡嗡的声响。卡琳娜拉下把手,咔嗒一声,门闩打开了。冰箱里有三层置物架,还有两层在门的内侧。最底层的架子上放着一个东西。卡琳娜把它从冰箱里拿出来,然后在手里翻转了一下。她觉得自己曾在哪里见过这种东西,但怎么也想不起来它是什么。它的表面光滑极了。

卡琳娜把冰箱下层的控水板抽出来放在水池里,从炉上的锅里舀了两勺水浇在上面,然后倒了两滴仙子牌洗洁精。她从橱柜里选了块干净的抹布打开冰箱门,用手试了下冰箱内部有没有降温。还没有。她开始擦拭冰箱内侧,把每一层架子都清洗干净,在此期间还换了两次水。里面擦完了,就关上门把冰箱两侧和冰箱门外部擦干净,把每个字母擦得反光。最后,她把自己发现的、滑滑的东西也放进水池清洗干净。洗着洗着,她忽然记起自己是在市政厅的冰箱里见过类似的物品,虽然是空的,但有人跟她说过这东西的用途。对,是鸡蛋托。卡琳娜马上决定去买鸡蛋,晚饭做蛋卷吃。

冰箱里开始变冷了。卡琳娜打开食物柜的门,扫了眼放在里面的东西。上顿饭留下的土豆和褐色沙司已经干裂在盘子上,被盖了咖啡碟遗忘在柜子里。她很想改变这种习惯,亲自管理每一层架子,规划每一天。可婆婆总会将餐桌上的餐盘快速地收拾一空。因此,柜子深处总能发现各式各样的"惊喜"。干裂的或长毛的,绿色的或蓝色的。

在婆婆还没来得及阻止的时候，卡琳娜三步并作两步把这些东西倒进了垃圾桶。

卡琳娜把最底层的架子清好放在地板上，然后将食材重新规整一番。她挑出了黄油、香肠棒和奶酪块这三种最重要的食材放进冰箱。最后，留在架上的食物将继续隐藏在食物柜的某个角落，直到婆婆忘记了它们的存在。从这个架子到那个架子，卡琳娜重新整理着食物柜的库存。冰箱比食物柜小了一些，她暗自窃喜，这样的话就不用把所有食材全部塞进去了。明天她就去买代替纯黄油的人工黄油，总算有地方保存了。这东西，婆婆永远都不敢吃。

她停下来思考，婆婆到底会喜欢柜子里的什么东西？或者说，什么东西会赢得她一如既往的喜欢呢？秋天的时候，婆婆在炉膛里烧毁了她的《社区》杂志。之前她边浏览边说，这并不是家里的必需品，而是自己在路上突发兴致买来的。除此之外，婆婆宁愿花时间与约翰尼斯和孙女们将冰牛奶从坛子里倒进玻璃杯，也不愿收拾柜子里的食物，任由它们在其中腐烂变质。想到这里，卡琳娜假装端起牛奶坛子，用甜甜的声音笑容可掬地询问道，婆婆是否满意？牛奶够不够温，够不够丝滑？

最上层的架子在高处。卡琳娜从前厅找来厨房凳，把它拖到食物柜前。她爬上去，将架子上的东西揽到自己面前。盐焗蘑菇、发霉的果酱、凝结成蜡块状的浆果汁。突然，她的目光停止移动，一个玻璃罐吸引了她的注意。这罐子很高，棕色，没有盖子。她马上就认出了这是什么东西。她伸手将罐子抬至胸前，然后下到地板上。嘴巴下意识地抿成一条线。她将罐子放到桌上，透过它的表面看过去。血色的面包块。被缺了门牙露出牙床的嘴巴咬了一半的面包片，以及印着牙龈中渗出的血的面包皮。她实在看不下去了，于是将罐子放回食物柜，关上了柜门。

安娜的两个双胞胎儿子在夏天的时候进了护理中心。婆婆专门去那儿照顾他们的饮食，为两个孩子提供日常所需。在意识到所有要求几乎都可以被满足时，孩子们很快就适应了这种饭来张口的生活。他们听说大饼太硬，不适合在换牙期食用，又不肯用牙床去啃普通面包以及筋道的面包皮，于是就嚷嚷着要吃法式面包。

就在不明原因的卡琳娜批评男孩们饮食太过奢侈时，婆婆已经陆续将带有血迹的面包块收集在罐子里。据说这东西能为麦莉特和明娜熬出美味的面包汤。有一次，男孩中的哥哥朝卡琳娜做了个鬼脸。卡琳娜发现他只吃面包上的砂糖和里面的豆蔻干籽，然后把硬一些的、沾了血迹的面包皮扔进罐里，于是就给了他一个新鲜的肉桂卷。男孩吓坏了，他虽然没说什么，但仍然在恒牙已经长出来的情况下挑着吃了面包中间较为松软的部分。

现在这罐子又出现了。她曾拒绝用这些面包块熬粥，还在婆婆执意要做的时候流下眼泪。当约翰尼斯听说自己的女儿竟要吃掺杂着血渍的混合物时，他大声抱怨了自己的母亲。那时，罐子被放在厨房的桌子上，卡琳娜以为约翰尼斯已经将它扔进了垃圾桶。但是它又出现了，而且还没被装满。

卡琳娜环顾了厨房一周。婆婆遗留的身影潜伏在囊括了食物柜的各个角落。这女人审视着她的杰作，见证着她那美丽的梦想幻化为可笑的跳蚤摊，还把孙子们带血的残羹剩饭做成食物。卡琳娜不敢想象，自己和女儿们已经在毫不知情的情况下吃过多少次这样的食物。

在这样的两难境地，约翰尼斯总是站在卡琳娜这边。他从不袒护自己的母亲，只为卡琳娜说话。后来，婆婆就把自己遭受的一切都怪罪在卡琳娜身上。一切自然就都成了卡琳娜的错误。她不敢反驳，甚至在被责备时还要保持端庄。还能怎么样呢？房子是婆婆的，是摄影师约翰尼斯的，是所有人的。如此形单影只，卡琳娜不敢反抗。她在害怕什么？冰箱里放进了沙拉，冰箱的位置在工作日被挪动了两次，婆婆的身影若隐若现。

这里从来都不是她的家。卡琳娜一直未能拥有属于自己的漂亮厨房，更别说食物柜了，柜架的边缘也没有贴上好看的装饰边。有的只是婆婆的杰作和她省下的食物，还有那百八十本无聊的夜间杂志和约翰尼斯拍打孩子入睡的声音。所有的钱都淹没在厨房里，淹没在不属于她的禁地。冰箱也无法顺利地放在厨房里，而是被挤在墙上，有几处甚至无法着地。食物柜的门不能全开，否则就会砸在冰箱的漆边上。

卡琳娜实在无法继续待在厨房里了。她迅速穿过餐厅——婆婆正在那里的某个角落睡觉，然后快步走过婆婆的起居室——那是婆婆妄称为大厅的地方。卡琳娜仿佛在寻找什么东西，却不知道那东西是什么。她绕着屋子走了一圈，最终转向楼梯，跳下台阶走进地下室。一种击打、砸碎、撕裂东西的欲望在指尖盘绕。这儿肯定有锤子和斧头。卡琳娜打开抽屉，翻找钉子盒，浏览放满干油漆桶的架子。公公曾在手工方面极具天赋，据说他亲手建起了这栋房子，打造了所有的家具。他是否也将工具箱一起带进了坟墓呢？卡琳娜的手触摸到了一件长相奇特的工具，像是大锤和棒槌的混合体，放在手上沉甸甸的。她拿着锤子，慢慢朝楼上走去。

　　厨房里，卡琳娜正仔细端详着冰箱。她抬手摸了摸冰箱顶部，感受到机器稳定的运作声。她将锤子举过头顶，双手紧抓锤柄，用力朝食物柜木门砍了下去。一声闷响，木头被劈开了，柜里的餐具叮当作响。门上现出一道巨大的裂缝。她再次举起斧头，扭转上身调整方向，砸向柜子的侧板。木条从柜框中弹了出来。斧子横穿木板砸进柜子内部。玻璃坛子倒在架上，发出清脆的碰撞声。卡琳娜打开柜门，朝着架子从上到下地砸了一遍，架子没有挪位，她便由低到高地再砸一遍。第三遍，粗糙的木架终于掉落下来，玻璃坛子也摔破了，风干的面包块在突如其来的震慑中碎成残渣。

浓羹路·1967

"不,我自己冲。"

明娜站在齐腰深的湖里,不让爸爸冲掉她头上残留的洗发水泡沫。约翰尼斯只好妥协,任由女儿把水溅得到处都是。麦莉特早已冲洗完毕站在码头,她看上去显然有些发冷,却不愿去桑拿房里取暖。卡琳娜把这孩子拉到身边,拿毛巾帮她擦干头发。约翰尼斯看了母女俩一眼,随即蹚着水朝岸边走去。

"别擦啦,它自己会干的。"

"毛巾擦得快些。"

麦莉特的头发已经干得差不多了,但她仍然凑在母亲的臂弯里取暖。明娜回到了岸上,但她不想进屋,还想再磨蹭一会儿,于是就跪倒在岸边的沙滩上。

鸟儿挥动羽翅,飒飒地飞过湖面。它们在桑拿房的上空优雅地盘旋着,发出忽近忽远的鸣叫。过了一会儿,桑拿房的后墙边传来鸟儿空洞的回声。女孩们关注着小鸟的动向。

"是鹊鸭。"麦莉特最先猜了出来。

"它也要去睡觉了。"约翰尼斯用哄孩子的语气说道。早些时候,女儿们总会在树上大声播报水鸟在巢里的生活习惯,但现在,这些对她们来说已经非常熟悉了。孩子们懒得再听父亲的唠叨,而是在水边玩沙子。

"麦莉特,快来看!"

"我不要。"

"它还在游呢!"

麦莉特忽地提起兴趣,转身顺水岸望了过去。卡琳娜把孩子们的毛巾围在自己身上。转眼,麦莉特已经走到了妹妹的位置,蹲下身观察沙滩。

"它还好吗?"

"当然啦。"

"那儿有路吗?"卡琳娜边问边走过去看。路程断断续续的,期间她还停下来捡去脚跟上的松针。

沙滩上大大小小的水坑,把湖水和岸上的沙地分隔开来。水里有小沙洲。鹊鸭停了下来,虽然不再往前游了,它的前肢却一刻不停地划动着,看上去仿佛在等待着什么。

"安奈丽说我们在医院的时候,她们和马尔迪一起用捕鱼网抓到了一条这样的鱼。"

麦莉特歪头看着水坑里的鱼。

"它会长到多大?"

"通常是这么大。"明娜边说边拿手比画出很宽的长度。

"不会长这么大吧。"

"我之前划船的时候就见过这么大的鱼。"

"你肯定看错了。"

明娜从岸上抓起一把沙子。她把手举到水坑上方,将潮湿的沙块扔在鱼的脑袋上。河鲈挪了挪地方,然后停下来接着发愣。明娜用两只手一起抓向沙滩,然后把沙子扔在更小的水洼里。麦莉特想要阻止她。

"别这样!"

约翰尼斯抓起小女儿的手,将她夹在臂弯里。

"该刷牙喽。"

明娜试图从爸爸的臂弯里挣脱出来,但约翰尼斯紧紧抱着她,一路朝避暑小屋走去。明娜开始掉起眼泪。麦莉特则还在岸上。她把水洼挖得深了些,河鲈逃到了水洼的浅水处。

"不会有事的,它会更大更深哦。"

麦莉特从湖底挖了把沙子,挡住涌向浅滩的波浪,然后把脸颊贴近水洼。

"我能把它带回家装进罐子里吗?我可以挖泥鳅给它吃。"

"那你得想清楚,到时候它的四周就全是玻璃墙了。"

麦莉特很快便想通了。她从岸边的浅水区拔了根小小的木贼草,把它栽进水洼里。

"这就是它的树啦。下次划船的时候我要再给它找棵'河鲈草',那样的话它在这里就不会无聊了。对啦!还有睡莲。"

小女孩从沙里挑了颗小石头放在浅滩处,把湖里打来的波浪隔成一个个的小水花。

"水洼被加固了,这样它就不会逃走啦。"

卡琳娜蹲得腿疼,她艰难地站起来。疼痛持续了一小会儿。她将手伸向麦莉特。

"我们也回屋吧。"

"它不会在夜里跑了吧?"

"它还能跑到哪儿去呢?"

麦莉特将信将疑地看向小鱼,但还是拉住了妈妈的手。她们蹚过了容易落脚的浅滩处。门朝里开着,屋里接连传来明娜的哭声。约翰尼斯走到露台,把毛巾晾在扶手上,顺便弯下腰,看了看楼下的桑拿房。

"麦莉特,你也快来换睡衣吧。"

麦莉特松开妈妈的手,蹦蹦跳跳地迈向避暑小屋。她的双脚轮换着跳动,左边两下,右边两下,然后再换到左边。

"你也来吧?"

"我再等一下。"

约翰尼斯的目光在卡琳娜身上停了一会儿。她的脸上浮着忧思,又好像是歉意。可是此刻她有什么可抱歉的呢?她并没有做错什么。

"怎么了?"

"就那样。"

麦莉特已经跑上了露台。

"妈妈怎么了?"

"她藏着女人的心事。"

"什么心事?"

"牙刷完了吗?"

"没呢。"

"快去刷吧,刷完了睡觉。"

露台的门被关上了,卡琳娜一个人停在桑拿房前。河水涌向湖面,吹散了那儿的薄雾。蚊子也消失不见。转凉的天气阻碍着远行的脚步,是时候离开避暑小屋启程回村了。夏天总是这样闲适,能够抽时间来到这里和家人一起过夜。明早就要把一切打包装车,去市中心等待傍晚的降临了。卡琳娜开门走进更衣室。她把毛巾挂上衣钩,打开桑拿房的门。温润的空气迎面扑来,闻起来略带霉味和之前蒸过的人的味道。"桑拿尽了"的味道——这是约翰尼斯某次说起时被孩子们听错的称呼，那时候的麦莉特还很小。原话本是，桑拿精灵的味道。

卡琳娜把门开到最大，蹲下身朝桑拿炉里添了些柴火，然后透过窗户望向幽暗的湖面，等空气清透一些，便关门爬上木台。她朝炉子里浇了些水，水珠慵懒地蒸发着，一直持续到彻底被石头烤干。卡琳娜躺了下去，把腿直直地搭在墙上。虽然这间桑拿房的形状很奇怪，还建错了地方，她却很喜欢。这座房子很特别，箱式的形状和倾斜的屋顶，还选在河水退潮的时候搭建。春洪时节，融化的春水常常奔涌到地板下方，侵蚀支撑用的柱子。如果在冬天冰结得多，河水甚至会涌出地板流进屋里。但桑拿房里的坐台很宽敞，可以直接看到窗外的湖水。窗户大得可笑，据说当年盖房子的时候多出了一些材料，约翰尼斯的父亲就把它们运了过来。

整个避暑小屋也是用多余的材料建成的，有着和桑拿房一样的箱式形状和倾斜屋顶。小屋的位置选得极好，从屋内就可以一览湖岸和河口的美景，但整个屋子却是隐没在树林后面的。所有房间都是根据太阳方向建造而成，因此清晨、午后和傍晚的阳光会依次照在床头柜、厨房和卧室里。明娜出生后，他们夫妻二人还接着布置了几间别的屋子。他俩在建房子和收尾方面都不是很在行，因此整个小屋总有些不尽如人意。不过，一起干活总是充满乐趣的。起初约翰尼斯总是抱怨没能拆掉客厅的法式阳台，后来，那里反倒成了安放卧室门的最佳地点。类似的事还有错设在新屋子里的巨大窗户，从那儿竟能看到下方小河里游动的闪光白鱼。卡琳娜很享受在避暑小屋里的时光，约翰尼斯和女儿们也一样。每到海伦娜休假的时候,她也总想着能立刻跑来小屋这边。但出于礼貌,她得先在护理中心规定的探亲时间陪伴母亲。海伦娜总能几步从露台跨到蛇形埂、外屋和桑拿房里。明明是在房间里走着,她却仿佛能看到其他地方发生的事。她会稍稍抬起胳膊,自信地跨过门槛,揪下衣钩上的餐巾,然后从柜子里找个熟悉的茶罐。

婆婆也来过避暑小屋。虽然她偶尔会和大家一起去蒸桑拿,但总在蒸完之后马上就骑车回村。她从不在小屋里过夜,也不喜欢在屋里待着。更多时候,她会坐在露台或者码头上,用一种酸酸的目光审视整个屋子。厨房她也没去过。婆婆曾经想要把整块地都卖掉,还好公公把房子过户到了约翰尼斯名下。尽管婆婆多次提到卖房得来的钱该如何分配,约翰尼斯还是不想卖掉这里。迫于压力,卡琳娜也曾向丈夫透露过这样的想法。他随口答应了下来,却再也没有在两人之间提过这件事。

想起婆婆,卡琳娜便下意识地咬住嘴唇。她将双脚落在木台的踏板处,把手放在肚子上。不会再宫缩了。子宫还在肚子里,但医生说,为了保险起见需要做个局部麻醉,在宫颈上缝两针。当被问到夫妻生活是否和谐时,她用"很好"作答,但这答案显然不能让医生信服。身后站着那么多陌生人,她还怎么坦诚呢?那些人不是有钱就是有产业和房子,而他们只有这座斜顶的隐匿处所。他们只有对方,只有女儿,只有可怜的自己。

桑拿的热气开始消散,卡琳娜下了木台。她重新把自己冲洗了一遍,然后给桑拿炉里添了两根用来烘干的火柴,就去码头边上发呆了。这里的森林和她小时候所熟悉的林子很不一样。没有灌木,没有阔叶树。只有高高的松树和低矮的帚石楠，或是一望到头的地平线。避暑小屋附近有两丛丁香，是公公在世时种的，但枝叶还没半米长。每年冬天都太冷了，何况还会有驯鹿来啃食。

卡琳娜注视着黑暗中的鹊鸭巢，但那儿什么声音也没有。

"鹊鸭应该已经走了。"

卡琳娜被约翰尼斯的声音吓了一跳。这个男人正站在码头边上，朝卡琳娜的方向看过来。他已经把女儿们哄睡着了，自己也套上了睡衣。

"我们都会衰老和生病。希望不会死在自己的'巢'里。"

卡琳娜望向另一边。她想起了女儿们挖的水坑，于是蹚过水去查看。河鲈隐没在黑暗中。它停在原地，但半个身子仍在划动。卡琳娜弯下身去观察，发现它的鱼鳍还在摆动。她抬起脚，在沙滩上划出一道宽敞的小沟，把水洼和湖水连了起来。小鱼被卡琳娜弄出的声响吓坏了，但它没有逃走。卡琳娜推了推它，它也毫无反应。她用脚把沙地踩平，然后泼了些水，让水纹推搡着河鲈靠近湖水的方向。河鲈在原地停留片刻，之后便开始游动。它停在一个点太久了，游起来有些倾斜，速度也慢。照这个样子，肯定会有鸟儿把它吃掉的。

约翰尼斯在码头靠上的位置坐了下来。卡琳娜脚下的水有些冰凉，她蹚过水走上码头。对岸传来潜鸟的哀鸣。卡琳娜坐在码头的阶梯上，背靠着约翰尼斯。丈夫一只手环绕着她的身体，另一只手摩挲着她眉毛的轮廓。这种感觉让人心安。悲伤从肚子深处的某个角落涌了出来。约翰尼斯的指尖停止移动。

"我不想让鹊鸭死掉。"卡琳娜忍着哭声轻轻说道。

"它不会死的。"

约翰尼斯的声音也带着哭腔。他的手抱得更紧了,另一只手开始轻抚卡琳娜的头发。

"它没死,只是在休息。"

卡琳娜靠在约翰尼斯的身上,他们在黑暗中摇晃着,一起融进秋天的深处。

世界沉浸于此,沉浸于潜鸟无边的鸣叫中。

好运路·1969

"好,拉!"

木板缓缓脱落下来,铁钉吱吱地旋出木头。约翰尼斯正用铁撬棍卸掉外厕的隔栏,卡琳娜站在外面帮他拉扯木板。

"稍等一下。"约翰尼斯说道。

木板的上部还没扯下来,可卡琳娜够不到更高处了。她向后退了几步。

"孩子们,离远一点!"

麦莉特和明娜闪到一边,与此同时,约翰尼斯开始用铁撬棍尖砸向木板上侧。木板松动起来,晃了几下之后终于全部脱落,"砰"的一声砸在潮湿的地面上。女孩们拿起木板,走过正在沙坑里玩耍的达比欧,将其放在地下室的通风口处,那儿还放着一个等着搬的锯木架。一些棕色的粉尘跟随女孩们的动作飞扬起来,落在堆成一摞的木板上。木板底部已经被厕所马桶里的氨气腐蚀了。麦莉特用极其夸张的姿势抖了抖腿。

"这些木板也太烂了!"

家里在很多年前就建了内厕。只有一间,而且只是个从外厅拿到地下一层的被劈矮的柜子。地下水的冲击很快便在木箱的后墙上侵蚀出一道道斑痕，但大家都觉得，这里起码坐着很暖和。在滴水成冰的冬天，就连婆婆也寡言少语地待在屋内。外厕早就不需要了，卡琳娜决定趁着五月的周六拆除它。女儿们好像对这项工作并不感兴趣，但卡琳娜边哄骗着边指使她们干活。她买来肉馅和法棍，做好了肉饼，宣称晚上就能享用到在美国人人都能吃到的汉堡包。

厕所的前墙和侧墙已经拆掉了，只留下了后墙。厕所对面的墙上挂着麦莉特很久以前的画作。沙坑里的达比欧弄掉了他的橡胶靴，卡琳娜走过去帮他把鞋穿回脚上。小男孩在她的怀里歪成一条线，试图滑向地面。约翰尼斯砸着后墙的木板，整个厕所随之震动。太阳使周遭开始升温，虽然雪堆还很高，但约翰尼斯已经大汗淋漓。

"怎么？一个都！砸不下来！"他边砸边喊着。

随着约翰尼斯的敲打，靠外侧的钉子全都崩了出来，木板也在晃动，响声一直传到邻居家的后墙那里。

"麦莉特，帮我按住木板下侧，别让它晃。"

"你自己按。"

"你现在不能按吗？"

"我跨不过去。"麦莉特边说边指向已经拆到认不出形状的厕所。

"站到那里花不了你多少力气吧。"

"可是那样多蠢啊！"

明娜被姐姐的反应逗笑了，她用手指着那堆废墟。

"这个得你搬，这个也要你搬！"

"爱谁谁！"

麦莉特满是拒绝地晃着双手朝远处跑去，明娜则拿了东西紧跟其后。

"我把这个给你拿过来了!你快把它放回去!"

"明娜,你休想让我答应!快放回去!"

卡琳娜从沙坑里走了上来。

"好啦,孩子们快去干活吧,总不能一整天都这样吧。"

"我才不要站到那儿去呢!"

"那儿有什么可怕的?只有土而已。"

约翰尼斯已经砸完了木板。他把手遮在眼睛上方,看向卡琳娜。

"你准备拿这块地做什么?"

"我还不知道呢,等土壤软下来了,也许可以种点儿花草,比如覆盆子。"

"我才不要吃。"麦莉特边说边笑嘻嘻地把脸扭向妹妹,做出反胃的样子。

"我也不要吃。"明娜重复道,虽然她根本不知道大家在说什么。

"那就不吃。"约翰尼斯说道。

"种灌木也行。"卡琳娜继续着刚才的话题。她的眼前浮现出幼时托儿所里枝叶繁茂的花园。可惜这里不能种越橘。

"要是我先找些沙子把这儿盖住,"约翰尼斯说,"就不会有人取笑这里了。"

他把铁撬棍交给卡琳娜,起身去找独轮车。卡琳娜走进厕所,台阶的一侧还连着刷了蓝漆的珍珠嵌板。一块底板上有一条巨大的裂缝。

"锤子砸起来管用吗?地下室锅炉房的墙壁上好像有个锤子。"

明娜跑去了外门那里，但麦莉特走得比她慢。明娜只好停在楼梯上等姐姐，因为门太沉了，她一个人根本没法打开。卡琳娜刚被叫去给达比欧脱靴子，还没等她张嘴，女孩们已经进了屋。

约翰尼斯从车库里推出了独轮车，车子的轮胎已经没气了，表面的橡胶吱吱呀呀地蹭着地面。这栋房子里竟然还有损坏的物品存在？以前，家里的东西总是失踪或者坏掉。所有物品一经用完就会被遗落在不知名的地方，工具会被随手放在最后用过的场所，存货在桌上"遨游"了一段相当长的时间之后，就会被塞进看不见的柜子深处，任谁也无法找到了。这栋房子构造混乱，有多个楼层和数以千计的隐匿之地。卡琳娜是唯一一个尝试规整房子的人，因此所有人在寻找东西之前都会先问问她："卡琳娜，你有没有见过……""妈妈，那个东西放在哪里？"至于婆婆，她总会用非常礼貌的语气问道："请问你有没有看见谁把……"虽然卡琳娜在用心地做着整理和归类，但所有被搞乱的贴了标签的物品总会被随处乱放或塞进柜子里。她按照自己的方式执拗地寻找着一件件的东西，然后将其物归原位。慢慢地，整个房子变得井井有条起来，家里更加宽敞了，东西也变得容易找到。现在，她一般不需要确切地说明每个物品的所在地，只用平静地向找东西的人说一声："去找吧。"她知道，所有东西都被放在规定好的自然而然的地方。找东西的人只需要耐下性子，就可以在确定的地方找到自己需要的物品。

"你找到铲子了吗？"到达目的位置的约翰尼斯问道。

"大部分时候都能找到。"

"哈哈。"

"它会放在哪儿呢？"

约翰尼斯把独轮车推到了沙坑那里。达比欧正在沙坑上挖着洞，他停下来盯向瘪瘪的轮胎。

"爸爸是不是要给它们充气啦？"

达比欧忽然开心起来，他举起刚挖的沙子，把它们倒在独轮车旁。约翰尼斯走向外门。卡琳娜仍然坐在厕所台上。房子在去年夏天被刷成了偏黄的橙色，卡琳娜觉得这样看上去比之前漂亮多了。她闭上眼睛，任阳光照在脸上。风中飘浮着春天的味道。某处的窗户被砰地关上了。卡琳娜睁开眼睛看向楼上，婆婆刚把窗钩扣住。显然，她不想让室内的温暖消散。如果此时能让他们的卧室吹吹风，该多好啊！

婆婆留在窗边，朝院子里望过来。卡琳娜蹲在台阶上抓紧铁撬棍。她将铁撬棍的一头塞进珍珠嵌板的裂缝，然后开始撕扯。木板摇了摇，从台子上掉落下来。她把掉落的残块举起来，转身朝窗前的婆婆挥了挥手，像是拿着奖品一般。她用铁撬棍将木板一块接一块地敲下来，台子变得松垮了很多。卡琳娜就这样撕扯着，直到某个东西重重地掉落在第二台的废墟上。是把手枪。卡琳娜停下来，望着这件武器。她从墙上撕下画着他们一家和避暑小屋的画，盖在了手枪上。她自己也不知道为什么会这么做。达比欧背靠着卡琳娜，正用橡胶靴把沙子拨进刚挖的坑里。

卡琳娜走下台阶站在地上，用身体挡住了门口。她把画从手枪上拿开。这把枪和电视上的不太一样，棱角分明且小巧精致，是长管的款式。扳机前面是尖角状的投影。卡琳娜伸手摸了摸手枪的木柄，漆好的把手上一边是槽状的印记，一边则像个九字。手柄下方有个手写的 W。卡琳娜抓起枪，抬起了胳膊。枪管指着厕所的地面。她将枪管对准还没拆掉的后墙，伸直胳膊掂了掂手枪的重量，挺重的。她探出门外看向楼上的窗户，婆婆已经不在窗前了。卡琳娜将手枪拿到眼前，把手指按在扳机上。她闭上一只眼睛，望向瞄准镜。胳膊很快就承受不住手枪的重量了，她把手枪放得低了些。枪身上写着一行字：奥伯恩多夫毛瑟枪工厂。

手枪会是谁的呢？肯定不是约翰尼斯或者婆婆的。卡琳娜想不到除公公以外的其他人，但家里从未有人提起过他，卡琳娜也没有见过这个男人。如果问婆婆，答案肯定又是那句：他是个好丈夫、好父亲。再无其他。家里没能留下他的任何印记，没有旧衣服，没有办公用品，更没有书。卡琳娜对他唯一的印象来自餐厅抽屉最上层的那张照片。照片上，公公身着军装站在还没烧毁的老房前面，怀里抱着约翰尼斯，胳膊搭着安娜。海伦娜站在姐姐身旁，看着错误的方向。约翰尼斯的姥姥有些发胖，她站在海伦娜后面，双手搭着孙女的肩。照片是婆婆照的，她的影子从照片前部一直映到海伦娜的脚下。

当然，这栋房子是公公留下来的。约翰尼斯说父亲曾在船上当过木匠，但家里没有任何从海上拿回来的东西。有两次，约翰尼斯赞扬了父亲优秀的品格，他的话不仅流露出对父亲的强烈思念，也充满着对其死亡的痛苦与不解。公公去世得很突然，那时约翰尼斯还在当兵。婆婆说，一切都是治疗坐骨神经痛的手术失败所致。

麦莉特出生的时候，约翰尼斯说希望自己像父亲一样，给予孩子们充足的陪伴、拥抱和交流。他从不用含混不清的儿语跟女儿们和达比欧说话，而是把他们当作成年人。

有时一开始会出现争吵，约翰尼斯就把自己锁起来。每当这样的时刻，卡琳娜会先平复丈夫的情绪，然后关上隔门，把孩子们带到房子另一头的安全地带，以免他们听到大人们的咆哮声。

外门响了，约翰尼斯拿着铲子走了过来。卡琳娜走上厕所最上方的台阶。约翰尼斯走到沙坑那里，往推车里铲了半车沙子。女儿们也来到了外门口，麦莉特推开门，明娜迅速从门缝里溜了出来。卡琳娜用手掂了掂手枪的分量，将它扔到了废墟下面。手枪掉在废料和木台中间，一些报纸的残渣旋落在枪管上。卡琳娜转向楼梯，抓住木台上的废木条，将其扔到手枪上。木条盖住了弹匣，但枪背仍依稀可见。约翰尼斯已经把一车沙子推到了厕所旁边，达比欧单脚跳着紧跟其后，拉着他的手。

"沙子。"达比欧奶声奶气地说道。

"对，拿点沙子盖在这里，我们就不会冒犯地下的神灵了。"

约翰尼斯用沙子将厕所掩埋起来。卡琳娜亲眼看着手枪侧边的刻字逐渐隐没于废墟之下。麦莉特跑到了厕所这里，明娜则留在水流旁边玩耍。

"我们的两位小姐满意吗？"约翰尼斯朝麦莉特问道。

卡琳娜从厕所的木台上走了下来。达比欧用两只手推了麦莉特一把，结果却把自己摔在了地上。卡琳娜用一只手将他拉了起来。

"真是我家的小淘气。"

"以后会长大的。"约翰尼斯边说边用铁铲把地上的沙子铲平。麦莉特的目光追随着铲子移动的轨迹。

"我永远都不会吃从这儿种出来的覆盆子的。"

远处，明娜并着腿在水洼上跳来跳去。达比欧听到了水花四溅的声音，也准备跑到姐姐那里去，但卡琳娜及时揪住了他的连衣帽。是时候煎牛肉饼了。

"在这儿种点花也不错，多年生怎么样？"

牝牛路·1971

"航程还顺利吗？"

"非常顺利。"

拉赫亚很满意海伦娜的回答，问完便回了厨房。约翰尼斯和安娜一言不发地坐着，一时找不到新的话题。卡琳娜看到海伦娜正用手指抚摸着靠椅的表面，木头上刻着熟悉的雕花，某处还掉落了一小块。

"这把椅子之前放在窗户前面。"

海伦娜的手指继续摩挲着，摸到了坐垫及其前部式样出挑的花边。她停了下来，将手伸进花边里，抚摸着紧连的衬垫。

"这是新面料吗？"

她的指尖摸出了粗麻布的材质，于是顺着麻布一直摸到了衬垫边缘。出于本能，安娜也下意识地朝同样的方向摸了摸自己座椅上的布料。新的话题出现了，卡琳娜静静地观察着话题如何在姐妹两人间轮转。她们谈话的初衷并不是为了寻求答案或是传递信息，而是要将一年的分离所磨损的记忆找回来。海伦娜的笑声开始在整栋房子中回荡起来。

"你还记得爸爸做这个沙发的时候吗？"

"上面的木头好像是他从哪儿订来的？"

"应该是从地下室拿来的。"

"现在比以前粗糙多了。当时没用粗麻布,但差不多也是这种布料。"

"当时好像就是在这块地板上做的沙发?"

"我还坐在楼梯上看他做呢。"

"他把床脚撞出坑的时候,妈妈都发火了。"

"现在床脚还是缺损的呢,不是吗?"

"你不是还和他一起做过东西吗?"

"对对对,我也记得,好像做过桌子、抽匣,还有什么来着。"

"我真是对做东西一窍不通!"

"饭在桌上啦!"

婆婆站在餐厅门口招呼道:"快来吃吧!"

约翰尼斯第一个站了起来,他没急着走,而是等海伦娜站定以后,将姐姐的右胳膊搭在自己的肩膀上。海伦娜虽然很拒绝,但还是把胳膊给了他。

"我现在在家,肯定可以自己走的。"

安娜本想让卡琳娜先走,但卡琳娜摆了摆手。

"今天不行,客人要先上宴席。"

餐厅里,婆婆正招呼海伦娜坐到自己身边。

"你快坐到这里来。这边前面放着盘子,盘子右后方是玻璃杯。我刚从这儿给你拿了勺子和叉子,这样吃东西就方便多了。"

"这些我都知道的。"

"安娜,那是约翰尼斯的座位,你可以坐在靠墙那里。海伦娜,那儿有抹好黄油的芬式大麦包,在你左手边。"

海伦娜看了看桌上的东西,很快就看到了大麦包。

"我不想吃。"

"你旅途劳顿,应该好好吃点东西。"

"我在瑟图拉吃过了。"[①]

海伦娜拿起面包,却不知该放在哪里,约翰尼斯从她手里拿过面包,放在自己的盘子里。

"到底是成年人,知道这时候应该做什么。"

"海伦娜,我给你剥几个土豆合适?"

"一个就行了。"

"我已经剥了两个。"

"那妈妈你给我吧。"

"肯定吃得下。"

这顿饭准备得很认真。婆婆不让卡琳娜进厨房,而是一个人在里面忙活。她交给卡琳娜一张写好的清单,还狠狠地强调说,清单上任何一样东西都不能用其他的便宜货替代。婆婆没让卡琳娜买牛初乳,因为烤箱奶酪[②]是海伦娜的最爱,容不得半点差池。现在,餐桌上赏心悦目。卷心菜稍微有点焦,酱料里有些块状物,每样菜都放多了盐,但卡琳娜仍为没有大问题的最终成果感到惊讶。

婆婆从来没有为孙子们做过饭。

安娜一边剥土豆一边把身体探到前方。

"妈妈,你记不记得爸爸是在哪里做出那些椅子的?"

"什么?"

"就是那些狮腿凳和沙发。"

[①] 瑟图拉(Seutula)是芬兰万塔(Vantaa)的一个区,位于万塔河(River Vantaa)的弯道内。

[②] 烤箱奶酪是一种芬兰菜肴,以牛初乳为原料,加入少许盐并在烤箱中烘烤而成。有时会直接用普通牛奶和鸡蛋制作。

"难道不是我买的吗？"

婆婆的声音听起来很吃惊。约翰尼斯皱起眉头，转向母亲。

"你没买。"

"绝对是爸爸做的。"安娜重复道。

"爸爸？他不是你爸爸。"

安娜无力地靠在椅子上。海伦娜将自己的勺子放在盘子里。

"他是我们所有人的爸爸。"

安娜伸手把土豆皮放在卡琳娜拿来的茶托里，然后将目光投射在桌子上。

"理论上讲，他是我血脉相连的爸爸。"

"我也只有一个真正的爸爸，就是相册照片里的那个男人。"

"你说什么呢？"海伦娜问道。"照片能证明什么？"

"我不是这个意思。"

"随你吧。"

"算了。谁都好，两个都是好男人。"

海伦娜从怀里取出母亲给她的餐巾纸放在桌上，然后跟跟跄跄地拄着椅子靠背站起来。

"你想吃什么？"

"我不饿。"

婆婆把盘子里的土豆分成越来越小的细块，什么也没说。卡琳娜感到有些尴尬，她从座位上站起来，想去厨房找块抹布拿在手上。

"海伦娜，再等一下。"

卡琳娜从烤箱里拿出烤箱奶酪，往上撒了点肉桂和糖。

她看到安娜正在吃卷心菜，但不知是该放下勺子还是擦嘴走人。约翰尼斯安慰着自己的姐姐。

"不急。"

卡琳娜把锅架放在桌上，然后将炖锅放上架子。拉赫亚对她点头致谢。卡琳娜随后又从餐具柜里拿来一叠摞好的盘子和勺子。热奶酪使肉桂的味道飘满了整栋房子，海伦娜转头闻了闻。

"是面包吗？"

婆婆被逗笑了，她往海伦娜的盘子里挖了勺吃的。

"不，是烤箱奶酪。"

"每次都要做。"

"我是专门给你做的。"

"妈妈，我不需要。"

"勺子在上面放着。"

"不要再专门为我准备什么了，顺其自然不好吗！"

婆婆弯下身，把勺子放在海伦娜手里。

"这是早上刚挤的奶，奶牛是星期二才分娩的。"

海伦娜将勺子狠狠地甩向餐盘，奶酪溅到了餐巾纸上。

"我不是小孩子！我马上就有自己的孩子了！"

约翰尼斯的餐刀"叮当"一声掉在盘子里，安娜的脸上浮现出笑容。卡琳娜发现婆婆的脸上也展现出喜出望外的惊讶。

"为什么这么说？"她尽量不在声音里展现出任何想法。

"我真的好烦，妈妈。"

海伦娜抓住桌子边缘迅速站起，椅子从她身后"砰"的一声倒在地板上。海伦娜蹒跚着走进厨房，然后穿过厨房走进客厅。她关上门以后，楼梯间传来了缓缓下台阶的声音。

卡琳娜起身跟了过去,约翰尼斯则盯着母亲。

海伦娜坐在外阶上点了支烟,她的左手放在右边的腋窝下面,右手夹着过滤嘴。卡琳娜开门的时候,海伦娜吓了一跳。

"谁?"

"我。"

"我以为是妈妈。"

海伦娜轻轻地掸了掸烟头,烟灰飘落在裙摆上。她长吸了一口烟,烟雾随即从鼻腔里呼了出来。

"现在说这个真的合适吗?"

卡琳娜坐到了她身旁的台阶上。

"真是搞笑。"

烟头的火焰烧到了指头,海伦娜把过滤嘴挪近了些。她的声音略显和缓。

"就这么突然地发生了。"

"那个人是叫卡利吗?"

"对,就是他。"

"他应该是个很好的男人吧。"

海伦娜在台阶上熄灭了烟,然后把烟头扔进草丛里。她从兜里掏出一个万宝路的软烟盒,然后敲了敲盒子底部。

"你还要抽吗?"

海伦娜干笑两声。

"真是该死。我从来没想过这件事,直到昨天才知道。"

"是不是吓到你了?"

"你说呢。"

门开了,安娜悄悄地走了出来。

"还好吗!"

安娜在她们的身后站定,卡琳娜起身整了整自己的裙裤。

"我该上去啦。"

安娜顺势坐在台阶上,帮海伦娜掸去了腿上的烟灰。

"不然就在这里生孩子吧?"

"这里?"

"毕竟会多一双手帮忙。"

"我不会来这儿的。你为什么不搬走呢?"

"离了这里,我还能搬到哪儿去?"

"也许你可以去我那儿。"

安娜用手掌把裙子往下拉了拉。

"我能做什么呢?学校可不会像录取你一样录取我。"

"我想离开,你信吗?"

卡琳娜走上楼梯进了厨房。她塞住洗碗池底的水塞,先后开了热水龙头和冷水龙头,然后朝洗碗池里挤了点绿色的洗洁精。餐厅那边传来了约翰尼斯的声音。

"你又要这样吗?"

"我没有任何坏心思。"婆婆回答道。

约翰尼斯走进厨房,看到了卡琳娜。他摇了摇头。

"天哪,她去哪儿了?"

"去外面了。"

"要不我去和她说说?"

"去吧,我来洗碗。"

约翰尼斯转身走去客厅,很快便传来他快步下楼的声音。卡琳娜试完水温后关上水龙头,然后在印有1969年日历的蓝色厨布上擦了擦手——这厨布已经用了两年了。

婆婆还坐在餐桌前，正用左手蹭着鼻子。卡琳娜扶起海伦娜掀翻的椅子。其他人都剩了东西，只有安娜的盘子是空着的。

"要不我把碗收了吧。"

婆婆抓起刀具。

"我再吃会儿。"

她切了一片放冷的土豆块塞进嘴里，又用自己的叉子朝盘里叉了点卷心菜。卡琳娜收走了桌上的其他盘子，把上面的剩饭剐了下来。棕色的酱汁凝结在盘子表面，成了一层薄薄的干皮。

中心巷·1973

"孩子还乖吗？"

"挺乖的。"

卡琳娜把宝宝从双人床的网状吊篮中抱出来，放在用钩针编织的床罩上。透过床罩，被单上黄橙色的花朵清晰可见。婆婆站在门口，毫无离开的意思。

"干吗非要来奥卢生孩子？"

卡琳娜拉开拉链，把睡袋铺在摇篮里。宝宝睡着了，他把腿蜷缩在肚子上，仿佛还在狭小封闭的子宫里。婆婆从门口望向他。

"约翰尼斯去哪儿了？"

"去找孩子们了。"

"也许我可以照看他们几次。"

"我们觉得这样太辛苦你了。"

"上次不是就挺好的。"

卡琳娜懒得挑明，其实是孩子们不愿和奶奶待在一起。宝宝闭上了眼睛，但腿还在抽动。是时候喂奶了，虽然卡琳娜心里这么想，但她觉得在婆婆面前哺乳会很奇怪。

婆婆松开门框，迈着犹豫的步伐走到床边。

"要不我去办公室那边看一看。"

"没事，就待在这里好了。"

婆婆走到床头，但不大想坐下，因为这是卡琳娜和约翰尼斯的床，床头是绿色的，还放着一盏阅读灯。婆婆弯下腰，远远地看着孩子。

"他真是约翰尼斯的翻版。"

"是吗？"

"一样的鼻子和耳朵。眼睛像奥尼。"

宝宝睁开了眼睛。卡琳娜用指尖轻敲着他的手心。小男孩捏住妈妈的手指，攥出个小拳头。塑料尿片的绑带松开了。

婆婆给自己缝了件新的碎花连衣裙。这件衣服跟之前的几件一模一样，都像袋子似的从肩膀垂到小腿肚，盖住了整个身体的轮廓。餐厅抽屉上层那张照片里的她完全是另一个人。那时候，她一副四十岁左右的打扮，背部细长，双肩高挑。

"我在空空荡荡的家里，"婆婆边说边看着孩子，"一点声音也听不见。"

外面传来关车门的声音。卡琳娜突然转向孩子，左手扶着他的头，右手将其抱了起来。她把孩子伸向婆婆。

"抱住他。"

婆婆吓得退了一步。

"我不能。"

"帮我抱一下，我去上个厕所。"

"我这辈子真是抱够孩子了。"

卡琳娜没听她的唠叨，直接起身把孩子交到了她的胸前。婆婆翻转右手，将孩子揽入怀中。卡琳娜两步跨出了门，但并未走远。婆婆轻轻地坐到床边，用胳膊撑着孩子的头，肩膀前倾，小心翼翼地晃动着。她的动作缓慢却有力，熟练得像是重复过一千遍。婆婆把左手放在孩子的脑袋下边，用手掌撑着，以防他扭到脖子。

"奶奶在这儿呢。"

门外，卡琳娜忽然意识到孩子是那么幼小和脆弱。小男孩本能地觉察到了陌生的怀抱、声音和味道。他转过头，想用澄澈的蓝眼睛看个清楚。他的手上下摆动着，但没有哭出声来。卡琳娜知道，虽然孩子看不清也不会明白，但他一定能在直视奶奶的时候获得某些心灵的感知。她想起最后一次和婆婆对视的人竟是自己，那孩子们和约翰尼斯呢，他们多久没有看向婆婆了？随着孩子们一个接一个地到来，婆婆开始越来越多地将自己封闭在房间里。最明显的是一起吃饭时，婆婆越来越不愿意和他们坐在一起，每个人都在逃避与她的眼神交流。

婆婆已经觉察到卡琳娜没有走远，但她没有将目光从孩子的眼睛上移开。这不是她第一个抱在怀里哄的孩子，但上一个已经是很多年前了，现在的家里并没有哪个孩子被她这样抱过。她用轻微又略带试探的声音对孩子说话，仿佛这声音会阻断他们之间脆弱的联系。嗓音听起来有些失真。

"你的爸爸妈妈都在这儿，欢迎你来到我们家。我是你的奶奶。"

楼梯上传来跑动的声音，客厅门随即便被打开了。达比欧第一个看见妈妈，直勾勾地冲到她的怀里，黄色的橡胶靴在主卧地毯上留下一串泥巴。卡琳娜把儿子揽在怀里，但实在抱不动他。麦莉特和明娜穿着一样的披肩，一同进了门。卡琳娜一手拉着达比欧，一手抱住姐妹俩。约翰尼斯跟在最后，他随手关上了大门。卡琳娜迎上约翰尼斯的目光，向卧室的方向点了点头。那一头，婆婆还在抱着孩子，用轻柔的声音哼唱。他们两人看上去就像稍显奇怪的麦当娜雕像。

"我们两个在一起，一直在一起。"婆婆轻轻地哼着。

约翰尼斯探直身子，溜进房里，但并没意识到自己该做什么。卡琳娜皱起眉头，朝孩子抬抬下巴，约翰尼斯这才回应般地点了点头，把达比欧拉进自己怀里。

"我们先去洗手，然后再去看小弟弟。"

卡琳娜走进卧室，婆婆将孩子从怀里放到床上。

"你们快把他抱起来吧。"

卡琳娜坐在孩子的另一边。

"不着急，我一会儿就抱。"

达比欧边看自己的手边跑到门口，他停下来，先看看奶奶，再看看妈妈，然后迅速地从床边滑到了母亲的臂弯里。婆婆站了起来，但目光还停留在孩子身上。

"他真小。我都不记得小孩有这么小了。"

麦莉特和明娜来到房间里，约翰尼斯也跟着走了进来。明娜把前臂靠在用塑料铺成的绿色床头靠背，悬空地晃着腿。婆婆走到麦莉特的位置坐下。

"她是不是比我们在办公室见到的那次长高了一些？"

"对，她是长了点儿。"

约翰尼斯走到门边，向母亲点头示意，然后坐到了明娜身后。

"他有名字了吗？"麦莉特问道。

"有，但现在还不能说，等受洗的时候就知道了。"

婆婆站在孩子们身后静静地听着，明娜把手伸向了弟弟。

"可以摸摸他吗？"

"可以轻轻摸一下。"

达比欧也把手伸出来，摸了摸尿布。

"他可以叫小不点儿。"

两个姐姐一致否决了这个提议，达比欧也被自己说的话给逗笑了。当卡琳娜反应过来，再一次望向门口的时候，那里已经一个人也没有了。

荷里巷·1977

卡琳娜胡乱地哼唱着:"快乐的小鸟在枝头唱歌。"她记不太清了,不知道这么唱对不对。①她把盘子放在厨房的桌子上,而后又决定将其带到客厅。她从炉膛的烘烤板上拿起一个棕色的金属盘,把餐具摆在上面。副歌的歌词突然跃入脑海。

"他不会,他不会,陷入悲伤。"

卡琳娜把茶叶倒进杯里,其中一个杯子被她放在了桌子尽头,旁边是涂好黄油的黄瓜面包②。

"给你们的夜宵做好了!"她在餐厅门口朝婆婆那边喊道。

没人回答她的话,整个房子都笼罩在黑暗中,只有婆婆起居室的角落里闪烁着落地台灯的幽光。家里很冷,卡琳娜摸了摸冰凉的暖气片,拧动了开关。她每天都会试着打开婆婆那边的恒温器,避免冷气渗入厨房,但婆婆总会把它们一个个关掉。明娜小时候说得没错,婆婆简直就像

---

① 《雀跃的小鸟》(*pikkulintu riemuissaan*)是一首传统的芬兰童谣,第一句是"雀跃的小鸟在歌颂美好",此处卡琳娜记错了歌词。

② 类似于三明治的小食,中间夹着黄瓜、蔬菜、盐和白胡椒。

是《姆明》里的莫勒哥[1]，情愿永远地坐在寒冷和黑暗中。

拿着餐盘开门很不方便，卡琳娜把餐盘的一端放在水槽上，用空出来的手打开了通向楼梯间的门。她转着圈走了出来，用脚推上门。地下室传来了锤打东西的声音。

"约翰尼斯？"

锤声减弱，她听见了夹杂在其中的脚步声。

"怎么了？"约翰尼斯清晰的声音从下方传来，他正站在地下室里听着楼梯上的声音。

"你来不来？"卡琳娜的心情平和了些。

"马上。这边地板上全是土，太费时间了。我还是明天或者后天再打扫吧，否则一天根本干不完。"

"这边的夜宵做好了。"

"我先去洗洗吧？我刚才在大锅下面添了火，现在应该有温水可以用了。"

卡琳娜用膝盖撑着餐盘，打开了客厅的另一扇门，那里通向一个衣帽间，角落里放着明娜的床和写字桌。墙上用图钉固定着几张歌手的图片。在麦莉特走向阁楼的时候，这房间基本上留有余地。明娜正坐在地板中央，她把两个收音机的传声筒面对面放在一起，其中一台放着磁带，另一台为其录音。

"妈妈，蔡安是什么？"

"什么？"

---

[1] 莫勒哥（Mörkö）是托夫·詹森（Tove Jansson）创作的《姆明》小说中的虚构人物。她看起来像幽灵般的小山，有两只冰冷的眼睛和一排宽亮的白色牙齿。《谁会安慰托夫勒》一书中提到她有一条尾巴，但从未有人见过。她脚下的地面会结冰，周围的植物会枯死，走过的路会布满冰雪。

起初这盘磁带是麦莉特的,转给明娜之后,她就对这盘姐姐曾经最喜欢的磁带着了迷。家里的每个人都能一起哼唱这盘磁带上的歌曲,连托马斯都是。

"他们在唱什么?"

"'我们记得'后面那个词,蔡安。"

"是不是锡安,也就是以色列?"

明娜困惑地看着卡琳娜。

"那在这句歌词里要表达什么呢?"

"我不知道,但这首歌好像是在唱巴比伦尼亚的一条河流。"

"好吧。"

"夜宵做好了。"

"我不饿。"明娜回答道,其实她是对夜宵的内容不感兴趣。

"不饿也要去。"麦莉特边下楼边喊道。

客厅里,达比欧刚把沙发推到最尽头的角落,在那儿看唐老鸭的口袋漫画,托马斯则坐在地板上用乐高盖楼。各式各样的蘑菇被插在平坦的地基上,托马斯正试图扫过它们关上房门。达比欧半掩着唐老鸭漫画,饶有兴致地看向托马斯。乐高堆在他的身前。

"有这些蘑菇挡在中间,门是关不上的。"他用哥哥的语气建议道。

托马斯转过地基,想从另一个位置关上门。

"这儿也会把门挡住。"

托马斯拿掉最上层的长积木,重新试了起来。电视上正播放着海基·希耶塔梅斯①主持的节目。

卡琳娜迈着大步跨过托马斯，但他小小的身躯堵住了门。他的头发很长。患耳炎的那段时间，他先是害怕医生，再是害怕医生身上的白大褂，后来演变到畏惧所有浅色的外套。因此，考虑到理发师白色的工作围裙，他们已经很久没带他去理过发了。卡琳娜放低餐盘，把杯子摆在桌子上。她把挡在儿子眼前的头发拨到一边。头发确实得找时间剪一下。儿子用门刮着蘑菇，压弯了塑料制成的乐高块。

"再拿掉一块，有时候只有拆掉一部分才能装得下。"

客厅那边传来明娜的声音，她正朝着站在阁楼楼梯上的姐姐喊叫。为了不占用更多的空间，达比欧把唐老鸭漫画放在沙发靠枕上，然后爬上去坐了下来。托马斯在用马克杯喝牛奶，杯子一侧有只戴帽子的腊肠狗，正抽着一根雪茄。明娜来到客厅的沙发旁边。

"什么是监禁②？"

"我只有一点模糊的印象。"

"你什么都不知道。"

"我只能读懂德语，英语就不行了。"

"你会德语？"

"我学过很多年。美好的一天③，怎么样？"

---

① 海基·希耶塔梅斯（Heikki Hietamies, 1933— ）是芬兰著名的记者、节目主持人和作家，因举办众多音乐节目和比赛而广为人知。1976—1985 年，希耶塔梅斯担任电视节目《星期六舞蹈》的主持人，该节目以周播形式播出，最火时吸引了一百五十万的观众。

② 此处原文为英语。

③ 此处原文为德语。

"上帝保佑[①]。"婆婆的声音从门那边的走廊里传来。

谁也没有注意到婆婆,她正站在门口,撑着门框,看上去很想加入大家的讨论。

"非常感谢[②],"她继续说道,"有茶吗?[③]拜托了!"

"我已经给你们放在厨房的桌子上了,但这里也可以放下。"

卡琳娜想,德语应该是婆婆的专属技能。她向起居室这边大步走来,露出自信的微笑。

"这里的所有人都在战时学过德语,连小孩子都是,其实学起来并不难。"

卡琳娜感到了婆婆带来的一丝冷气,她身后的走廊漆黑一片,只能看到过路车辆投射在天花板上的晃动的光线。

"约翰尼斯去哪儿了?已经吃完了吗?"

这是每次开饭时必问的一句话,因为婆婆并不在乎其他人吃还是没吃,她只关心约翰尼斯一个人。婆婆自己在减肥,但却害怕自己的儿子会因此精力不济。她的臀部瘦得就像价值1便士的面包。

"他在地下室,很快就来了。"

"他这会儿去那儿干什么?"

卡琳娜为即将说出的真相感到不安,但事情必须得说清楚,反正婆婆下次去蒸桑拿的时候就会发现了。

"他在拆烤箱。"

婆婆一下子坐在沙发上,把唐老鸭漫画震到了地上。卡琳娜将盛着面包的盘子伸过去,婆婆拿到面包后,把其

---

① 此处原文为德语。

② 此处原文为德语。

③ 此处原文为德语。

中的奶酪和燕麦放回盘边,只留了黄瓜片。只有托马斯还无知无畏地大声嘬着马克杯里的牛奶,达比欧把面包放回桌子,明娜也从奶奶的身边挪到了地上。

"那个炉子就非得消失吗?"婆婆沉默片刻后发问。她把头缓缓转过来,反抗般地看着卡琳娜。

"约翰尼斯说,烟筒需要新的锅炉,而且自打我来到这里,那个炉子就没人用过。"

"你来之前,那炉子就已经在这儿放了很长时间了。"

"你是最后一个用过它的人,它还拉得动吗?"

"就不能试试吗?"

无论在家里还是在避暑小屋,这样的对话总会时常发生。一开始,婆婆会在所有人面前或背后哭泣,任何事情都会使她陷入愤怒,大喊大叫,就连每年春天换窗帘也会招致她的不满。即使新窗帘要好看得多,材质也不是普通的装饰面料,而是卡琳娜的母亲亲手织成的,婆婆也还是会将海棠花瓶摔向窗外,将愤怒宣泄在院子里,宣泄给约翰尼斯、卡琳娜和每个孩子。房子是她的,因此就该按照她的意愿保持原样。任何东西都不能在取得她的许可之前调换位置,任何东西都不能被换掉、扔掉或是翻新。房子一次性建好以后,任何人都不能使它产生变化。

阁楼楼梯上传来急促的脚步声,卡琳娜顿时回过神来。门打开后又"砰"的一声合上了,麦莉特走进屋里。她化了妆,把嘴唇涂得闪闪发亮,但在看到奶奶之后就立马把嘴巴抿了起来。正要出门的她没有坐到沙发上,而是从咖啡桌下为自己搬出一把椅子。

"谁给我们打电话了吗?"

"没有。"

"真的没有？"

女孩看上去有些难为情，她把绕在脖子上的布条向上拽了拽。卡琳娜立刻认出，这是妹妹在列宁格勒旅游时为自己买的礼物。婆婆仔细端详着麦莉特，卡琳娜发现她的目光逐渐尖锐起来，仿佛两头猛兽相遇时的画面。

"你打算这副样子出去？"她问道。

"随她去吧。"卡琳娜打断道。

卡琳娜知道，婆婆已经攒了一肚子话未说出口。

"走之前拿块面包吧。"卡琳娜边说边把盘子推向女儿。麦莉特的牛仔裤已经闷出了很多汗，她汗津津的腿正紧张地扭来扭去。

"托马斯，你过来。"

婆婆伸出手呼唤坐在地上的孙子，但他正在兴致勃勃地玩耍。

"过来，到我怀里来。"

"你听见奶奶的话了吗？"卡琳娜试图用最简单的方式化解尴尬，但男孩还是没听到。

婆婆够到托马斯的毛衣，想把他拽近点儿。他试图挣脱，但婆婆还是及时抓住了他的手。

"干吗呀？"

托马斯用力地挣脱出来，一不小心踩到了乐高大楼上。大楼倒向墙壁，彻底散了架。

男孩一动不动地看着被毁掉的成果。

"笨蛋。"

婆婆弯下腰，用手指在托马斯的额头上弹了一下，小男孩"哇"的一声大哭起来。麦莉特把自己的面包放在桌子上。

"你就非得吼他吗？"

"这事跟你没关系。"

"大家都听到你的吼声了。"

"闭嘴。去把你的脸洗干净。"

"好,现在起你们两个都别说话了。"卡琳娜试图劝住他们,但争吵已经开始了,两个人面对面怒吼着,其中还夹杂着托马斯越来越大的号哭声。婆婆再一次揪住孙子。

"别哭了行吗?"

麦莉特把弟弟拉到自己身边。

"他就哭!他就要朝奶奶吼!"

"我的孩子从来不会在我的家里大吵大闹!"

"这也是我的家。"

卡琳娜想不通,为什么平静的夜晚会变得这样混乱。她已经学会去适应婆婆无处不在的指指点点,消化所有的唠叨,但孩子们没有。她看了看正在争吵的两个人,然后抓起装着黄油面包的盘子。她为印在碟子上的紫罗兰装饰唏嘘片刻,然后抬起盘子,将其狠狠地砸向桌角。茶杯被震得跳了起来,碟子的碎片飞过地面,蹦到了黄金葛上。涂了黄油的面包、奶酪和燕麦通通洒在印有棕色花朵的桌布上。

"现在,所有人都把嘴闭上!"卡琳娜捏着残余的碎片,摇了摇胳膊。"这是我的家!"麦莉特松开托马斯站了起来。

"是她先开始的。"

"这是我们所有人的家!"

"如果我还要继续和她住下去的话,我宁愿杀了自己。"

"跟谁住都一样,住就行了。"

"任何人跟她在一起都会想死,没有人能受得了!"

婆婆缓缓站起，但麦莉特视若无睹，转身走向门口。出了房间的她并未乱跑，而是顺着有光的地方慢慢移动，最后摔门而出。婆婆循着她的轨迹走去，脸上浮现出一道道浅色的光斑。

"这栋房子里从未发生过这样的事。"她蹦出了一句话。

"以后再也不会和你们多说一个字了。"

婆婆向起居室的方向走去，到达门口时转身说了句什么，但卡琳娜只是静静地盯着她。婆婆转身走进了自己的房间。卡琳娜猛地坐向沙发，沉默不语。托马斯起身钻进她的怀里，停止了哭闹。整个房间陷入沉寂，只能听到电视的声音。卡琳娜随性拨动着托马斯浅色的长卷发。什么都不说真是太轻松了，就这么无视一切，静静等待婆婆的死期吧。等到某个美丽的早晨，房子另一端出现冷却的尸体时，家里就只剩下她、约翰尼斯还有孩子们了。那时候，每天都会是夏天，寻石楠一簇簇地开放，风吹动自己母亲织成的窗帘，为房里送来叶子的香气，电视上也可以出现吓人的猫头鹰。

明娜从地毯上捡起口袋漫画，靠在沙发上读了起来。达比欧原本在思考需不需要跟她说一声，但后来就被电视吸引了。卡琳娜坐到托马斯的脚下，托马斯也随即挪到了地板上。卡琳娜把腿直直地抬起来，双脚依次向外向内翻转，两边的关节发出一阵闷响，之后又将腿放回地毯，扭动手掌，然后握拳。活动完毕之后，她站了起来，达比欧把目光从电视上移开。

"你去哪里？"

卡琳娜抓起餐盘，检查了一下上面是否有残余的碎渣。

"去另一头。"

"那你能顺便把牛奶拿过来吗？"

"自己找。"

卡琳娜朝婆婆房间的方向走去。这样的事不会就此搁置，而是要说个明白。

卡车路·1980

汽车在结了冰的、坑坑洼洼的路面上行驶，积雪的杉树倏地划过车身。卡琳娜踩着油门换到更大马力，发动机嗡嗡作响，汽车猛震一下之后，开始以飞快的速度奔驰。

最近几周有点不对劲，婆婆比往常精神了许多，竟然开始着手整理自己的柜子。她将柜里的衣物成批地翻出来，分成留下和扔掉两类。在整理的过程中，她发现曾在柜中的一部分物品似乎凭空消失了，卡琳娜不得不向她证明，自己从未动过婆婆的柜子，更不可能扔掉里面的东西。

"那你说清楚，之前一直挂在这里的那件连衣裙去哪儿了？"

最后，该找的衣服都被找到了，婆婆将它们分好类，打包塞进被子深处。

晚上，婆婆坐在他们旁边看电视。她的手里一直捏着什么东西，但是没有露出来。电视节目结束以后，她起身将一个被揉皱的棕色纸袋提了出来，扔到卡琳娜这边。

"那里面的东西也许会派上用场。"

没等卡琳娜回答，婆婆就回自己的房间去了。袋子里是一块新银制成的椭圆形胸章，正中间嵌着一颗烟灰色的玻璃珠。

第二天，约翰尼斯说婆婆出门去了，但他没来得及告诉其他人。婆婆搭乘早上的长途大巴，去大学的附属医院做手术。婆婆得了乳癌。

车速表的指针向右偏转，方向盘震动起来。防滑轮胎紧紧地扣住结冰的路面，发动机剧烈地轰鸣着。卡琳娜来不及看清路牌上的字。外面下起了雪，她用抹布擦了擦车窗。

婆婆什么也没说，约翰尼斯早上就已经知道了，但他也只字未提。

做家务是卡琳娜的拿手活，除了偶尔会将抽屉里那盒相片的顺序整错之外，她在打扫和整理方面堪称完美。她擅长烹饪，碗筷也清洗得很干净。她所居住的房子另一头，安置着很多连婆婆都认可的漂亮家具。她的孩子们个个被教育得干净卫生、彬彬有礼。她总能将刚出炉的热面包带给邻家的女主人。她是一位天生的母亲，由她亲手制作的醋栗酱连婆婆都赞不绝口，她送出的地毯配色也从不突兀。她的一切都能赢得婆婆的点头，如同孩子获得了长辈的认可。一切都近乎完美，周到妥帖。

这样的生活对她来说永远都过不够，就在此时，她婆婆的身体却出了问题。疼痛持续蔓延，恐惧也随之加深。据说癌细胞已经大面积地扩散，卡琳娜不知道这个消息会让谁更着急，婆婆还是约翰尼斯？

卡琳娜将自己的车技发挥到了极致，她不太确定是自己在控制车，还是车在控制自己。转弯时，车在陶努斯山上的积雪中打着滑。卡琳娜调低车速，切换了慢速挡并加了油。她没有看后视镜和两侧，高速行驶时的视野很狭窄，只能看到前方的路。这感觉棒极了。

她相信，他们已经是一家人了，即使因为某些原因被不公平地分配到了房子的另一头。

即使婆婆从不帮她做饭或照看孩子，她仍然是整个家庭的一员。即使她必须违背本心扮演另一种性格，但她已经习惯了这样的自己，就像随着时间的流逝，她的双眼已经习惯了这样一栋与环境格格不入的楼房。

一辆卡车经过，朝卡琳娜的汽车亮了亮灯。它排出的尾气把雪花吹得四处乱飞。卡琳娜笨手笨脚地摸索到仪表盘上控制车灯的按钮，打开了车头的照明灯。外面的风景像是被施了魔法般突然呈现在眼前，卡琳娜这才发现，雨夹雪已经下得很大了。雪花和雨点纷纷扬扬地在车灯前晃动，使人难以分辨前方的路。

卡琳娜将车开进一个汽车停靠点，然后把两只手放在方向盘上。汽车的发动机发出刺耳的金属般的锐响。她开了多久的车？开了多远？卡琳娜用抹布将车玻璃上的雪推到一边，然后重新打开了车灯。停靠点里的雨小了很多，但雪花还在缓缓地落下来。她试图追随一片雪花的轨迹，但它很快便消失不见了。周遭一片静谧，万物归于沉寂。轮胎的防滑垫深深地嵌入地面。

他们是一家人。无论发生了什么。

卡琳娜按下左转指向灯，看向后视镜。她把方向盘转向左边并停留了好一阵，直到汽车转回行驶方向。就在周六，他们一群人打算去往奥卢。

交合路·1996

一圈圈的水波荡漾在便携水池里，水差不多满了。池子的下部是红色的，上部镶着透明的贝壳图案，散发着刺鼻的塑料味。水池是卡琳娜从跳蚤市场买来的，她把它支在婆婆的起居室里。池子旁边放着两桶从地下室的桑拿洗漱间提来的热水。婆婆坐在食物储藏室的床边，透过门看向卡琳娜，眼神却逐渐开始抽离现实世界。她不愿意通过手术摘除眼球，更不愿意治疗自己的膝盖。四月时，她的一条腿状况恶化，连楼梯都上不去。但这一切听上去还不算太糟。

卡琳娜觉得，婆婆在最后的时光里变得平静了很多。她的嘴角总是有气无力地向下垂着，除了在照片上会露出甜美的表情之外，这张嘴永远都不会上扬，不会发出笑声，因此，孩子们从来都无法认出照片上的奶奶。有几天她会稍显暴躁，但更多时候是平静温和的。有一次，她让约翰尼斯从阿勒高酒精管制局[①]为自己买点成人饮品，约翰尼斯便带了瓶甜酒给她，一拿到手，婆婆立刻把酒藏进柜里存着，每次只在大家没看到的时候嘬一小口。状态差一些的

[①] Alko 是芬兰的全国酒精饮料零售垄断企业，是该国唯一一家零售酒精度超过 5.5% 的啤酒、葡萄酒和烈酒的商店。

时候，婆婆仿佛会脱离周遭的一切。那时候，她连自言自语也停止了，明明躺在食物储藏室的床上，却坚信自己身在单位，然后按部就班地做起熟悉的工作。有两次，婆婆坚信自己在外屋，卡琳娜不得不把她遗留在地板上的脚印清理掉。

水波使人眩晕，卡琳娜休息片刻，望向窗外。院子里的桦树遮住了通向四道口的路。

它要伸到哪里去呢？再加两勺水，池子就满了。卡琳娜把靠椅推远，在房间中央铺上旧地毯。她把水池拉到地毯上，池子里依旧遗留着塑料的味道。

"准备好了吗？"

婆婆一言不发地望着她，神色暗淡。卡琳娜走到她身边。

"你准备好了吗？"她边说边拍了拍婆婆的肩膀。

慢慢地，婆婆的眼睛里有了些许神采。

"我们去洗澡吧。"卡琳娜边哄边说。

婆婆的双手缓慢地伸到睡衣的领口，将扣子挨个解开，解到最上面的第二颗扣子时，婆婆的手怎么也够不到了，卡琳娜便弯下身帮她解。婆婆的手僵在原地，脊背忽地挺直，往后躲了躲。卡琳娜听到了婆婆的舌头从上颚挪下来的声音。

"我自己可以。"她用令人惊讶的清晰的嗓音说道。

卡琳娜放手让她自己解开了最后一颗扣子，然后帮她脱下睡衣。婆婆的乳房内侧挂着两个填满酒精棉的袋子，被安全别针固定在外侧。切除乳房的事只有卡琳娜和约翰尼斯知道。手术后，婆婆坚持独自一人穿衣脱衣，独自一人蒸桑拿。有时候，卡琳娜会趁深夜把难闻的酒精棉袋从婆婆的衣服里拿出来，洗好晾在暖气片上，然后在早晨的时候放回原位。她知道，婆婆早就默许了这件事。

卡琳娜将助行拐杖递给婆婆，将她扶了起来。婆婆缓缓移向起居室，她的身体前倾得厉害，把脊背拉得很长。卡琳娜很想告诉她，这样会弄疼其他部位，甚至整个身体，但没能说出口。婆婆显然更关注自己的右膝，但坦白来讲，距离地下室台阶上的意外摔倒已经过去了整整十年。她小心翼翼地将右腿迈过池边，然后再迈过左腿。有一瞬间，浑身的重量都压在右腿上，这使她紧紧地抿住了嘴巴。最后，婆婆终于坐了下来，她失去乳房的空荡胸脯看上去很奇怪，毫无性别特征，像是一个皱巴巴的小男孩。婆婆将拐杖递给卡琳娜，她将它们靠在沙发上，但很快便同时滑了下来。

卡琳娜穿上橡胶靴，一步踏进水池。她环顾四周，从沐浴用具中拿起肥皂在水中涮了涮，开始帮婆婆洗背。婆婆什么也没说，只是把手撑在膝盖上，将身体顺从地向前探去，露出身侧那些躺下时压出的深红色印迹。这就是那个女人？那个戏弄了自己将近四十年的女人？她曾经是那么强壮，现在却因害怕进食和发胖把自己折磨得瘦骨嶙峋，成了一具畏畏缩缩的骨架，脊背也弓得像猫一样。卡琳娜找到搓澡手套，帮婆婆洗胳膊，先右后左，最后帮她洗了头。稀疏的灰色头发紧贴着头皮。那个不留丝毫情面、专挑她毛病的女人去哪儿了？

卡琳娜将手套冲洗干净，看了看面前这位蜷缩着杵在地上的小小的女人。那么一个精明强干的女人，现在却像只湿漉漉的松鼠。她没看卡琳娜，但肯定顺着眼角偷瞄她的一举一动。现在没有人和她住，也没有人来看望她或是来电问候。比起飞回来看望母亲,海伦娜总有别的事要忙,而安娜则是一个连从自家走到临街都不愿意的人。有一次,卡琳娜需要陪同约翰尼斯去参加教子①的婚礼,但姐妹俩没有一个愿意来照看自己的母亲,最后他们只能在离家时将婆婆送到老年公寓。后来,安娜每次回家都要和自己的母亲提起这件事,然后怂恿母亲谴责卡琳娜和约翰尼斯。

现在,只剩下卡琳娜、约翰尼斯和婆婆三个人生活在一起。随着孩子们一个接一个地搬走,偌大的房子变得空荡荡。婆婆没有死去,依然坚强地抓着命运的尾巴。她的身体本比心灵老很多,但现在,两者都被扯进了同样的时间轨道。卡琳娜挪到婆婆面前,往她的头发上挤了些泡沫,然后在周围倒了几勺水。

婆婆的神情突然在不经意间发生了变化,她的目光逐渐呆滞,眼前浮现出一些之前发生的事和即将重复发生的事。她的嘴巴开开合合,突然毫无征兆地哭了起来。她扑向前方,悲伤从四面八方涌来,从她的肚子、经历过手术的胸脯和晾干的四肢里奔涌而出。她无声地哭泣着,骨瘦如柴的身体剧烈地颤动。她的嘴里蹦出一些单词,双唇不断念叨着相同的句子,刚开始很小声,后来完全没有了声音。

"我真的不是故意要变得这么坏,"她一遍又一遍地嘟囔着,"我真的不是故意的。"

婆婆用手在肩膀上画了个十字,湿润的头发被甩到身前。

"原谅我。我发火了。原谅我!"

---

① 西方人在洗礼时会选择一名亲朋好友作为孩子的教父,相应地,孩子就被称为教子。

卡琳娜知道，婆婆是在安慰自己。但她不明白婆婆在对谁说话，对她还是对另一个人，另一个只有婆婆自己才能看到的人？她走近几步，把手放在婆婆的肩膀上，呓语立即停了下来。婆婆的双眼眨动起来，盯着远方，开始听卡琳娜讲话。

"当然不是的。"卡琳娜说道。虽然她自己也不知道，这话是说给自己听还是说给某个不相识的人听。"我们谁不会偶尔发火呢？"

婆婆聚精会神地听着，双手重新收回怀里。她将头靠在卡琳娜的手上，暂时停止了哭泣，但眼睛还未闭上。这位衰老的女人坐在满是塑料味的水池里，鼻涕从鼻子中流了出来。

"别丢下我，"她用沉沉的声音说道，"别离开我。"

她的头发贴在头上，白色的头皮在结成撮的灰色发丝下若隐若现。

卡琳娜蹲在水池里，抱紧婆婆的腰。冷却的肥皂水润湿了膝盖以下的裤子，从橡胶靴的边缘灌进鞋里。她将额头贴在婆婆的额头上，与之一起摇晃。

"别哭了，别哭了。"她试着宽慰对方，但婆婆却哭得停不下来。

卡琳娜也陪婆婆哭了起来，恍惚间翻涌起自己的苦楚。婆婆想要抬起头，但卡琳娜的双手紧紧地抱着她。

"现在我们两个在一起，你听到了吗？谁也不会丢下谁。"

婆婆逐渐平复下来，哭声先是逐渐减缓，最后彻底停止，空余抽噎。墙外遗留的残烟死寂地注视着两个女人。过了很久，婆婆抬头望向卡琳娜的眼睛。她慢慢地抬起手，摸了摸卡琳娜的脸颊，这动作，就像在拨开长长的发丝，就像在轻拂夏日的流萤。一抹跃动跳上她的嘴角，是微笑。卡琳娜的眼睛惊讶地确认着眼前的景象。多么奇妙，多么无常的世界。

奥尼

我将尽我所能,履行我身上的一切使命和准则。

无论做什么,我都会像男人一样忠诚、体面、勇敢。

士兵誓言 1928

求爱巷·1930

奥尼醒了过来,一时却没反应过来自己身处何方。太阳已经开始照耀在对面石头房子的外墙上,光透过窗户玻璃照进室内。他在床上翻了个身,铁床也跟着晃动。他凝视着这个房间,看到天花板中央的石膏花环裂开了,墙上是宽宽的白色石灰痕。他转过头。房间很小,墙上装饰着暗色的墙纸。法式阳台的右侧是铸铁暖气片,角落里有一个扶手椅和圆顶落地灯,床靠着的那面墙上有一道门。床的上方悬挂着一个被钉在十字架上的痛苦的耶稣。

房间里没有其他人。奥尼注意到,衣服被放在扶手椅的靠背上。窗帘在微风中舞动,房子的某个地方传来收音机的声音。尽管他没听懂一个词,但是这首歌听起来很熟悉。他想起自己昨天听到了这首歌。他想起了所有的事。

> 这就是我应该做的事,
> 我的天性。
> 我只能去爱,
> 别无选择。

奥尼微笑着,把双手放到后脑勺枕着。他抓住床柱,伸了好大一个懒腰。

　　船早就到了港口，但是船员们整个下午都要为船靠岸做好所有的准备。最后，军士们也解放了。奥尼和其他人一起在港口附近度过了傍晚。对着那些他们发不出清音浊音的街道名字，他们哈哈大笑。他们分头去食堂吃饭，在食堂里当服务员的年轻男孩徒劳地向他们介绍了菜品，最后把它们放进厨房。在那儿，满脸皱纹的年迈女主人把食物堆在砧板上。她手举起一块排骨给他们看，用自己的语言解释道："肉。"

　　那个女人轻柔地把排骨放回桌上，又举起一罐酸菜："酸菜。"

　　最后，她笑了起来，手里攥着两个像睾丸一样的鸡蛋，挥舞着。

　　"鸡蛋。"

　　女主人自豪地指向挂在墙上的香肠，把它们一个个举起来，一一道出它们的名字。最后，她揭开汤盘的盖子，像炫耀自己的孩子一样展示给这些男人们看。

　　"波兰酸菜汤、蜂蜜五香伏特加、蘑菇汤、酸黑麦汤。"

　　敞开的锅里升腾起一阵令人兴奋的酸味和甜味，男孩小心地用托盘给所有人送来满杯的烈酒。

　　吃完饭后，男人们开始分开自寻乐子去了。假就放到第二天中午，如果乐意的话，也可以回船上睡觉。并不是每个人都想去找乐子。

　　"我们应该去找些女人。"

　　"略都瓦拉你去不去？"

　　有几个人回到船上，这几个人则打算去港口附近的街区。这些人走之前还在叫人。奥尼决定加入他们。

奥尼开始跟着一个钢琴师——他正在拐角处演奏流行的 Schlager 音乐。演奏间，某桌人会受音乐感染唱起来，有时钢琴师自己也会唱起来。奥尼认不出所有的曲子，也认不出歌者用的所有语言。他心不在焉地看着男人的手指在黑白琴键间按动。他的左手保持着伴奏，同时右手弹出主旋律。有时他的手指会伸得尽可能远，来按下远处的琴键，有时又会挤在一起弹。一个个和弦，一段段旋律，共同组成了这首歌。奥尼觉得有些恼怒，因为他什么乐器也不会。

在一首慢节奏的曲子后，钢琴师停了下来。他放下保护键盘的琴盖，转身面向大厅，并按了按手指的关节。他朝吧台后面打了个招呼，然后用手把脖子掰向右肩。奥尼听到他脖子发出的咔咔声。那个男人又对着左肩掰了一次。之后，他从马甲口袋里掏出一个烟盒，抽出一根烟，在烟盒盖子上敲了敲。演奏者一边若有所思地望着大厅，一边找着口袋里的火柴。他转过头，直看向奥尼。

他盯着奥尼的时间太长了。

他的目光在奥尼的眼睛和小腹间逡巡，仿佛在奥尼身上来回摸索，并勒住了他的腰腹。他突然无法呼吸。他开始耳朵发热，嘴唇发麻。他感受到自己的心脏在跳动。他从未像现在这样看得如此清楚。但是他还是低下头，避开了男人的目光。

他懂得这个目光的含义。有可能在任何地方突然感受到它：在湿滑的街道上、在邮局、在港口、在火车车厢里……它只存在于片刻之间，在眨眼间转瞬即逝，但其中却包含了相识的两人生命中的所有。奥尼看着地板，猜想会不会有人注意到了什么。他感到自己的脸仍在发着光。

奥尼试着抬起头再看向那个人,但钢琴师点燃香烟,移开了视线。奥尼却感到这个人十分机敏。尽管他没有直接看向奥尼,却一直用眼角的余光跟随着奥尼的动作,他长时间地没有动作。然后他吸了口烟,再次打开钢琴盖。他把右脚踩到踏板上,又把手指放到键盘上。奥尼好像看见他在对自己微笑。

> 男人们在我身边嗡嗡响,
> 就像飞蛾绕着光。
> 要是他们着了火,
> 那我也没办法。

其他桌的客人开始离开,而奥尼在这里坐了好几个小时,还喝醉了。他也没再感受到钢琴师的目光。第二次休息的时候,钢琴师去吧台拿了些啤酒,但在回去的路上,他没有看奥尼,而是盯着大厅的后面。奥尼感觉他摇了摇头。奥尼的眼皮开始变得沉重。

奥尼醒来后,发现钢琴师已经离开了。钢琴上盖着印有红花的桌布,琴凳被倒放在键盘上。奥尼匆匆走过所有桌子的旁边。他定住眼神仔细地看,然而每张桌子边都没有钢琴师的身影。奥尼冲到街上,向街两头望去。一个人都没有。奥尼沿着路往城市里跑,跑到了下一个路口。他停在马路中间,试图在黑暗中寻找一个熟悉的身影。右边的路尽头处是一栋漆着亮色的房子。左边的路通往一个没有灯光的公园。奥尼慢慢地走过去,试图看清黑暗里的东西。他清清楚楚地感受到了自己的存在。

远处传来一阵咳嗽声，奥尼停了下来，望向声音的方向。一个人弯着腰坐在公园长椅的靠背上，脚放在椅面上。在黑暗中，透过帽子的边沿，奥尼看到那个男人盯着他。然后他放低了视线，黑暗里传来划火柴的声音。男人用拇指和食指捏着火柴，用手挡着风，以免火柴熄灭。他点燃一根烟，却立即把火熄灭，用它照亮了他的脸。奥尼认出了他就是钢琴师。随后男人吹灭火柴，黑暗又回到他周围。树林后面是房屋的外墙。后面更远的地方是一座中世纪塔楼。

奥尼慢慢走着。他不敢去坐在长椅上，而是像一个过路人一样走过它。钢琴师什么也没说。奥尼在树下的沙路上停下来，并向身后看去。香烟的光芒照亮了男人盯着的这个过路人。奥尼站在原地，试图找出一片寂静中有没有脚步声。然后他转过身，慢慢地朝长椅走过去，站在长椅的一头。钢琴师转过脸，面向前方，显得很冷漠。奥尼在长椅的一头坐下，分开了男人的鞋尖。他感受到脖子上的动脉随着心脏在跳动。他想把这声音赶走，却只能在耳中听到自己热血的鼓噪。

突然长椅吱呀响了一声，钢琴师慢慢向奥尼伸出一只手。他感到男人的手落在他肩头。他屏住了呼吸。在视野的最上方，他看到了钢琴师另一只手上香烟的红色光点。那只手慢慢地靠近他。他僵在原地。那手沿着他的太阳穴，滑到他的鼻子和脸颊，顺着人中，定在他的嘴唇上。另一只手压在他的脖子上，指示他把燃了一半的烟放到他自己的嘴唇间。钢琴师拿开了烟，他的手指沿着奥尼的脸颊向后滑动。奥尼的脑海中仿佛炸开了烟花，千百种感觉涌现上来。他闻到男人指间尼古丁的气味和他身上淡淡的肥皂香气。男人的指尖在他脸颊上轻柔地触碰，袖子稍稍挂在他没剃干净的胡茬儿上，又继续前进。奥尼尝到了香烟的薄荷味，同时感觉到烟纸上被唾液润湿的部分。

奥尼深吸了一口气，烟滑进他的肺里。一种令人眩晕的幸福感占据了他的身体。他向后仰头，靠在钢琴师的手上，把烟从嘴里吐出来，让它高高地飘向天空。他现在和公园、和黑暗、和长椅、和树木的香气、和黑鸟的歌声全都融为一体。钢琴师抬起另一只手，伸向他的后颈，用指尖抚摸着他的发际。奥尼闭上眼，一阵心痒伴随着幸福涌上来。

钢琴师突然起身离开了。奥尼睁开眼，听到他脚步轻拍沙子发出的沙沙声。他吓得手背上的毛都竖了起来。是他误解了现在的情况还是他做了什么不该做的事？他把烟扔在地上，凝视着它的光芒。沙沙声停止了。钢琴师已经走了那么远吗？奥尼站起来，朝那个男人的方向走去。片刻之后，他听到男人的脚步声继续响起。脚步声就在他的前方，即将离开公园。奥尼紧跟着男人的脚步。在公园另一侧，路灯再次照亮了他的视界，他看到钢琴师穿过马路走到人行道上。奥尼不知所措。那人轻快地走开了，甚至没有回头。奥尼听了一会儿在巷道内回响的脚步声，然后转身朝相反方向的港口走去。在下一个十字路口，他回头看了一眼。钢琴师站在马路中间，直直看着他。奥尼停下脚步，转过身。钢琴师继续走远，然后又停下来等待奥尼。

奥尼远远地跟着行走中的男人。他们俩保持着一定的距离，但又能确保奥尼知道每一个路口该怎么转弯。最终，那人停在了那座高大的石头房子前，用钥匙打开了门，没关，然后消失在房子里。奥尼穿过这条街，站到门前。

在夜色中，很难看清到底是不是这扇门，还是上一扇或者下一扇。他停下来环顾四周。没有任何一扇窗户里亮着灯。他尝试着推开门。门没有上锁。奥尼推开沉重的门，走了进去。

走廊上没有光，但路灯的光线透过门上方的窗，穿过遮阳窗帘照进来。钢琴师站在门廊里，就在楼梯前，他竖起食指放在嘴前。奥尼悄悄地关上门，想着接下来要做什么。男人看着他，之后又看向地面，仿佛在思索。奥尼不敢动。钢琴师抬起头，在奥尼身边走了两步。他的手环绕着奥尼的腰，把他向前拉。他们凝视着对方的脸，片刻后钢琴师将嘴唇压在奥尼的嘴上。男人的舌头舔着他紧闭的双唇，舌尖仿佛在轻挠他的嘴，直到他张开嘴，用自己的舌头压住它。他的舌尖是爆炸的奇点，让他四肢的皮肤下都燃起了火花。男人的手抚摸着他的臀部，在臀肉两边打转。另一只手伸到前面，试图解开裤子的纽扣。突然，钢琴师松开了手，往楼梯上走了几步。奥尼现在完全不能动弹。他玩不来这个，反而感到疲倦和酒醉控制了他。钢琴师转过身，伸出手邀请他。奥尼抓住他的手，感受到男人的手紧紧握住他，然后跟着他走上楼梯。

> 我从头到脚
> 都为爱而生。
> 因为那就是我的世界。
> 我别无选择。

奥尼起身，坐在床上环顾四周。他一个人在房间里。没看到钢琴师的衣服。奥尼起床，尝试着打开门。它已被锁起来了。奥尼拿起椅背上的衣服，当钢琴家打开门时，他正坐在床边穿衣服。他托着一个托盘，上面有一个咖啡壶和两个杯子。他把托盘放到床上，然后揉了揉奥尼的头发。

"切斯拉夫。"他边说，边伸出了手。通过手势和声音，奥尼知道这个人说的是他的名字。他意识到他们没有互相自我介绍过，甚至在昨天之前都不知道彼此的存在。他握住男人的手，摇了摇："奥尼。"

男人微笑着重复了奥尼的名字。那是一种来自陌生语言的腔调。狭窄的阳台里，窗帘在微风中摇摆。奥尼会永远怀念现在这一刻——他在幸福中呼喊的这一刻。

竞速道·1934

当雪橇越过桥,马正爬上河岸的时候,结冻的木板发出咔嗒咔嗒的声响。奥尼想转身走开,但是村长已经见过他了,还和他握了手。不能再假装没有注意到他,再转身离开。必须要和他寒暄。奥尼把雪橇放低,举起手来挥了挥。村长停了下来。马呼出来的热气在寒冬中蒸腾出雾气。

"奥尼你做的箱子挺好的。看起来是好木材,是松木吗?"

奥尼偷偷往背后看了看。是在等他吗?

"用桦木做的。用枫木会更好,可惜这里不长枫树。"

"你可以再做两个这样的箱子吗,不过要再小点的?"

一个熟悉的人影在山坡上出现了。那个人发现了奥尼,正朝他跑过来。奥尼转身面向村长。他想走了。

那个人在雪地里被绊倒,但又爬起来继续跑向他。奥尼也想跑过去,但是他没动。因为现在还有另一件事要做。

"我周二来量行吗?需要合适的尺寸。"

"行。"

那个人跑到了奥尼身边,他张开双臂,那个人扑进他的怀里:

"爸爸!"

奥尼紧紧抱住安娜,转了半圈,直到他摔在地上。村长饶有兴致地看着女孩：

"她是你的女儿吗？"

"当然了。"

奥尼朝安娜点点头，她就像一位淑女一样给这个乡绅行了个屈膝礼。

"你还有别的孩子吗？"

"就这一个。"

安娜拉着奥尼的手："我们走吧。"

"我们等下就走。"

村长攥着缰绳，也准备走了。

"那周二再见。"

奥尼放低雪橇，把女儿抱到雪橇上。他拉住绳子，把雪橇拽到雪上，直到雪橇对上之前的轨迹。安娜笑着，像村长那样握住缰绳："驾！"

奥尼学着马那样"嘶"了一声，像马一样在雪堆上跑起来。他扭动着，雪橇跟着一下滑到右边，一下又滑到左边。安娜松开手，雪砸到她的脸上。奥尼停下来，回头看她。他抱起女儿，把她身上的雪拍掉。女孩突然严肃起来，抬眼静静地盯着父亲的脸。奥尼感觉到她的视线，说："没事的。"

"没事的，"女孩重复了一遍，抓住他的手，"就算掉下来也没事的。"

"嗯。"

在河岸边，奥尼又把安娜抱到雪橇上。山坡有一点陡，但是女孩期待地看着它。在山下，岳母已经点燃篝火，把咖啡壶挂到烤架上。拉赫亚已经看到下山的两个人了：

"你们俩小心点！"

奥尼坐在安娜身后，把缰绳在手上绕了几圈握住。安娜把自己的手放在他的手边。

奥尼的腿在雪地里猛蹬了几下，好让雪橇动起来。雪橇是简易的胶合板做成的，板子一头可以弄弯。奥尼之前在杂志上看到了它的照片，决定要尝试用这种板子。他在农场厨房的洗衣锅上调整油布、蒸胶合板，然后把板子弄弯，再晾干它。尽管奥尼觉得最终成果没有他预想的那么漂亮，但是他很喜欢学习新的工作方式。他立刻打算做边缘弯曲的柜子。

雪橇一开始滑得很慢，但是慢慢开始加速。白雪皑皑的树林在他们身边呼啸而过，雪橇在雪堆上不时弹起。安娜紧紧抓住奥尼的手臂，他的一只手环抱住女儿，免得孩子掉下去。奥尼把住方向，迅速地向右移，他们巧妙地躲过了岸边的大柳树。在河面的边上，雪橇冲下河岸。这一瞬间他们仿佛飘浮在空中，他们没有落下，而是雪橇撞到了河面上。风把河面上的雪都吹走了，这一撞可不妙。奥尼决定给板子加上手柄。雪橇在平坦的河面上冲了好远，离洗衣服的地方和饮马的地方好远。他看到岸上的岳母放下咖啡壶，跟着他们一起走。拉赫亚的嘴里蹦出"上帝啊"。雪橇快速地滑过女人们身边。奥尼把脚插到雪里，试图减速。前方的河面有个急转弯，他们很快就要撞上对岸了。他们一块儿撞到风吹成的雪堆里，软软的雪落到了他们的眼里、嘴里和衣领里。

奥尼想听听女儿还好吗。此时一片寂静。安娜吐出嘴里的雪，然后疯狂地大笑起来。奥尼松开抱着她的手，也笑了起来。他们边笑边找走出河岸柳树林的路，边笑边抖着衣服，最后从雪堆里面找帽子的时候还在笑。拉赫亚越过河面跑到他们这里。她看上去满脸怒色，但是听到他们的笑声后，那些警告、责骂的话语都说不出口了。拉赫亚拉住安娜的手转了一圈又一圈，在一个晴朗的冬日里。奥尼坐在雪堆上穿靴子。雪变成一个个硬硬的小球粘在毛线袜上。他注视着女人们——穿着靴子和皮草大衣的拉赫亚正和安娜一块儿在冰上转圈，安娜的笑声一会儿变成快乐的尖叫，一会儿变成疲倦的吵闹。转圈的时候，拉赫亚的帽子飞了出去，落在岸边的草丛里。岳母叉腰站在岸上，对孩子们的疯狂，她报以微笑。除了这里，奥尼哪儿也不想去。雪正在土地里融化。

岳母把咖啡倒进白色的搪瓷杯里，用布包了饼干。安娜的咖啡里加了牛奶和糖。女孩把饼干泡到杯子里，再用勺子舀出来吃。

"我们也去玩一回？"拉赫亚问道，她朝雪橇那儿点了点头。

"去吧。"

奥尼把雪橇夹在腋下，拉赫亚握住他另一只手。奥尼走在雪堆里，让拉赫亚走在路上，这样她的靴子就不会进雪了。他转身往山坡下走。

"您想试试吗？"他问岳母。岳母大笑着站了起来。

"当然了，"她回答道，"不过我一个人可不敢。"

"我和姥姥一起去。"安娜应道，她把勺子扔到一边，勺子撞上空搪瓷杯发出"叮"的一声。拉赫亚试图阻止母亲或者安娜，但是她们离得太远了，或者她俩都没注意到她。拉赫亚继续爬，拽了奥尼一把："这次是我先来的。"岳母又坐回火边。

奥尼把雪橇放在之前滑下来的轨迹上。

"我要坐在前面，"拉赫亚边说边坐下了，她把缰绳握在手里，"我来控制方向。"

奥尼坐在拉赫亚身后，"那我抓什么呢？"

拉赫亚拉过奥尼的手，让他环抱着她："你抓着这个。"

奥尼靠在拉赫亚的背上。拉赫亚把裙摆压在腿下面。奥尼想把手放在合适的位置，于是他放在乳房下面、肚子上面的地方。他握住自己另一只手的手腕。他手指的触碰让拉赫亚觉得很痒，不由得咯咯笑起来。

"走吧！"

奥尼用脚加速，但是雪橇载了两个成年人，被深深地压到雪里。他松开手，试图用手推来加速。雪橇慢慢地沿着轨迹前进，然后开始滑下山坡。

拉赫亚向后转过脸："我想要好多个孩子。"

一阵恐惧击中了奥尼。拉赫亚拉住他的手，绕在自己的腰上。速度逐渐加快，强风刺得奥尼的眼睛不住地流泪。

德军路·1943

奥尼坐在桑拿的长凳上,喝着搪瓷杯里的水。水尝起来有股不新鲜的味道。那口井大概有好几个月没用过了。男人们重复着战斗,一阵阵枪声从门外传来。J班终于越过了河流,尽管他们不明白为什么要越过它。图尔托拉曾警告过西拉斯沃可能会被包围,但是听说还是要继续前进到铁路那里。奥尼晋升为军士长,但他自己并不以此为荣。将军通过战地广播怒斥图尔托拉是个懦夫。抄写员默默听着不出声。

奥尼把剩下的水倒在地上,然后用杯把儿来刮指甲缝里的污垢。汗水带走了头发里的沙子,在他锁骨上方留下一道道黑色的痕迹。寂静让他感到很奇怪,所有声音好像被毛毡蒙住似的,模模糊糊的。他没有从长凳上起身,因为男人们都开始大骂将军,说他是"该死的雅尔马力";因为他想要的只是第一个赶到铁路的好名声罢了。奥尼也是这样想的。当得到德国人的援助和坦克时,他当然会这么做。声音从四面八方涌来,很难辨认出哪句话是从哪边传来的了。河岸下传来涅梅莱的呼喊声,这听起来好似他从未离开一样。声音像一根长长的带子,时而飘高,时而落低。没有语言也没有含义,只有痛,撕裂般的痛。

在被撞到之前,涅梅莱已经快爬到岸上了。他每天早上都怕得要死。奥尼在值勤前盯了他一会儿。涅梅莱在睡梦中微笑着,他侧躺着,像孩子一样安详。如果奥尼叫醒他,他就会惊慌地盯着这个世界,直到想起自己身在何方。恐惧将接踵而至。他不像很多人那样轻易落泪。他只是扫了周围一眼,对死亡的预想就降临到他身上。在离开帕纳湖的路上,他就认定了自己会死。他曾躲避过许多子弹,穿过火线把兰赛扛到医疗站,但是在越过溪水、最后一次划桨时,他不再幸运了。医疗兵试着用绷带包扎他的下巴,用吗啡让他安静下来,他的号哭也渐渐微弱,变成呻吟。大部队的医疗站在对岸,而士兵们也必须休息了。

桑拿是用原木做成的,有长长的拐角,还没上漆。奥尼向后望去,想看看主楼的屋顶是不是像这间桑拿房一样尖。然而他很难看清。渡河前的连续炮轰已经让主楼的屋顶被轰走,好在楼还没有着火。渡河后,桑拿房是第一个被检查的地方。这两个地方都没来得及布下地雷。

大量暗色的水流向东方。奥尼想,村里的水会不会流到这条河里呢?至少他们来到了皮斯托湖,不过在这之后他感到迷茫。也许在西边的某个地方,拉赫亚正和孩子们在河边洗外婆的衣服。也许安娜搓洗衣服的时候一块肥皂弄丢了,也许约翰尼斯的树皮做的小船消失在河水中。如果海伦娜被带到河水边坐着,她会用自己看不见的那双手扯下草叶,把它们扔到河水里吗?如果他们能越过急流和湖泊来到这里,他们会游过没有屋顶的房屋,游过有着长长拐角的桑拿,游过涅梅莱的哭喊,直到德维纳湾东边的某个地方,秋天的时候他们应该就能到了。奥尼在想,拉赫亚是不是也在想着他呢,是不是坐在某个地方,希望生活是另一番模样——永远充满着微笑和快乐,就算远处传来潜鸟的鸣叫，但那听起来也没什么。

男人们都出来了，尽管热水不够用，但是他们都洗过澡了。在洗头的时候，他们只是用水润湿了头发，然后花了好长时间才把沙子和苔藓弄掉。最后，一直在楼梯上坐着的佩索宁过来了。奥尼知道，他是想表示感谢，但却不知道说些什么好。他不知如何是好。佩索宁清了清嗓子，把重心移到另一只脚上，结结巴巴地想说句话。他在想要不要坐下来说。西里艾马在这条路前面一点儿，他回头注意到了佩索宁，于是他停了下来。他在想，是不是该转身回去和佩索宁一起，但他还是继续走，离开了。佩索宁决定还是不要坐下，他把手放在奥尼的肩头，拍了拍，就走了。然后他又回来，提着两桶水到桑拿里。他甚至没看奥尼的眼睛，但是奥尼知道，他已说了千言万语。

路上传来说德语的声音。虽然没有禁止两国士兵们一起蒸桑拿，但是德国人和芬兰人还是各自和自己的队伍待在一起。芬兰人很少有人懂这种讨论战斗时用的语言。党卫队第六"北方"山地师和芬兰第三集团军的J班已经正式合并了，但是德国人还是留在自己队伍里。士兵们路过奥尼身边，礼貌地向他打招呼，接着走进桑拿里。奥尼朝威廉挥了挥手，他的坦克履带今天被击中了，这导致那架坦克在交火线上成了一个非常容易射中的靶子。芬兰人半开玩笑地说，那是德国佬开始"摇摆"了。他看起来很清楚，哪边会是先爆炸的一边；他也清楚德国人是为了荣誉而战，而科拉这地方却没有足够的铁来给西拉斯沃造铁十字勋章了。

奥尼的德语还不错。人们很少像一起恐惧的时候那么团结——当和别人一起躺在一个手榴弹坑里，听着对面开始攻击的时候；当一起越过沼泽，看到数百个男人一起从帆布上站起来准备反击的时候；当看到邻居玛丽娅塔未婚夫的后脑勺被削掉，一片片脑浆飞向四周的矮桦木和越橘灌木丛上；当在炮火中感到自己的屎顺着大腿流下的时候；当无所关心、毫无知觉，甚至无法集中注意力的时候……每个男人内心都有着一样多的哭泣。

在走进桑拿之前，准尉告诉奥尼自己曾因战斗获得过荣誉——自由勋章。他把自己的勋章给奥尼看：蓝色的带子上坠着银色的奖牌，上面用芬兰语和瑞典语刻着"授予英勇无畏者"。奥尼说了声"谢谢"，试图想抓住自己内心因此而生的情绪，但是他发现自己毫无触动。他不觉得自己特别勇敢。他不愿想象那是什么样的境况。他也没有时间深究，自己面对那样的境况敢不敢，或者会不会做。蚊子在他小腿上吸了血，它的后半截变得红红的，但是奥尼拍死了它。东边的远处传来一小阵机枪的声音，他听到了，但是什么也没想。

桑拿的温度对德国人来说太高了。一大群人从奥尼身旁跑过，冲到河岸边。奥尼被这场景逗笑了。他们是经过挪威来到芬兰的，拉赫亚在信里提过，他们还在村道上组织过一次游行。他们穿着灯笼裤和登山靴，边游行边唱着歌，歌里说他们已经做好准备冲进狂风暴雨里。显然，他们没做好冲进热桑拿里的准备。奥尼听到河那边传来男人们跳到水里的声音。听说他们在北方的战斗没有取得胜利。当他们的指挥官迪特尔知道J班在几天内向东行进了五十公里后，他派出"北方"山地师前来支援。也可以说是来掩护J班，威廉说。

拉赫亚听到有勋章的时候，肯定高兴得不得了。她一周至少写了两次信,说安娜的求婚者以及女子志愿军的事,还问有没有新消息。该怎么回信呢?奥尼写道:"行进顺利,敌人没有警觉,也没怎么摔倒过。"假期的时候,拉赫亚也会问战况怎么样了。她为奥尼的晋升感到高兴。她说她自己跌跌撞撞地到古墓群里拍摄墓地的照片。尽管如此事无巨细地来回书信,每次回家的时候奥尼都会觉得拉赫亚一直在盯着他,每当他看向另一个地方的时候,那双眼睛总会盯住他的眼睛,想要伸到他的脑子里,看清他的所有想法。每次拉赫亚期望他能做到比实际能力更多的时候,奥尼觉得自己总是令人失望。尽管家离前线就一百公里,但是每次都很难回去,每个地方都有不同的规矩。

一个矮小的德国人从桑拿里走出来。奥尼知道这个人,因为他把自己的小提琴也一起带到了前线。这个人晚上演奏《从芬兰到黑海》时,他听过,那时他们还在对岸呢。

户外开始变冷了。奥尼想挠挠自己肩胛骨的位置,发现背上有一块小小的伤口。它很不起眼,都没有流血,或者是血干掉了形成了一个痂。要看看衬衫和外套上有没有血印。奥尼打开门,又回到桑拿里,里面有一股味道。威廉坐在桑拿的长凳上,奥尼也走上去坐在他旁边。

"桑拿里太热了。"威廉笑起来,指着那些逃去河边的人说。他说的德语听起来不太像是德语。

男人们已经爬上河岸,坐在草地上,扯着草。

"也许是你身上太冷了。"奥尼回答道,他又洒了些水到石头上。他在想是不是念错"zu"的发音了。

石头上不再发出水蒸发时的"嘶嘶"声,但热气已经蒸腾到皮肤上了。奥尼打量着威廉,他的头发是浅色的,眉毛却是深色的。他皮肤黝黑,个子很高。他一直是个风趣的人，尽管昨天在坦克里他一次也没笑过。他昨天只是握着手枪，看着奥尼把石楠茎扯下来，在松树根上用它们缠绕着头盔，然后再次探出头去。现在他再次微笑起来。在休息时间，他们有时会躺在石楠茎上，用彼此的语言聊自己的国家：一个国家里覆盖着永恒的无尽森林，另一个国家里恒久的是海与陆的交战。奥尼想说说拉赫亚和约翰尼斯的事，还有海伦娜失明的事，但是他不知道该怎么说。他无法谈及妻子，那个目光永远紧跟着他、思想已被锁住的妻子。他也无法说自己多么想道歉，却不敢说出口为什么要道歉。威廉会怎么想呢，他还是个单身男人。威廉说起自己家乡的运河、高高的教堂塔尖，还有在水边站立着一排排的小小的红砖房。而对于参军和在其他地方打仗的事，他缄口不言。有时他们一起盯着云，用自己的母语说话。尽管听不明白，却能听出每个词语蕴含的情感。只有此刻才有意义。也许没有明天。

威廉从长凳上下来，走出桑拿。石头附近的地板是用木板铺成的，而木板下面就是泥土。奥尼在想，冬天结霜的时候，哪里会吸收掉水分呢？威廉回来了，坐在下面一排的长凳上。他的手里拿着一块肥皂。他巧妙地从金属炉子里取出一块石头，把它扔到装着水的盆里。有人教过他怎么加热水了吗？还是他自己刚刚领悟到了？威廉用手试了试水温，舀了一勺水，用肥皂打着泡。他在左边腋下和手臂上打了肥皂，接着给右边也打上了。他搓洗了胸部和腹部，然后他转过头问奥尼："帮我搓下背？"威廉把肥皂递向奥尼，他的胸毛上还有泡沫。

奥尼一时间什么都没做，只是坐在那里感受着温度。他看向窗外，突然想着现在没有再听到涅梅莱的声音了。

他坐到下面那一排。威廉把肥皂递得更近了,而奥尼碰到了他的手。男人递过桶,奥尼把肥皂打湿,用手搓着泡沫,再在威廉的背上轻柔地打着圈搓洗着。他在想,下次休假的时候,拉赫亚的目光会变得多沉重。

在明天到来之前,应该要试着入睡。

钻子街·1946

一般敲第三下的时候,钉子就会钉牢了,有时敲两下就够了。奥尼艰难地在屋顶上爬着,用一只手抓住屋架,另一只手钉屋顶面。工作的时候他逐渐找到了节奏:敲一下——两下——三下——拿一根新的钉子敲——两下——三下——再换个地方,从装钉子的袋子里抓出一把放到嘴里——敲一下——两下——三下。天花板差不多弄好了,今天或许还可以铺屋顶的第二层板子。

"拿板子过来!"

佩索宁家的尤霍——他是奥尼在前线的战友——抬木材的速度跟不上奥尼钉钉子的速度。战后,很难再次习惯像以前那样直呼别人的名字。从奥尼口中说出来的"尤霍"听起来就像另一个人,既陌生又冷淡。

"等一会儿,什么事那么着急?"

"要拿更多的板子来,还不急,人都躺到棺材里了。"

佩索宁把剩下的木板都举起来,然后从梯子上下去拿更多的板子过来。奥尼立马就把那些木板钉好了。

"你能从那里下来吗?"尤霍怀疑道。屋顶上传来有节奏的砰砰声。

奥尼很早就开始工作了,他先在硬质合金灯的灯光下锯开画好尺寸的墙板,天色还没亮到他可以到外面工作的时候，他就把更多的麻絮塞到原木里。最后到破晓的时候他就爬起来。

在森林边缘，树木的顶端开始染上血一般的颜色，很快，一个淡红色的球从山野后升起。这时它的光线很微弱，可以直接盯着它看。从冰封的湖面上吹来一阵冷风。安全起见，奥尼用左手抓住屋架的后面，再继续钉钉子。他在三层楼高的位置。积雪看起来软软的，但是下面藏着一层层旧房子的烟囱砖。奥尼需要去看看那些砖是不是能再利用。为了防盗，砖块堆的顶上放着一根被烧弯的原木。什么东西都缺——木材、水泥、钉子……兄弟会里有以物易物的黑市，还可以在房子的残骸里找一找有什么可以用的。从德国人的战场上偷来的铁轨被藏到地下室里，准备用来铸铁。由于黑市的存在，新的法规不断出台。根据最新法规，用原木建的房子只能盖一层楼。所以大部分房子都只有矮矮的一层，但是奥尼想建得更高。他已经建好了第二层楼的墙，墙是用两层木板做成的，中间塞着锯木时留下的木屑。再上面还要盖一层高高的阁楼。

"还要木头吗？"强风卷来了喊声和人说话时的水汽。

佩索宁把木板从窗户那里推进来，再爬上梯子把木板送上来。奥尼接过木板，放到屋架间的空隙里，准备一块块钉上钉子。移动的时候要非常小心，不能在松动的板子上踩空。奥尼嘴里衔着钉子，把板子都放到空隙里。锤子很重，又很大。佩索宁从来不借用它，因为这里没有需要拔下来的钉子。奥尼只打算建造，而不是摧毁。

"现在赶紧把木板拿过来，他妈的！"

佩索宁朝天花板举起板子，又爬下梯子去拿更多的过来："真他妈的忙。"

"没有钉子了。"

佩索宁已经走开了。奥尼从天花板的高度跳到阁楼地板上,从一个纸板箱里拿了五公斤重的钉子,把装钉子的袋子装满了。还有很多事情要做,很多。他哈着气,让裸露的手指暖过来,又向前向后扭了扭身子。他觉得眼角疼。

阁楼会建得很大,中间是宽敞的楼梯,两头则是巨大的窗户。奥尼在用脚步度量着地板。中间留二十步那么宽,另一边就留二十八步。楼下传来声响,木板从楼梯的边上升起。奥尼跑过去接住了它们,然后放到外墙旁边。他拿起几块板子,在地板上围出一块区域。他把一块木板放到右边,又放了一块在左边,直到他满意为止。之后他从腰带上取下锤子,用几根钉子把每块木板都轻轻钉上了。佩索宁抬着梯子走上阁楼。奥尼把锤子拴回腰带上。风把细小的霜雪吹到房子里。

"这里还可以建一个房间。"

"原来不是不打算建的吗?怎么搞?"

"还能再建多一点,这里建一个,另一头也建一个。"

"为什么还要建这么多?你要再生几个孩子吗?"

屋顶板距离地面如此之高,以至于在地面上根本碰不到它。奥尼看着天花板,拿出锤子,开始敲一块木板。

"你在干什么?"

"天花板挡住了楼梯的采光,我要在这里装一扇窗户。"

"你晚点做也行吧。"

"不想让我们的女主人被楼梯绊倒。"

板子被敲掉了。奥尼拿过锯子,把锯尖朝外对着形成的开口,以平行于屋架的方向开始锯木板。

"你要是把屋顶直接敲掉会更容易点。"

"躺着才更容易。"

另一边也被锯掉了。奥尼把锯子收回来。

"你做的是天花板还是窗户啊?"他问道。

"没什么差别。"

奥尼把锯子递给佩索宁,拿着锤子指了指这块地方:"我要把那里到那里的地方锯掉。然后把支撑屋顶的椽子放到那里,再给顶灯留一个地方。"

奥尼爬到那堆木板上,又爬上天花板。

他轻松地回到了原来的工作节奏。两头的屋架合到了一起。敲一下——两下——三下——拿一根新的钉子敲——两下——三下——换个地方。仿佛思想全都消失了,只剩下正在工作的男人和他的工作。整个世界什么也没有,只有一片伴着寒风的开阔的明亮和正在建造的屋顶。只有锤头和它对锤到钉子上的渴望。这里唯一有意义的是,需要敲钉子两下还是三下,仅此而已。如果要敲第四下,那就很烦人。奥尼看不到暗淡的太阳,看不到冷风,也看不到白雪。

最后一根钉子冻住了,粘在他的唇上,在他扯下钉子的时候,它给他留下一个小小伤口。奥尼满嘴都是铁腥味,但是他自己没什么感觉,因为他身边的所有事物都消失了。他的眼角不再急切地发疼。洗碗盆不再飞过整个房间。孩子们不再害怕。拉赫亚眼中没有失望。战争没有来。芬兰人没有和曾经的战友刀剑相向。德国人的坦克没有在退回到北冰洋海岸时爆炸。坟墓不是在荒野上挖出来的。沙子没有被撒在那些大张的眼睛上。他的眼中只有光明。只有节奏。只有男人。只有房子。

"屋顶要做成三角房顶还是平屋顶?"佩索宁从屋顶边

探出头来。

奥尼放下锤子,"三角房顶。"

"好嘞。"

佩索宁的身影消失在楼下。奥尼想要继续,但他心知,那样心无旁骛的时刻已经无可挽回地消逝了。他看向通往四道口的那条村道。村道两边都建起了房屋,但都很矮。他坐在村里最高的地方。奥尼看向村道的另一个方向。河那边,人们离开挖出来的墓地,走向自家的房子。年轻人走得很快,踌躇满志地迎接自己的挑战。其他人的脚步里却充满了疲惫与矛盾。尽管如此,他们仍顽强地劳作,从晨曦到日暮,他们每一刻都在挥汗,在一天的劳作后,他们还要去搜寻建筑材料,相互交换,甚至去偷窃。连续工作比停下来回忆要容易。哪怕是累得要死,瘫倒在散发着老鼠臭味的床板上一夜无梦,都好过重新面对这一切。

临时建造的桥上走过来三个人,奥尼认出了他们。走在前面的是岳母。她步履蹒跚,每一步都小心翼翼的。她手里拿着东西,看起来像是篮子。她身后是约翰尼斯和海伦娜。他们手牵着手,并排而行,这能让海伦娜感受到另一个人行走的速度和路线。约翰尼斯时不时停下来,有时指向湖面,有时指向天空,讲述着他的所见。海伦娜一边听着,一边向所述的方向掉转美目,用皮肤感受风和雪的触摸。弟弟的描述变成了她的所见。约翰尼斯正指着藏在雪里的东西,估计是狐狸或者是松鼠。约翰尼斯指向下方,海伦娜也弯下了腰。虽然她仍时不时地看向说话的弟弟,但是奥尼注意到她的目光越发地斜向一边。她看向说话人的方向,视线却望向另外的地方。可以看出她是不是在认真地听。

岳母换了个手拿篮子。昨天奥尼注意到她的手指关节处长了小小的囊肿。

"约翰尼斯！"

男孩停下来，四望寻找父亲声音传来的地方。然后他看到了父亲，朝他招手。他对姐姐说了些什么，于是海伦娜也朝奥尼挥手。

"你们这些年轻人怎么不帮姥姥拿篮子？"

岳母也看到了屋顶上的奥尼。她把手上的东西递给约翰尼斯。

"小心点，别掉下来了。"她喊道。疾风吞掉了声音，她的喊声几不可闻。

"我要去哪儿？"

"不知道，你要休息会儿吗？"

奥尼在屋顶上站起来，抓住上方的木板。它没有被钉紧，在力量的牵扯下它被拉开了。奥尼一时站不住，往后退了一步，不过很快站稳了。他从屋顶下到阁楼。尤霍看着他下来。

"你快去吃饭吧。"

约翰尼斯和海伦娜上到二楼了。他们俩牵着手。

"朝街上的那头会装两扇大窗户，朝村子的那一头也会装一扇。来摸摸窗户会有多大。"

男孩领着海伦娜到洞口边，把她的手带到窗洞的底部。海伦娜用手摸向窗洞的一边，接着摸到上边。

"从这里能看到很远的地方吗？"

"能看到四道口呢。"

"这个地方会是什么房间呢？"

"我不知道。"约翰尼斯答道。他看向奥尼，"这里会是什么房间？"

"起居室。这里会放上沙发，那里会放椅子，窗边也会放一把，这样就可以看到外面的路了。"

"放把摇椅吧。"

海伦娜沿着墙边走，发现了一个门洞。

"这里又是什么房间？"

"这里会是厨房，爸爸会住在那边。"

女孩好像在思考着什么，"那我们住哪里呢？"

"那边另一头的位置。"

海伦娜转身面向墙。

"那妈妈呢？"

奥尼什么也说不出来。拉赫亚当然会有自己的空间，但是他都还没想让她住哪里。他为自己的这个想法感到惊讶。拉赫亚没有错，没有什么理由不让她住在这栋房子里。她是个好妻子，勤劳又贤惠。佩索宁经常称赞她，羡慕他有个这样好的女人。随着房子一层层建好，拉赫亚在他脑海里逐渐变小，最终消失在无数的房间里，只剩下没建好的房间。但是对她的愧疚随着一根根钉子被砸到墙里和地板里。

海伦娜转过身，她的眼神表达着她在等待答案，但奥尼自己也不知道答案。他本来打算在这个房间里放上一张大桌和椅子，适合一家人吃晚餐。他甚至想过，他会坐在那里——桌子的尽头。旁边会坐着岳母和海伦娜，另一边坐着约翰尼斯和安娜。拉赫亚也会坐在桌子的一头，还是他的想象里她根本不会在这里？奥尼意识到，约翰尼斯也在等这个答案。

"妈妈还没有决定住在哪个房间。"奥尼快速地回答道。

岳母待在下面一层,她叫了奥尼一声。她把几块木板摞起来当成桌子,然后把篮子放在上面。篮子里放着草,草的中间是一口锅。

"喝点汤吗?这里还有黑麦面包。"

"其他人吃了吗?"

"他们都趁热吃了。"

奥尼给岳母从旁边的房间里拿了个凳子。她没有谦让,而是直接坐下了。孩子们在院子里朝锯木马①扔雪球。约翰尼斯说海伦娜赢了,尽管实际上他才是第一个扔中的。

"你想要哪个房间当卧室呢?"

"你的打算是什么?"

奥尼注意到她在按压着一只手的手指,从指尖到手掌。

"这里会建房间吗?"

"这里不是留作开照相馆的吗?"

"这里住着更方便。没有这么多台阶。"

奥尼突然意识到,岳母永远不会走十七步爬上楼的,她不会和其他人一起坐在同一张餐桌上,她不再需要新的自行车了。

"这里会建房间的。这里建要容易得多。"

岳母的声音有些哽咽。她没有抱怨,但是很多次谈话时她会回忆被烧掉的旧房子。她会想房子是从哪个角落开始着火的,大火爆炸时大厅又是什么样的。她会为没有带上棕榈树一起逃难而难受。

岳母发现奥尼在盯着她。她拿起地上的锅站起来,斜着锅把里面剩下的汤都刮掉。

---

① 一种锯木用的装置,形似马。

"拉赫亚早上好像觉得有点恶心。"她说着,却没有看向奥尼。

"您那里都能听到吗?"

"我想听不到都没有办法。"

岳母把剩下的那些汤倒到碟子里。她蹒跚着走过来,扶住奥尼的肩,拍了拍。

"每个人都会有这个时候。"

奥尼想,岳母是指拉赫亚,还是她自己,或者是自己?

他回到阁楼,把更多的木板抬到建好的屋顶上。再铺好三排,就可以开始铺另一面了。他把梯子靠在墙边,因为不能再靠爬木板堆爬上去了。他上到屋顶,坐在墙头,背朝着屋外。他拉了两块板子上来,再放在屋架边靠着。岳母看起来正往回壕沟的方向走。他转过身挥了挥手。孩子们还在院子里玩。他们把自行车的残骸从一堆砖石里抬出来,又把它拉到院子里。奥尼从腰带上取下锤子,但是工作还没做好。他放下锤子,从胸前的外套口袋里掏出一个小盒子。他往牙齿间放了个烟斗,把烟塞进去,点燃。他的手颤抖着。这是他最为害怕的时刻。所有色彩都消失了,只剩下灰色。

奥尼把锤子扔到身后,远远地,他攥紧拳头。他一秒一秒地数着。一,二,还没到三。下面传来铁器清脆的撞击声,那是锤子碰撞到砖块再落入雪中的声音。如果向后倒下,坠入虚空,会是什么样的感觉?是不是伸展开手脚,后脑会感受到片刻冷风,感觉到气流如何穿过外套钻向后背?后脑勺撞到砖上时会有短暂的疼痛。只是很短的瞬间。一——二——三。没有四。只有安眠。

奥尼直直地抬起腿,重心后移,直到脚踩到屋架的横梁上。他闭上眼,举起双手放在空空的头顶上。腹部和大腿的肌肉绷着,支撑着身体的重量。踩在屋架上的脚开始变酸。需要动一动,让弯着的膝盖休息一下。

阁楼里传来约翰尼斯微弱的声音。

"海伦娜的腿卡在砖堆里了,我取不出来。"

奥尼睁开眼。在那堆木板后面,他看到了约翰尼斯的脸。他正看着他。

"我试过把她的腿拉出来,但是没成功。"约翰尼斯注视着奥尼。他歪了歪头,"她想哭呢。"

奥尼抬起手,摸到墙头上。

他坐了下来,说:"我这就来。"

约翰尼斯盯了奥尼一会儿,然后下楼去了。走着走着他停了下来。

"要我去找那个掉下来的锤子吗?"

太阳已经升得很高了。再过一个月,脸上就能感受到太阳的光热了。

"去找吧。"

流氓道·1950

教堂的塔现在比旧的教堂圆顶高得多。奥尼用相机对准了教堂路。约翰尼斯靠在充作栏杆的木板上,直望着高塔下,想看看能不能看到家。脚手架上满是人,他们都是来建房梁的,教堂外的每个方向都传来了锤子的敲击声。每个敲击中的锤子都有自己的速度,但有时会凑巧敲出同样的节奏。如果在塔上斜着向右看,就可以看到村子好似升到四道口边上一样。合作社、邮局、旅舍和餐馆都建好了。在塔的另一边——医院那边的田野上,尽管夜晚已经变冷,但还能看到草立得笔直。不过白天还是很暖和,这就是为什么约翰尼斯穿上了五分裤。留到夏天的头发已经长得太长,必须要剪了。男孩从正在把钉子弄平的工人身边经过,在塔上扫了一眼前方。教师宿舍已经建好了,学校校舍正在盖房顶。

"我不会掉下去的。"约翰尼斯说,虽然并没人警告他。

"好。"

"那所学校好不好?"

男孩担心自己会不会从兵营学校转学到那所新学校去。这是第一个海伦娜不在他身边的秋天,因为她去盲人学校读书了。一周前,奥尼坐火车送女儿去学校,顺便把约翰尼斯也带上了，回来的路上男孩一直在哭。他说他哭是因为害怕姐姐一个人在首都过得不好，但是奥尼知道他是抑制不住自己的思念。整整一周他都显得低落而迷茫。姐弟俩彼此依赖，忘记了自我而形成了一个新的整体，分不清你我。现在男孩的一半被扯了下来，被嘶鸣的火车带走了，远远地消失在铁路的尽头。

"这塔会建多高呢？"

"我也不好说。"

男孩注视着房梁，工人们已经往里面钉了几十根钉子。结构开始向里弯曲。

"它会变成屋顶吗？"

"佩索宁，这里好了没有？"奥尼朝远方大喊，但佩索宁已经带着锤子爬到了梯子上，风声盖住了话音。有一个奥尼不认识的工人替佩索宁回答："这里还没建好。天花板从这个地方开始倾斜，但是上面那里会装一个表盘，还有放机械的地方，然后再过去又会一点点变窄，和塔身连在一起。"

"这里会有多高？"

"我猜这里还没建到一半呢。而且每座塔上面都有个很大的十字架。"

"谁有这个胆量，能把十字架放上去呢？"

"比如你？"

约翰尼斯笑了，暂时忘记了他的孤单。他想着爬上教堂塔顶该是多么兴奋，塔下会有成千上万的教众见证他的英勇事迹。奥尼看着交错的房梁。塔建得这么高，这让他感到不快。好像他输掉了这场比赛。

"风不会吹到塔摇晃吗？"

男人把软帽戴在后脑勺上。

"应该不会。我不知道。我只是按要求把钉子钉到房梁里。"

男人笑了,这笑声也感染了奥尼。

约翰尼斯想下去,欣赏塔的高度,但奥尼让他再照一张相。

"到那边另一头去。不要在这边,去那边,这样就不会有阴影。"

"爸爸来和我一起照吧。"

"这相机可不会自己拍照。"

男人看了看相机,"如果可以的话,我能拍。"

"当然可以。只要看那个小洞再按那个就行了。"

奥尼走到塔边的木板栏杆旁,站在约翰尼斯的身后,手搭在他肩膀上。男人双手托着相机,盯着相机上方。他穿着马裤,身上是一件法兰绒外套,帽子在他后脑勺上摇晃。他皱裂的脸上有早上没剃的胡茬儿。他的手背上长着浓密的黑色毛发,胸上也有,在这样美丽的暖秋中,他解开夹克上面的扣子就能看到。奥尼的目光在男人的臀部上游走,又飘向他的前半身,一直扫到靴子。那双靴子很旧,看起来穿了很久,但被精心保养过,显得和教堂建筑工地格格不入。

"你们俩都看这边。"

男人放下相机,等奥尼看过来。他再次举起相机,拍了一张。然后他静静地把相机还给奥尼。奥尼不清楚男人有没有注意到他的视线。他的脸变红了。男人把夹克的扣子扣好了。

"谢谢你帮忙。"奥尼说,但男人拿起锤子就爬上木梯走了。他从口袋里掏出钉子，对着架梁一言不发地敲打着。

　　约翰尼斯一次跳下了两层台阶。在来教堂的路上，他求爸爸和他一起去看旧教堂圆顶的石基，但奥尼做不到。他呼吸困难。约翰尼斯冲到外面去，而奥尼转身进了教堂大厅里。天花板还没有建好，但是四面的墙都立了起来，能看出大厅的大概样子了。它只有一个中殿，中殿后面再上几层台阶就是圣坛了。两根高大的立柱让内殿的两面收窄，左边有一个托架，是为了建布道坛用的。后墙的上方朝中殿弯曲，后墙上的门通往祭衣室。教堂大厅墙上是巨大的窗洞，它的最上面有着尖角。奥尼取下头上的帽子，在一堆木板木材里找可以扶的地方。他的视野里飘浮着金色的小圆点。他很难集中视线。约翰尼斯在教堂后面疯跑，他的头在每个窗洞里依次冒出来。奥尼发现自己的手在颤抖。他蹲在教堂的地板上，一只手托着头，另一只手扶着地。他大口呼吸着。嘴唇发麻。他紧紧地闭着眼睛。

　　他不想要这样的生活。他想当一个体面的丈夫和一个好爸爸。如果他能做到，或者如果他可以成为别人，他会这么做的。奥尼把手交叠在一起，十指交叉，猛地转向圣坛所在的方向，他没有睁眼。他低下头，交叉的双手举到头顶，嘴里吐出无声的话语，脸上是难解的神情。好上帝，仁慈的全能者，无所不知的上帝，让我像其他人一样吧。把这种疾病、这种诱惑带走吧。让那些在我背后吐口水的人无法再诟病我吧。

　　难道他还没有经受过足够的考验吗？他是一个每夜躺在床上害怕妻子轻轻的敲门声的男人？他是一个躺在床上一动不能动、连声音都发不出来的男人。一个希望妻子很快厌倦从而离开的男人。这个男人远离自己的孩子们，不让他们承担父亲的罪孽，难道这个男人还没有因此而赎罪吗？如果能像其他人一样，哪怕只有一刻，奥尼也愿意向上帝应许自己的所有财产和所有喜悦。没有排斥，没有恐惧，没有——

某个地方传来了声音，奥尼停了下来。他睁开眼睛，但是没看到任何人。他向上看，上面只有被巨大的天花板桁架圈禁的天空，桁架仿佛为人类与上帝之间创造了微妙的边界。秋天的最后一只鹡鸰在桁架上摆着尾巴，然后又飞冲到风琴阁楼。奥尼用目光跟随着它的轨迹，直到他发现塔上的工人们在盯着他看。奥尼不清楚他们是在吃饭休息还是专门靠在栏杆上看他。他们互相说着话，但他听不清任何一个词。穿着法兰绒外套的那个人就在他们中间。其中一个人向前弯腰，往教堂大厅里吐了口唾沫。风吹散了唾沫，把它吹到了外面。奥尼很快站了起来，把膝盖拍打干净。他从地上捡起掉落的帽子，但没有戴在头上。他越过那堆木板，走向大门去找约翰尼斯。他发现儿子在读独立战争纪念碑上刻着的名字。

"我们回家吧。"

约翰尼斯扭过头，抱怨还没弄清楚塔到底有几米高，但是奥尼不想回头看。

他们往四道口走，穿过邮局的空地，再走村道回家。每走一步，奥尼都知道他无法战胜自己。他是建筑工地上一块缺角的方木，是一块弯曲的窄木板，什么用都没有。他知道自己会继续在那个办公室里取信件，继续在那个广场上坐长途大巴，他知道自己不会用生命中这些好不容易得到的、微小的幸福时刻去交换任何东西。

他们走在碎石路上，约翰尼斯在他身边蹦蹦跳跳，瞄着商店橱窗里那些展品。白色的房子在道路两侧规律地排列着。路的尽头是一栋房子，它刚刚输掉了一场其他人都不知道的比赛。在那个地方，助产士逐渐长高，在这世上获得了一席之地，而奥尼在那里建起了高楼，想让自己的头能抬起来。

约翰尼斯看向家里底层的窗户。

"等到你老了，你会搬到楼下去吗，就像姥姥一样？"

"这样有什么问题吗？"

"我住在楼上的大房间。等海伦娜回来她也是住在楼上。那你会住在楼下吗？妈妈呢？我们全家人会不会偶尔一起住在同一个房间？"

一个人影在楼上的窗里晃过。拉赫亚估计在等他们回来吃饭。

"如果这个冬天我们造好木筏，"奥尼提议道，"那夏天我们就可以在河上划船了。"

拉赫亚看着他们走进院子里，然后她打开窗户。奥尼注意到自己的态度是怎样变化的。他没看拉赫亚的眼睛，但是他没注意也不关心。

"饭好了，上桌吧。"

奥尼点了点头。约翰尼斯跑到台阶上。拉赫亚把窗户关小了一点。

"地下室好像有老鼠，妈妈说晚上能听到地板下有嗑东西的声音。"

"老鼠已经进到屋里了？"奥尼让自己的声音听起来很正常。"肯定是因为昨晚结冰了。"

"要放捕鼠器了。"

"放吧。有老鼠药吗？"

"我可以去找。"约翰尼斯主动提议。

"你不能碰老鼠药,这也不关你的事。"拉赫亚答道。

约翰尼斯打开门,奥尼跟着走了进去。男孩噔噔地跺着脚上楼,而奥尼打开了地下室的门。他按下电灯开关,顺着楼梯往下走。一股土豆的土腥味扑面而来。地下室的墙边堆着土坯,一个还没建好的烤炉站在角落里。拉赫亚不想要这样的烤炉,但奥尼想要,所以还是建了。它可以让楼梯保持温暖。奥尼绕到锅炉的另一边,加了更多木柴。它又旧又破,但它是奥尼在奥卢一栋被炸毁的房屋里用半价买下来的,他们因此成了村里第一户用上水暖的人家。需要做很多工作来维护它,比如在房子里建暖气炉,还要砍足够多的木柴来给这么大的房子供暖。

奥尼从锅炉上方的架子上取下老鼠药。瓶子是扁的,贴着橘黄色的标签,上面写着Selipa。他没找到捕鼠器。奥尼爬上楼梯,关了灯。在走廊上,他把老鼠药瓶用左手拿着,敲了敲岳母的房门,但是没人应声。奥尼打开门,往里面看了一眼。厨房里没有人。奥尼走到卧室门前。岳母侧躺在床上。她用湿水的碎布裹住手指关节,这样可以缓解疼痛。她的手伸到床外边,就不会把被子弄湿了。她的喉咙发出刺耳的声音,因为她常常呼吸困难。

奥尼看着沉睡中的女人,想着她从不选择。她甚至没说过自己的关节疼痛。拉赫亚也不会说。不会提到任何人的坎坷,甚至在家里也不会说自己的不幸。没有人分担自己的包袱,没有人会提及自己的问题,自然也找不到解决的办法。奥尼想知道她们是怎么如此平静地生活和微笑的。他自己夜夜坐在床边,只有在没人看见的时候才允许自己的手颤抖。他夜夜写着信,在纸张上触碰其他的村庄和城市。他想找一个和他一样的人，他想问一下寻求不被允许的欲望是什么样的感觉。白天他把写好的信带到邮局，取回回信走在路上时，它们就像石头一样沉沉地坠在他的口袋里。他把信藏在中央锅炉的后面，等到房子里悄无人声的时候，他就独自阅读它们。他安静而快速地阅读着信的内容——只有简短的会面请求和下流的提议。这里面没有讨论，没有安慰。只有只言片语有点意思，但寄信的人又离得太远了。

奥尼转身回到走廊，他看着手里的老鼠药瓶。瓶身侧面画着一只死老鼠。它平躺着，爪子向上。拉赫亚在厨房哼着歌。奥尼下到地下室。他关上身后的楼梯门，但是没有开灯。外面生长的青草让地下室窄小的天窗映照出绿光。奥尼从锅炉后面掏出信。他打开锅炉的小门，把信都扔进去，点燃了火柴。寥寥几张会面请求在美丽的黄色火焰中燃烧。邮局里肯定还有几张。

瓶子在手中倾斜，奥尼看到琥珀色的液体缓缓流向瓶颈。他拔下塞子，把液体一股脑儿全倒进嘴里。他喝了很久才将所有的液体全倒出来。它尝起来很苦，还灼伤了口腔黏膜。拉赫亚在楼上打开楼梯门，叫他吃饭。奥尼强迫自己全都吞下去。液体太多了，他不得不分两次才全喝下去。奥尼在黑暗的地下室里小心地移动。他闭上眼，试图像海伦娜一样在黑暗中找到路。他的腿碰到那堆土坯，他摸索着坐在上面。他紧紧地攥着瓶子。楼梯上传来了脚步声。除了等待，现在没什么可做的了。

陷阱环·1952

奥尼看着海伦娜的手在桌上摸索着寻找装可可的杯子,她把杯子拉近了一点,在杯盘上摸到茶匙,用它在杯子里搅了两圈,又放回到杯盘上。女孩在校园里收获了很多自信和勇气。可可闻起来很香。在大厅的喧闹中,女孩反而感受到了父亲的沉寂。她放下杯子,迅速地把手收回来,好像她做了什么错事一样。

"爸爸你在想什么?"

"我只是在看着你。"

"我没把可可滴到哪里吧?"

"没有。你做得很好。"

她又把手放回桌上。她的指尖找到了通往杯子的路,又顺着桌布上的褶皱摸到了装着可可的铁壶。

"这是什么颜色的?"海伦娜边问,边用手指摸着铁壶的表面。她的声音带着笑意。当他俩单独在一块儿的时候,女孩总想玩这个游戏。

"你觉得它是什么颜色的呢?"

海伦娜用双手环握着铁壶,说:"它摸起来很硬,但是很暖。它应该是红色的,浅红色。"

"那它是红色的,你有找到蓝色的东西吗?"

她摆动双手去摸索四周的表面。她摸到椅子的扶手,又记住盘子边缘的触感,最后在餐巾上摸到了被她遗忘的叉子。

"这个应该是蓝色的,摸起来冷冷的。"

奥尼牵着女儿的手,放在座位的垫布上:"这又是什么颜色的呢?"

海伦娜先用指尖轻轻触碰垫布粗糙的表面,然后用手掌摩挲它。

"这是黑色的,可能带点棕。应该是深棕色。"

女孩突然爆发出一阵大笑。其他人都不能理解这个游戏。只有他们俩能。

"妈妈唱的圣歌也是黑色的。"海伦娜咯咯笑着说。奥尼也跟着笑了起来。

"不是。"

"为什么不是呢?"

"它们是灰色的。"

"灰色是什么样的?"

奥尼想了想,说:"就像用舌头去舔湿手套一样。"

海伦娜银铃般的笑声引起了大厅里其他人的注意。咖啡馆的大圆顶把她的笑声传到四壁,奥尼注意到坐在另一头的两个男人一齐转身看向父女俩。他们又回过头,继续说话,但是其中一个金发的男人时不时回头微笑着看奥尼和海伦娜。那两个男人不是面对面,而是并排坐着的。深色头发的那个抿了一口高脚杯里的淡黄色液体。

"这是什么颜色的?"海伦娜摸着桌布的蕾丝花边问道。

奥尼挪了挪椅子,挡住那个金发男人的视线。游戏不再让他发笑了。

"我们现在走吧,"奥尼边说着,边向穿着黑色衣服的服务员招手,示意买单,"是时候回宿舍了。"

走在大街上,赫尔辛基的温暖扑面而来。空气仿佛停滞了,石屋把热度传到人行道上。奥尼右手提着海伦娜的行李包,女儿的手搭在他的左手肘上。

"我们可以七点或者三点的时候从这儿去学校。"

"现在就走吧。"

在这里的两年时光让海伦娜熟悉了这座城市。她已经可以坐电车,还能在正确的站点下车。现在她还能停在路口告诉父亲每条路的名字,给父亲展示这里的环境。他们现在走过了亚历山大路。如果从这里沿着另一个方向走很久,就能走到姥姥当年上学的地方。向右转就行。比起盲眼的女儿,奥尼觉得自己对这座城市更为陌生。他让女儿带着他走过充满汽车尾气的街道,听女儿说这里有辆卡车差点翻倒,那里的下水道口没盖好。他从每个故事里了解了女儿的生存、发现和能力,每个故事都让他自己感觉不再被女儿需要了。

他们越过一座桥,走过一栋栋房屋,可以看到穿着无袖家居服的女人在里面读报纸,他们还穿过散发着泥腥味的海湾,它像一个被困在城市中的囚犯。公园的长椅上,退伍老兵脱下外套,在即将到来的雷暴里,露出他们格子衫下的义肢和手榴弹造成的伤痕。奥尼经过他们身边时,用手指碰了碰帽檐。其中一个男人对他严肃地点了点头。

当奥尼和海伦娜离学校越近,女儿讲述的故事就越离奇。突然,她停在一栋红砖楼前。

"爸爸,"女儿低声说,没有面对他,"我能回家吗?"

奥尼把包放在人行道上,蹲下身搂住海伦娜。女儿的头靠在他胸前,奥尼感觉到怀里瘦削的女儿在大哭,为夏天的逝去,为弟弟的消失,为妈妈简短的信。

"你们真的喜欢我吗,你们两个?"

奥尼不明白为什么女儿的脑海里充斥着这样的问题。他抚摸着海伦娜的脑袋,女儿把脸在他的西装里埋得更深。

"我们当然喜欢你,每个人都是。为什么会不喜欢你呢?"

"如果我保证不再挡路,我可以待在家里吗?"

他怎么能说他什么都不需要,他只想海伦娜能继续住在家里?怎么能说约翰尼斯没有姐姐在一直睡不好?怎么能说拉赫亚总是往桌上多摆一个盘子?怎么能说岳母也总会认真地用拐杖把落在地上的袜子或者落叶扫到一边,防止看不见的那个人摔倒?同样地,他怎么能说他最想要的就是女儿能够自己生存?也许在遥远的这里,海伦娜能学会独自生活。也许在这里女儿可以不再只是别人眼里瞎眼的可怜虫,而是能够得到北方没有的机会。还有可能找到工作。她可以做自己想做的。

"我们家里装个电话吧?这样你想我们的时候就能打电话了。"

"太花钱了。"

"不会花多少钱。这样你就可以和妈妈还有约翰尼斯聊天了。"

"姥姥可以上楼接电话吗?"

"如果她不行的话,我们背她到楼上就好。"

笑容又回到了海伦娜的脸上:"那你们可背不了。"

"我、约翰尼斯、妈妈、安娜,我们四个人肯定背得动。实在不行,我们就在窗边叫个路人过来帮忙。"

女孩被这话逗笑了。

"要用马来拉她吗?"

"那当然了。我会让姥姥坐在雪橇上,把绳子沿着楼梯放好,再从窗边放下来。约翰尼斯会把绳子系在朵维拉的波古的马轭上,姥姥就能轻松地上楼了。"

"你们真的会装电话吗?"

"我保证。"

最后海伦娜高兴地回到宿舍里,她和新室友说了暑假里的故事,还和爸爸保证:就算电话装好了她也会继续给家里写信的。管理员叫学生们去吃晚饭,她迅速地拥抱了奥尼,然后带着新认识的朋友去食堂了。

奥尼现在走在石板路上。他路过一座建在岩石上的教堂,他朝马路对面望了望,然后又继续走开了。一开始,他告诉自己是在漫无目的地游荡,但是很快他就知道他在撒谎。他路过那些新建成的楼房和老木屋,那些木屋的底层都是用砖砌的。他从外套的内袋里掏出一封信,再次确认了上面的地址。他从电话黄页上找到这座城市的地图,然后画在了信封背面。他的火车还有几个小时才开。

路标上的名字都很奇怪,但是最终奥尼还是找到了他要去的那条。这条路是阶梯式的,被另一条路分成两半。奥尼选择从上往下走,他看了看下方那半条路上的房屋——有些很高,有着清晰的线条,有些则是低矮的木屋。其他的新楼正在建起,工人们沿着砖搭起木制的脚手架,再把水泥递给高处的泥瓦匠。奥尼沿着台阶往下面走,走到他要找的那栋房子前。它的大门像玻璃窗一样,可以推开,明亮的大堂是绿松石那样的颜色,有一股氨的味道。奥尼在板子上找到了那个名字。第七层。他按下电梯的按钮，从上面传来一阵金属丁零当啷的声音。奥尼感到脖子上的动脉在随着心跳跳动。他的呼吸变得急促起来。

电梯停在一楼。奥尼拉开推拉门，按下了代表七楼的那个胶质按钮。电梯晃了一下，开始运行，在每一层，它的小滚轮都会"咔嗒"撞到门上，然后又离开。声音在空荡荡的墙壁间回荡。五次"咔嗒"声后，电梯停在了七楼，奥尼把门拉开。他没有打开走廊的灯，而是借着楼梯的光看桦木门上的门牌。他对这间公寓很了解，尽管他从没来过。一个房间、一个凹室和一间浴室。厨房里能放下一张小小的桌子。墙纸是自己铺的。窗前有宽宽的长椅。油毡地垫在新年的时候被烧了一个洞。扶手椅是黄灰色的猫的专属领地。每一处细节都被拆分成文字，装在信里寄给他。

奥尼站在黑暗的楼梯间里，感受着自己的心跳。他把耳朵贴在门上，听里面的动静。里面有唱片的声音。爵士乐。奥尼举起手放在门铃把手上，听着音乐摇摆的节奏。小号低沉的金属音直直闯入他心里。听起来又明亮又动听。奥尼想到一种颜色——黄色。这个可以告诉海伦娜。

猫眼里好像出现了一片阴影。有人在门背后看他。两个在互相等待的人中间只隔着几寸的桦木板。奥尼看向自己的手。他的手指从把手上移开了。他没有按下门铃。他没有进去。不敢，也不想。他要像其他人那样。他要与此斗争。

奥尼关上电梯的门。他按下一楼的按钮，电梯离开了，回到一楼的方向，回到拉赫亚和约翰尼斯和海伦娜和安娜的方向。在每一层，滚轮都会暂时打开，向他展示赫尔辛基的入口，然后再度关上。每到一层，奥尼都想打开门，消失在这个令人汗淋淋的尘土飞扬的城市。他会闻到汽车的尾气，听到电车"咔嗒咔嗒"的声音。他想在咖啡馆的圆顶下大笑，听七楼的唱片。

　　他想做这里的一员，在"咔嗒"声里电梯会带他到更远更远的地方去。年轻时，他扯断了自己的根，逃避自己的内心。现在他逃到这里来，逃离他来到这里的原因。电梯里，门开了又关。奥尼靠着墙，慢慢跌坐在地上。

毡匠街·1953

睡不着。奥尼起身坐在床边,借着窗外的光找衣服。床单上满是汗。他穿上内裤,下床,在地上找袜子。他的动作让床架嘎吱作响,床的另一侧传来微弱的牢骚声。奥尼停下来。他在原地等待着,直到那个人再次入梦,呼吸平稳下来。然后他拿起一只袜子,又拿起另一只,穿到脚上。

从不同的角度看,事物就会有不一样的面貌。在家里,焦虑的情绪一天天地增加着。虽然内心的紧张像一棵茂盛的树在生长,但是他尽力掩盖着它,装作漠不关心。有时他能压抑住它,几个月甚至一年,但它仍旧活在他的身体里,试图从皮肤里破土而出,让他在夜里难以呼吸。最终,它像霉菌一样占据了他身体的每一个角落,如果想要保持自我的完整,他必须离开。他必须坐上邮车,即使知道这让他和拉赫亚都痛苦不已。离开的路上他感觉轻松愉快,但是很快,最迟在上午,他就会羞愧难当,开始想念那些被他抛诸脑后的人。奥尼很清楚,世上并没有他这种人的容身之处。家庭以外他的生活一片空白,什么都没有,除了敲陌生人的房门。除了在公共厕所里鬼鬼祟祟的眼神交换。

奥尼把手搭在膝盖上,在床边坐了一会儿。他想回家。

几个小时后孩子们就会醒过来。他太依恋他们了——拉赫亚有时会为此感到惊奇。但是奥尼一直渴望成为父亲，就像有些女人从小就渴望做母亲一样。对他来说，和孩子们在一起的时候很轻松，因为他可以做自己，没人要求他扮演其他的角色。和陌生人在一起的时候也很轻松。而当他和别人熟悉之后，他就开始隐藏真实的自己。奥尼站了起来，穿上上衣，拿起放在椅背上的裤子。

皮带扣发出"叮当"的响声，奥尼转头看睡着的人是不是醒了。在微弱的光线里，他辨认出男人的轮廓。他的眼睛还闭着。夜色混入他金色的头发。他的头发中间长，两边却很短。他上唇的线条显得十分有力。男人侧躺着，一条腿勾着伸到一边。被子只盖住了他胸和肚子的一部分。这个成年的男人在晚上总是会表现出一点男孩子的气质。这是他本质上的东西，有时会在他微笑或调皮的眼神里显露出来。奥尼快速地移开了视线。

晚上遇到的最糟糕的事就是匿名。由于对陌生人的戒备，他们不会说出自己的名字，而是说某些代称，比如昵称之类的。托比拉的注目者、邮局的老姑娘、戴瓦科斯基的见面人……奥尼听说过自己的外号，它并不怎么好听。要么根本没人叫名字，要么就是迅速地起了个外号。两个男人可以共享一张床，彼此肌肤相触，但是却不会分享自己的真名。他见过多少个卡基了？奥尼穿上外套，在门边的桌上找自己的帽子，他记得他刚进这个从没来过的房间时，把它扔在了那里。他慢慢地打开门，尽量不发出一点声音。一阵凉爽的风从楼梯间吹进了房间里。这座城市还在沉睡着，还有时间赶上最早一班邮车。

奥尼转身回望房间，确认自己没落下什么东西。行李箱在车站寄存处等着他。他正准备关上门。门却再次把他关在这个房间里，将他隔绝开来——同他还没时间看的信箱、同他晚上不想打开的收音机、同他在黑暗里看不清的窗户隔绝开。门关上的时候，这世界上只有一张床和躺在上面的那个人，他注意到男人的眼睛睁开了，正直直地看向他。

"你就要走了？"

他的声音还带着睡梦的模糊。奥尼盯着地板。

"我觉得还没那么急。"

男人用小臂撑起身，闻言抬起一边眉毛。被子滑了下去，堆在他肚子那里。

"急着去哪儿？"

奥尼想说，他不想男人醒的时候还在这里，因为他不敢看他的眼睛；他不知道带着哪种心情生活更难——是自我厌恶还是原谅自己。他把门关上了。

"等等。"

奥尼听到男人从床上下来，跑到门边。

"别过来。"

门把手被按下了，但奥尼拉着它，把它往上拉。

"让我走。"

"我不想做什么坏事。"

"别想从我这里指望什么。"

奥尼喘不上气。男人试着按下把手，但奥尼仍然拉着它，还用肚子顶着手。他更胜一筹。

"让我静静离开吧。"

突然，把手上的力量一松。门后传来奇怪的声音。奥尼把耳朵贴在门上听。男人在里面大笑。

"你难道以为我是要你回来吗？"

"什么？"

"你以为你走了我就要光着屁股在拉克希拉的大街上追你？"

男人笑得很大声，他没法打断他。

"我抓到你了又能对你干什么？我们还有什么没干的？"

奥尼松开门把手。他也被逗笑了。

"你要用什么新东西招待我吗？"

男人笑得更大声了。这快活的笑声穿过门，奥尼也被感染了。

"那我会去抓你的。"男人咯咯笑着，边说话边吸气。

这两个男人在同一道门的两边大笑，笑声在楼梯间里回响。笑得肚子疼，奥尼必须坐在楼梯上歇会儿。笑着笑着，男人让奥尼小点声，但他自己一边大口吸着气一边笑个不停。

笑声渐渐平息。奥尼从口袋里拿出一条手帕，擦干了笑出来的眼泪。楼下传来脚步声。

"你还在那儿吗？"男人问道。

"在。"

"好的。"

男人也坐在地板上，奥尼听到他的声音从同一水平线的高度传过来。

"你还会进来吗？"

"不了。"

奥尼站起来，抻了抻外套。他说自己要走了，但男人不让他就这么离开。

"你想与众不同吗？还是你想和别人一样，但是只是有点不一样？"

奥尼往下走了几步。这不是他想要的。他不想要认识某人，依恋某人。

"你想问我要什么？"

"你能告诉我你的名字吗？"

奥尼转身，小心地继续往下走。楼上的男人没有注意到他正悄悄离开。

"只是名字而已。"

奥尼打开通往走廊的门，走了出去。太阳还没升起来，但是夜色已经淡去。房子一楼的窗户亮着光。厨房里的女人看着他，但是当她发现奥尼在看她的时候，她摆了摆手，又转身去做别的事了。空气里有土壤的味道。今天，最迟明天，玫瑰丛上的叶子就要发芽了。

奥尼转身回到了楼梯上。

欢趣巷·1954

战争之后发生了一次农业改革。这项改革早在两百年前的南方就实施了,它把土地分配给每个农民,让居民们都有了面积可观的牧场、林地和居所。但在东北这块一直没实施。每个农民都会清理自家田地里看起来最好的那一片,这样就能赶牛群去河边的牧场吃草了。战争结束后,一部分领土被割让给邻国,最终,政府认为最好把适当面积的土地分给国民。但不是分给敌人,而是分给那些和邻里和睦相处的勤劳友善的国民。

奥尼已经为这次改革做好了准备。每次他去土地测量局解释他建设农场的计划时,他就顺便用货车运送相同重量的原木。工程师们开始为这个手腕缠着带子的男人的扫视而感到紧张,最后他们批准把一片处于无名池塘和河流间的蛇形丘分给他。根据本人的要求,他的妻子之前分到了战前划分的东边那半土地,所以丈夫得到的部分就更多一点。没有人相信这个男人的宣言——他说自己要在这片有沼泽的沙地上耕种——因此,工程师们之所以如此温柔,不是因为丈夫的恳求就是因为妻子的苛刻,或者二者皆有。

奥尼最初请求得到的是一座山峰。他在脑海里设计了一座城堡,还在蜡封的笔记本里绘制了草图。两端各有一座四角的塔，中间由几个住人的侧厅相连，就像很久以前的海滨城市一样。他没有考虑山顶怎么通水通电，而是只想着塔顶能建多高。不过山还是没能分给他，他得到的是河边的岬角。幸运的是，它的地势还挺高。

避暑小屋建在了岬角的最高处，这样就能欣赏到三面环水的风景。建造的过程很慢，小屋的外观第二天可能又和前一天不一样。小屋一端缩短了，但另一端又加长了，中间建好的三角屋顶结构被拆了下来，又钉上四寸宽二尺厚的木材准备做成单坡屋顶。奥尼最终的平面图上有厨房、卧室和俯瞰湖上美景的开放式大阳台，但在施工的时候他又增加了细节。后墙那里要建一个法式阳台，可以看到夕阳和闪烁的溪水。厨房要建长条形窗口。要不要再盖一座塔楼呢？约翰尼斯想要。这一次，自己建造反而是一种消遣了。奥尼时不时带上咖啡壶到对岸去。他煮着咖啡，悠然地看着自己的小屋。从远处看，又会得到一些更好的想法。从外面看，这栋楼又奇怪又特别，同时，它的选址、比例和视野都是难以言喻的美丽，堪称视觉的享受。

建造、设计、修改和推敲细节——奥尼从中获得了不少乐趣。随着天气转暖，他在建好一半的小屋边上支了个油布帐篷，住在了这里，这样他就可以等太阳升起后直接工作了。他在岬角高处燃起火，一边煮着咖啡，一边观赏着眼前的湖泊和远方的河湾。将来还可以在这里弄一张桌子和一把长椅。拉赫亚逗趣地问这到底是避暑小屋还是别墅，这把奥尼逗乐了。

奥尼在阳台垂直地锯开墙架的木条，准备开一道厨房门。一开始他只打算留一道通往室外的门，但是昨天他决定在阳台这里再开一道门，这样可以直通厨房。如果厨房的炉子里火灭了，就能轻松地在外面生火了。他不是个好厨师，也不是——

锯子突然停了下来。奥尼靠在阳台的墙架上，试图重新整理思绪。这些念头慢慢消散了。等小屋建好后，明年夏天就能邀请奥卢那个笑眼迷人的男人过来做客。那个人的名字他不敢说出口，好像它能随风飘到村里，传进不该知道的人的耳里。写着那个名字的信总是很难等到。组成那个名字的词语又是多么优美。他希望那个名字能留在他的世界里。

不，不是这样的！奥尼试图重塑这个想法。

等小屋建好了，海伦娜就能用绳索和油布试着去徒步，可以去游泳的地方，也可以去山脊上的长椅，蚊子可飞不到那里，还可以去最外面的房间。女儿很喜欢沐浴在阳光里面，享受针叶林的香气。约翰尼斯也是。这里还要盖一个桑拿房。孩子们可以在河边细沙堆积的浅滩上踩水，他俩可以坐在码头上看。锯子从手上滑落。奥尼意识到他又犯了同样的错误。

这个想法让他感到羞耻。奥尼再次在他的计划中把拉赫亚排除在外。他仍然认为自己不是独自一人，但是在他的想象里，他身边那个位置上没有妻子，而是另一个人。其他的细节都是相同的：游泳的孩子们、温暖的阳光，还有黑夜里闪烁的阳台灯。

他对自己发誓，他不会再联系那个人了。他决定不会再去取信，也不会寄出新的信了。他决定不会再失望或者难过了。拉赫亚对他做过什么不好的事吗？奥尼感受到自己脖子上动脉的跳动。

他从胸前的口袋里掏出一个棕色的玻璃罐，倒了两片药在手上，没用水直接咽了下去。他想起听过的建议：抑郁是精神的弱点；紧急时不要陷入情绪之中，而应该把注意力转移到别的能让人开心的东西上；不要再去地区医院了。奥尼把注意力放到了自己的呼吸上，努力让它保持平稳。他看向左手腕上逐渐消退的疤痕。

他换了市医院的医生，医生的诊断似乎下得很轻率。他不是性格大变，他只是生病了。这病让他软弱、道德败坏。疾病顺着血管传遍全身，迅速地在他体内传播。它活在他的身体里，在他的皮肤下呼吸，让他的心跳加快，在他大脑里寻找最隐秘的角落，从而引起焦虑和行为失常。由于忍受欲望和自厌的冲突太过困难，在最后一次去奥卢的路上，他试图把自己抽离开来。现在他明白了，这并没有什么用。他已经腐烂了，没什么能为自己做的了。他只能避免交流，独自坚强。

奥尼边凝神想着，边拿起了锯子。他继续工作。随着锯子的来回运动，他的内心平静了下来。墙上需要贴上柏油纸板。这里会有木屑吗？在秋天里继续用夏天的方式生活，坐在黑夜里听雨，他觉得这都非常有趣。但是时间不够了。还要做炉子。要做个保暖的东西，这样才能度过漫长的冷夜。这让他想起当兵的时候，他的头盔顶上有一个手榴弹炸出来的洞。

木头"啪"的一声断开了，奥尼拿它对着门框比了一下。它比门框长了半厘米，不过轻轻按一下就能严丝合缝地对上。他坐在阳台边上，从口袋里拿出烟盒。他把烟的一头对着烟盒的盖子敲了敲，转着烟拧到烟嘴上，点燃了它。烟被深深地吸到肺里。尽管他正在休息，但手指还在不停地劳动。他的手指在裤子的侧缝边动来动去，摸过烟盒的盖子，又去感受下墙架的耐久度。他把手收回来，转过身去看湖面。需要决定桑拿房的位置了，这样才有时间建勒脚。河口看起来不错，但是春季时洪水会涨到多高呢？他从一米五高的阳台跳到地上。他忘了手里拿着锤子，不过他不会扔掉它的，不然就不知道掉到哪里去了。他走下山坡，到坡的一边。这个坡很陡，以至于他有时不得不小跑几步保持平衡，再抓住松树的树干来减速，以免冲下去。为了孩子们的安全，这里必须建一个楼梯。

在游泳的地方，那里的河岸看起来很不错。河流以一个陡峭的角度汇入湖中，创造出一个适合桑拿房的狭窄地峡。奥尼在脑海中设计着，并用锤子画出了墙的区域，一画就画到了黄昏。工作让奥尼的心情轻松多了。桑拿房的入口在最远处那个角那儿，蒸汽房就在这边。湖上要建一个大平台，蒸完桑拿后可以坐在平台上。需要到湖里去测测深度，看看哪个地方适合建平台。桑拿房的入口要装上天窗，桑拿房里可以装一两扇大窗户，要看看到时候怎么装合适。烟囱呢就用水泥，这样加热的时候就不用断断续续的了。

奥尼为设计的顺利感到高兴，他跳着走上了山坡。一开始在村里建房子是为了拉赫亚，很快又可以建小屋了，之后还能盖桑拿房。

奥尼在越橘丛的阴影中停下脚步。如果说房子是为了拉赫亚建的，那么这座小屋又是给谁建的呢？他专注着把不断涌现的想法推回脑海深处。这次呼吸甚至没有变快。不要想，不要念。奥尼看向小屋。他觉得它看起来并不像别墅。从外形来看，它有着很多长条形窗口和飘窗。总的来说，它就像很多竖直的木条木板嵌合在一起的一个怪物，怪异可笑。

　　他突然感到眼睛在抽搐。奥尼把锤子朝小屋扔了过去。它没有撞到立起来的柱子，而是飞越过小屋，然后消失在屋后。只有荒野才知道它落在了哪里。奥尼估算着它的着陆点，看看那附近有什么树。他拍了拍上衣的口袋，但是没有把药瓶拿出来。只是触摸它就能让他平静下来。他不想再去看神经病科了。锤子一定不能丢。

蜡炬街·1955

什么是这个尘世里
虚幻的荣誉?
所有人都想得到它,
风却把时间吹走了。

　　岳母的遗体不能在教堂里得到祝福,因为沿着中间走道抬沉重的棺木花了太多时间。祝福仪式在墓园举行,因为棺材是用推车运过去的。下葬时来了很多人,当马车快到墓园的时候,队伍最后面的人还在墓园外的台阶上。送葬者里,奥尼认识的人并不多。
　　开始从教堂走到墓园的时候,送葬者唱起了一首圣歌,这首歌的旋律一开始很低沉,但后面的旋律却是微弱的老年女高音,男人唱不上去。这首歌就像卡农一样,在行走的送葬队伍里一遍遍地重复着,但是队伍末尾的女人们更喜欢相互交流关于助产士和分娩的记忆。谁的孩子因她存活了下来,谁的孩子得到了她的帮助但还是死了。每一个叙述者把残存的记忆拼凑起来,编织成共同的故事。
　　"因为她有一双很小的手。"
　　"不过她很强壮。"

"也很胖。"
"她之前没来过。"
"她说,如果我家男人没从床上下来,就把他踢下去。"
"她是一个人来我们家里的,家里男人不太信得过她。"
奥尼听到那些老妇人远处的轻笑声。

> 这片土地如此陌生,
> 并不是我们的家。
> 在这徒劳的世间,
> 我们皆为过客。

推车停在沙道的尽头,抬棺的男人们到马车两边就位。墓穴离沙道很远,甚至离旧的台阶更远。男人们把棺材举到空中,入殓师在下面推开推车。尽管有八个抬棺人,抬棺材的吊绳还是深深地勒进他们肩膀。走了很久才从沙道走到空旷的墓穴,吊绳也快滑下来了。奥尼的脚被绊到了,他踉跄了一下,棺材的重量一下子移到了其他人身上。

"稳着点。"

拉赫亚走在孩子们前面,就在奥尼的身后。她快走了两步,就像跑到奥尼身边扶着一样。

"现在要让妈妈风风光光地走。"

"这里没人故意搞破坏。这地不平,不好走。"

"要是你们不行的话,我可以来扛。"

奥尼站稳了,又重新担起了棺材的重量。他把吊绳缠在手上,它深深地绞到手掌里。

现在面向各各他山①吧，
信吧，当主受难之时，
你会受到他的感召，
赤裸的人也会穿上衣服。

在岳母的尸体被运走之前，奥尼看到她的时候并没有认出她来。玛丽亚因为行动不便变得很胖，但奥尼见到她的时候她总是在忙着，要么是半坐着给土豆削皮，要么是靠在扶手椅的抱枕上给杂志写稿。然而这一次见到她，是拉赫亚让奥尼去帮她穿上寿衣，那具躺在床上的躯体如此壮硕，这让他感到惊奇。他没有为见到岳母的裸体而尴尬，反而觉得死者好似一个自然的奇观。她丰满的乳房平摊开，坠到她的腋下和手臂上，没有人会错认她的性别。但是，抛开她的性征，她的身体更像是一个巨大的孩童，像油画里想要吃奶的婴儿一样。只有她的手脚才有老年的痕迹，每个关节上都有紫色的囊肿，手指肿胀扭曲，脚掌上的囊肿让脚趾变得歪斜。蜡黄的脸上显现出一个微笑，几乎可以说是幸福的神情。

"她的心脏不好，"医生判断她的死因，"心脏扩张得太大了。"

房间里有股淡淡的油炸土豆的香味。

---

① 各各他山（英文 Calvary 或 Golgotha），天主教典籍译为加尔瓦略山（译自拉丁文）或哥耳哥达（译自古希腊文 Γολγοθᾶς，可能转译自当时的阿拉美语），意译为"髑髅地"。此地乃是罗马统治以色列时期耶路撒冷城郊之山，据《圣经·新约全书》中的四福音书（如马太福音 27:33、约翰福音 19:17）记载，耶稣曾被钉在各各他山上的十字架。多年来，"各各他山"这个名称和十字架一直是耶稣受难的标志。

人的生命无法
在世间永恒存在，
只如草芥一般，
死神轻易就能折断。

拉赫亚一个人给尸体洗了澡。她没有在奥尼或孩子面前流露过对母亲的思念，但是奥尼听到紧闭的房门后传来痛苦的哭声。他打开门，想安慰她，但他一碰到拉赫亚，她的身体就紧绷起来。

"你要干吗？"

拉赫亚继续用湿布擦拭着尸体，奥尼走出去，关上了门。只有在有事的时候他才过来，等抬棺人来了他才再次打开那个房间的门。他告诉孩子们：姥姥是猝死的，死的时候应该很痛苦。他开始想念这座房子里唯一一个每次都会和他达成共识的人，她总是说"礼多人不怪"，说"百忍成钢"。她老说很多俗语，不过她自己却不能忍受任何人在她身边，除非是她喜欢的人。奥尼不清楚，她喜不喜欢他。

男人们把棺材放到墓穴里。墓穴里放着几块用布裹着的木板，以此支撑住棺材。神父将一把小铁锹举到头顶上，土堆边站着掘墓人，他拿着大铁锹等在一边。直到今天早上，人们才发现棺材盖合不上，棺材和棺材盖间有两指宽的缝隙。幸亏棺材内饰的边缘挡住了缝隙，也没有人发现助产士全程还在盯着他们工作。她生前就为自己挑好了墓穴的位置。拉赫亚发现，这个位置不远处就是药剂师的坟墓——他的墓前有一个生锈的锻铁十字架——再远一点就是药剂师的姐姐们，她们的墓碑还比较新。拉赫亚想给母亲换个位置，但因为已经交钱预订了这个位置，教堂不同意换地方。

"这正是您母亲想要的位置。战争一结束,她立刻就去兵营的教堂,付钱买下了这个位置。"

"那就依她吧。她没看到那个地方,但是我得去看看。"

> 无论贫穷或富有,
> 全能之主将带走所有人,
> 每个人的道路都
> 通向死亡。

奥尼不喜欢赞美诗,他知道岳母也不喜欢,她对这种仪式都不感兴趣。

"马有失蹄,"孩子们有一次说到死亡的时候,她说,"但更重要的是保持警惕,避开陷阱。"

祝福仪式开始的时候,奥尼注意到拉赫亚站在棺材的另一边。安娜也和她的丈夫待在另一边。她遇到第一个求婚的人就马上和他结婚了,然后离开了这座房子。她试图开始自己的生活,但是妈妈一有令,她就立马回到妈妈身边,做她无条件的仆从。拉赫亚的目光一次也没飘向奥尼或者孩子们。她紧紧握着手里的花圈,凝视着空旷的墓穴。

"她在尘世中播种,在永恒里苏醒。"

神父用土在棺材上画了一个十字架,而此时,大部分女人才姗姗来迟。墓地里,墓碑和十字架仍低诉着尘封的故事,她们在歪斜的墓碑和十字架间寻找着一个合适的位置。奥尼想墓地能不能站得下所有的送葬者。他原本猜想会来很多人,但是谁也没猜到会有这么多人。没有足够的食物给客人吃,连咖啡都不够。他建议过拉赫亚,在教堂之家或者和平协会举办悼念仪式,但是拉赫亚觉得应该没有多少人知道母亲活了这么久,也没多少人会来。

祝福仪式结束了,抬棺人走到棺材边。他们将吊绳缠在肩膀上,抬起棺材;同时,掘墓人抽出下面的木板。抬棺人松开一只手里的吊绳,另一只手试图减缓棺材下降的速度。安娜的丈夫在奥尼对面,他松开得太多了,棺材的那一头快速地落了下去。棺材撞到墓穴边上,撞下了一块黄泥。

"别松开那么多,棺材盖都要撞开了。"

棺材落到了墓穴底部,一边的抬棺人松开了吊绳,这样另一边的人就能把它扯走。奥尼抬起头,发现拉赫亚一动不动地盯着他。他读不懂她的眼神。岳母的墓穴就像横亘在他俩之间又深又宽的裂隙。

旁边的男人们抓起铁锹,掘墓人静静地指示着他们把沙子先填到棺材旁边。海伦娜握着约翰尼斯的手。奥尼伸出手,也握住了女儿的手。约翰尼斯正向姐姐解释着目前的情况。

"是爸爸的手。"

海伦娜走近了几步,奥尼把手放到了她的肩膀上。女儿哭了。约翰尼斯跟着姐姐也哭了。奥尼轻抚着儿子的肩膀。安娜站在远处。铁锹时不时"哐哐"地碰到棺材盖上。拉赫亚还在盯着他,嘴唇紧抿。她又看向约翰尼斯和海伦娜。

只有信仰才会赦免你的罪,
可怜的灵魂才能安眠。
一旦离开尘世间,

死亡将是你的胜利。

　　墓穴填满后,送葬者排成一队,挨个向拉赫亚致哀。奥尼摸了摸海伦娜的头。
　　"我们现在回家吧?"
　　"妈妈也一起回吗?"
　　约翰尼斯看着拉赫亚,她正站在一个紧实的大土墩旁,面前是女人们长长的队伍。
　　"她还不能走。"
　　走到墓园外的台阶时,奥尼回头望去,拉赫亚还在和送葬的人握手。排队的女人们脸上不再有笑意。

机械道·1957

　　黄昏的时候，长途大巴转弯开到了邮局前的广场上，大巴灯扫过那排房屋的墙壁，好似画出了一道弧线。正飘着细雨。方向盘打了一个圈，司机停下车，车头正对四道口。奥尼扣上油布外套，拿起胶合板做的行李箱，下了车。大巴附近站着合作社售货员，正盯着大巴的车顶。司机站了起来，从架子上卸下那个巨大的箱子。

　　"怎么这么久？"

　　"这些绳子绑得太紧了。"

　　每个人都急着回家。奥尼把行李箱换到左手上提着，直直走向路口。在奥卢，院子里的玫瑰花丛上还挂着最后开放的花朵，但是在高地这里，空气里已经有秋天的味道了。

　　奥尼走到联合银行，在这座四坡顶的房子那里转弯，穿过雨幕往家走。村道上弥漫着秋夜的宁静，一个行人都没有。奥尼听到身后的大巴"轰"的一声起动了。看来司机终于解开了绳子。大巴转弯了，他听到轮胎碾在砾石路上的声响，大巴很快就开到奥尼旁边。大巴停下来，车门打开了。

　　"要不要送你一程？"

　　"我自己走就行，我已经看到家里的房子了。"

"毕竟这天太冷了。"

奥尼摆了摆手，示意拒绝，司机于是就关上了车门。雨滴打在大巴的前灯，灯光里能看到一滴滴雨的影子。奥尼继续沿着村道走。大巴好像还在他家的拐角那里减速了。

他走得很慢，一点儿都不急。行李箱不重，他的脚步很轻。他不在意这毛毛细雨，也不在意泥泞潮湿的路。他还沉浸在另一个地方的氛围里。他们一起去了电影院，在黑暗里奥尼才敢握住身边人的手。他们一起坐在餐厅里，那个人把餐厅领班叫了过来，而奥尼则一直注视着他。租住的公寓里，中间地板上的地毯被取走了，他们就在那里整夜跳舞。

> 我的可人儿，
> 我现在请求你，
> 将空旷的蓝天填满吧。

那人的手搭在他的腰上。它坚定地引导着他，让他闭上双眼，臣服着步入一个又一个旋转之中。他们迈着滑动的大步跳舞。他们的舞步、他们的身体、他们的思想是如此协调，仿佛他们就是一台精密的机械，比如钟表，每个部分都清楚自己在整体中的位置。奥尼听到那个男人跟着留声机唱歌："带走我的梦想，把它藏起来，不相信奇迹的人，就永远找不到它。"他的声音低沉悦耳。他是男中音。

奥尼突然清醒过来。湖上传来一声船桨划水的声音。雨越下越大了。奥尼把外套的领子立起来，盖住脖子。玫瑰会在高地这里生长吗？丁香呢？奥尼想把奥卢的一小部分带到家里。

转过消防局，就能看到家了。没有一扇窗亮着。奥尼停下脚步，望着房子。南边的墙要重新刷过，还要打造新的栅栏。他歪着头，比较了家和周围房子的大小——满足感油然而生——至少有两倍大，可能有三倍。

院子里的路上有什么东西。奥尼定睛细看，有人在里面走。奥尼加快了脚步。那个人是不是把里面的工具都拿走了？是不是有人忘了锁大门？拉赫亚和约翰尼斯已经睡了吗？奥尼跑了起来。幸好卧室都很里面，没有人能在不惊醒其他人的情况下打开这么多门。

奥尼停住了。透过雨帘，他认出了拉赫亚的身影。女人直勾勾地盯着他，但是一句话也没说，而是低下了头。她的头发被雨水打湿了，黏在脖子和肩膀上。她穿着一件长外套，没扣扣子。外套下面是湿了的睡衣。拉赫亚正用一把平头锹挖草。

"你在干什么？"

拉赫亚没回他。

"你会感冒的。"

拉赫亚把锹头铲进草里，她踩了一下，但是锹头却只插进去了一点。她双脚踩了上去，终于铲下去了。奥尼往四周看了看。沿着栅栏，地上被挖出了四个浅坑。她没继续铲。

"你怎么了？你都湿透了。"

"你去哪里了？"

"你知道的，我去奥卢了。"

"为什么去？"

"我们先进去，你换身衣服吧。"

拉赫亚伸手抓住铲子，继续挖坑，"你身上有须后水的臭味。"

"你到底在干吗?"

"妈妈总是特别讨厌松树。"

拉赫亚往铁锹杆上用力一压,一块草地就被铲了起来。她用手扒下草皮,把它卷成一卷,滚到一边。袖子沾上了潮湿的泥土。奥尼看着她工作,却不知怎么帮忙。拉赫亚用脚拨开坑底的土,把它挖得更深。然后她把铁锹立在地上,再将手推车拉过来。手推车上堆着很多从森林挖出来的小桦树苗。拉赫亚取下最上面的树苗,用盆骨顶住,然后扛着它到最近的坑边。

"妈妈喜欢阔叶树。"

拉赫亚将树根旁边的土踩实。她的睡衣留下了一道道泥痕。

奥尼注意到房子里的响动,他转身去看。楼上的窗户里显现出约翰尼斯的身影。儿子发现了父亲在看他,又把窗帘拉上了。拉赫亚又扛起一块沉重的泥,填到另一个坑里。她抓过铲子,准备再挖一个。

"拉赫亚回屋里去吧,你可以明早再做。"

"现在就要弄好。"

"那你把铁锹给我,我来做,你进屋里去。"

奥尼走到拉赫亚身边,但是她的姿势突然变了。她微微举起铁锹,身体向后侧仰。她的身体看起来极度紧张,似乎准备着立刻打他——奥尼不确定她会不会打下来。

"你现在到底在干什么?"

"你身上有须后水的臭味。"

拉赫亚的手攥得越来越紧,但是她突然放松了下来,慢慢地把铁锹头放到地上。奥尼一动不动地站着。油布外套的里衬都开始湿了。

"这个是拿来铲沙子的,明天我给你找一把用来铲土的,会更好铲。"

拉赫亚双手抓住铁锹,深深地吸了一口气。她抬起头,雨水顺着她的脸颊流下来。

"走开。"她轻轻地说,近乎耳语。她的声音里听不出喜怒。

"进去吧。"奥尼哄她。

拉赫亚转身背对着他,把铁锹从刚挖好的坑那边拉过来。她将锹头对着地面,用脚把它踩得更深。约翰尼斯的身影没再出现,但奥尼知道儿子看到了一切。

奥卢街·1959

"你有没有去过奥卢市的卡利亚路,有没有去过之前提到的公寓?"奥尼穿过邮车的走道,像扫走一只睡着的蚊子一样,将这个问题抛到脑后。司机关上车门,拉赫亚在广场上微微地挥了挥手。载着奥尼的车开走了,拉赫亚转身目送它离开,而海伦娜只是呆站着。女儿回家是为了过复活节,但是约翰尼斯在假期里也不能离开军队,这让她感到孤独而沮丧。在去广场的路上,她想拿上纸板上的行李箱,但是它太重了。早晨正慢慢变成晴朗的一天。药房旁边的树上,麻雀醒了过来。昨天融化的雪水,今天又凝结成冰,像一个个硬壳的池塘。

"你还会回来吗?"当他上车的时候,拉赫亚抓住他的手。"你这次会回来吗,无论如何都会吗?"

奥尼没回答,而是径直上了邮车。现在他看向窗外。拉赫亚小跑着追在邮车后面。她的眼神很吓人。

车突然起动了。它直接越过四道口,开向奥卢。奥尼朝中间的走道伸出头去,想看看道路的尽头。每块地上面都建起了新房子,每户都有一个院子,还有些甚至扩建了。就好像战争从未发生过。从远处的转角那里看,自家的房子正和其他房子斜对着。奥尼原本想让自家房子正对着其他房子，就像占据了整条街的尽头一样，但是他们的地没有那么多。他挥手，永远地告别了这座房子。

司机换了低挡，汽车"呼哧呼哧"地爬上了山坡。村子建在这个县里最不起眼的位置，就在几个湖的肘腋之间。未经修整的土路将它和南方的城市、北边的卢伊亚连接起来，但是村里要去西边的话，就只有一条路可走，这条路上有数以百计的山坡，行人时刻都处在危险的边缘。千百条细线联系着村子和海滨的大城市。在那里能找到所有在小地方稀缺的东西：更好的婚纱面料、更清楚的眼镜、更美观的钟表。往卡亚尼或者罗瓦涅米走，路程会更短，但是这两个城市和村子一样处在山沟里。只有在奥卢，才能保证会得到不一样的体验。

奥尼解下围巾，而售票员姑娘开始检票了。如果现在回头看，就能看到村子被白雪皑皑的森林遮盖住，渐渐消失。最多能看到某户人家的烟囱升起了炊烟，证明此地有人居住。

"你有没有去过奥卢市的卡利亚路，有没有在那段时间里去过之前提到的公寓？"这个问题再次在奥尼脑海中浮现，但奥尼不再让它干扰到自己。如果看向汽车前面的挡风玻璃，就能看到升起的太阳将松树林的树顶全都染红了。阳光的热量让树上的积雪融化了，雪从数十米的高度落下，深深地砸入地上的雪堆。再过一个月，雪堆就会像被施了魔法一般消失。它们会在数周内融化，雪水会渗到沙土中，而奇怪的焦虑感就会缠着每个人不放。奥尼闻到了烟味。对面那排坐着的老头给烟斗打起了火。他邀请奥尼也抽上一口，但是奥尼摇了摇头。也许他晚点会抽，但现在他只想享受此刻的安宁和寂静。什么也不用干。奥尼把围巾叠起来,放在窗户上当枕头靠着,再把大衣的领子立起来。终于,他轻松地沉入梦乡。

车在戴瓦科斯基停了一会儿。这里看起来很不一样,就像战前的村子,这里沿路都是单层的平房。村子里每栋房子都被粉刷过,但这里只有几间房子刷过彩漆,大部分平房都是原木的本色。道路的两边都挖了一条深沟来帮助车在泥泞的道路上行驶。奥尼从车上跳下来,把一根烟塞到木套里。司机把座椅上包裹好的货物取下来,偷偷地塞进毯子里,但是在车门边上完全能看清他鬼祟的动作。奥尼抓住他的衣领,将他拽到院子里。司机尖声叫喊着,奥尼听到他说里面是一个柳条篮。司机朝奥尼点了点头,然后把篮子放在沾满雪的轮胎边上。他从胸前的兜里掏出一根"工人牌"香烟,奥尼给他打了火。司机一时沉默了。

"该死的东西。"过了一会儿,他说。

奥尼不知该说些什么。为安全起见,他踩灭了烟头,然后回到车上。司机还在车外,他正和一位戴头巾的妇人说话,告诉她去拉迪亚的路上有哪几个站。戴头巾的妇人上了车,就坐在毯子盖住的柳条篮那里。她的背影看起来和岳母一模一样。奥尼心想,他还在怀念着她。母亲的死吓坏了拉赫亚,这导致她一直害怕变胖。她坚持运动,非常注意饮食。黄油是毒药,盐是白色的死神,糖是对身体的谋杀。奥尼沿着走道走,他发现司机正通过后视镜看他。

"你有没有去过奥卢市的卡利亚路,有没有在那段时间里和照片上的男人一起去过之前提到的公寓?"奥尼紧紧闭着双眼。

情况很奇怪。西利埃玛——他的老战友——黄昏的时候叫他去警察局,他本来打算像平时那样雕刻点东西。西利埃玛的眼神很奇怪,还让他立刻去。奥尼想,是不是发生了什么事,幸好十年前就把所有藏在油布包里的武器都拿走了,改放在一个很远的地方,除了他没人能找到。和西利埃玛一起去警察局的路上,奥尼还想着要不要和他坦白,说外面房间放着一把毛瑟枪。到了警察局,西利埃玛只拿了一支笔和一个本子,坐在一边,然后叫他坐下。

一个不认识的男人进到房间里。他又高又壮,看上去像个摔跤手。他头顶已经秃了,但是手背上却长着厚厚的一层毛。他穿着棕色的制服,胡子精心修剪过。

"这是来自奥卢警区的甘道林警长。"

奥尼站起来,伸出手:"我是奥尼·略都瓦拉。"

甘道林脱下大衣,挂到钩子上,他并没有和奥尼握手。

警长没有在桌边坐下,而是绕着奥尼走了一圈,打量着他的长相。他走到奥尼面前,盯着奥尼的脸看。他又蹲了下来,好似一只猎犬用嗅觉追踪着犯人的气味。然后他站了起来,和西利埃玛确认了奥尼的身份,接着他从厚厚的文件夹中取出几张纸,把它们铺在桌上。他脱下外套,放到椅背上,之后在纸上拿了什么东西,走到奥尼身后,再仔细地比对着照片和桌前的这个人影。随后他转了转照片,让它和桌子的边缘平行。

照片上的男人眼神友善,眼角有些皱纹,不过他的嘴抿成一条严肃的直线。他的头发全部往后梳,太阳穴附近的发际线有些后退了。照片里的光太强了,这让他的脸看起来很平,好像是二维平面的人一样,不过这张照片拍来也不是为了留念的。在脸的后面是黑白的厘米刻度,用来显示此人的身高。奥尼发现这个人有一米八六。奥尼愣住了，他呆呆地凝视着这个男人的脸。

紧接着，甘道林第一次开了口："你有没有去过奥卢市的卡利亚路？在巡警搜查卡利亚路的公寓时，你是不是和照片上的这个人在一起？"

奥尼紧张起来，双手用力地攥着椅子的扶手，冷汗顺着脊背滑下。他的喉咙变得干涩。

"我要确认的是你有没有去过奥卢市的卡利亚路？在巡警搜查之前提到的公寓时，你是不是和照片上的这个人在一起，但是爬出窗户逃跑了？"

奥尼一句话也说不出来。他感到嘴唇上一阵刺痛。耳里好像听到了自己的心跳。西利埃玛把身子往前倾，以免遗漏他说的任何一个词。奥尼回想起卡利亚路上石炉散发出的光亮、吱吱作响的木质楼梯、利口酒遗留在上颚的甜味、收音机播出的忧伤的探戈曲、那个人眼角的笑纹，还有他手臂上柔软的绒毛……他微微张开嘴。他想起从楼上的窗户高高地落到冰凉的雪里，雪像一层厚床单接住了他，他的双脚在结冰的路面上打滑，背后就是追赶着的警察的叫喊声。回家的邮车上，愧疚占据了他的心。

西利埃玛脱下了自己的外套。警长不慌不忙，他用平静的声音问了一遍又一遍："你有没有去过奥卢市卡利亚路上的这间公寓？在巡警搜查的时候，你是不是和这个人在一起，但是逃跑了？"

照片里的男人左边嘴角有些许唾沫。他看起来正在等待着回答。

风吹过皮基岛和托比拉的港口，扑到奥尼脸上。印蒂俄的军营传来士兵们训练的声音。奥尼踏上胡彼岛的木质拱桥，脚下是清脆的"哒哒"声，耳里是夏夜特有的虫鸣。他几乎想伸手抓住身旁路人的手。

警长的声音又在他耳边响起："回答'是'或者'否'，搜查的时候你去没去过卡利亚路？"

正如他人所述，他已婚，育有两个孩子———一子一女，将妻子的私生女视若己出，像其他人一样参军、参战。在灰烬之上，他用残缺的手指建起了新的房子，——配好了家具。他自食其力，赚了不少钱。他做错了什么？到底是什么错事？

警长的声音更大了。他又一次地重复问了问题，百遍、千遍、万遍。每问一遍，他的嘴里就会飞出唾沫星子。西利埃玛崇敬地注视着警长。最后他从文件夹里取出几封信，信上的字迹正是奥尼的。

"你认出这些信了吗？这些是不是你们之间的通信？"

奥尼看向这几封信，信纸最上面的边缘用红墨水写着"证据"一词。他一言不发。警长盯着他没有丝毫表情的脸，"回答'是'或者'否'。"

奥尼沉默着。甘道林又从文件夹里拿出了某样东西。他转到奥尼身后。一封新的信飞到桌上，信上的字迹和之前的一样。奥尼立刻就认出了它。t字母的顶端总是像迷路的乌鸦一样飞上信纸横线。他的喉咙哽住了。他情不自禁地拿起信，警长捏着奥尼的肩膀。

"读！"

奥尼的手颤抖着。他强迫自己读了一个词，接着又一个词，一个又一个词。他多希望自己看不懂这些词的意思。世界变成了灰色。

"我再问一次：搜查的时候你是不是在卡利亚路，是不是和照片上的这个男人光着身子一起躺在床上？"

一声仿佛不存在的声音从他紧闭的牙关里逃了出来。这就是回答了。"是。"警长松开手。他看起来松了一口气。西利埃玛在笔记本上写着，字又小又清楚。警长坐在桌子后面，把纸全部装回文件夹里。他将最后一封信留在了桌上。警长解开背心，向后靠在椅子上，摆弄着那些纸张。

"不过您也是好汉子。您是个参过军打过仗的好汉子。军士长，在罗希拉赫蒂、宾科萨勒米、略赫、苏崴里都打过仗，还有三枚军功章，最后一枚还是有叶子装饰的。德国人还给你发了枚铁十字。战后当了后备军。已婚，有两个孩子，对妻子的私生女视如己出。"

奥尼没听他说。羞愧中，他回想起钢琴师灵活的身体在他臀上运动，他猛地向后扭头，当钢琴师的肩紧压着他的肩时，他出于享受和狂喜而尖叫。奥尼抬起手蒙住自己的眼睛。泪水涌上眼眶，他无声地道着歉。他突然又回到继续战争时的森林里。威廉躺在简易木板制成的棺材里，而奥尼铲着沙土埋葬他。越橘灌木旁就是桦树树枝做的墓碑，看起来和芬兰式的很不一样——十字架横着的两端斜着，仿佛正向天空伸出双臂；十字架的中心本来是要放死者珍爱的遗物，但是谁也没有。奥尼将带血的头盔冲洗干净，再用自己的帆布背包裹起来。除了火炮轰击后飘浮的尘土带来的灰，世界上不再有其他颜色。

警长想了解细节，而西利埃玛正记录着这一件件事。他时不时地向警长确认一些问题，警长思考后有时又来问奥尼，有时自己给出答案。奥尼的眼睛后面出现一阵又一阵连绵不断的头痛。一个个问题就像快速起效的麻醉药一样让他晕眩。谁先开始的？是不是在醉酒的情况下发生的？喝了多少？嫌疑人去奥卢的目的只是这个吗？去了多少次？说谎是没用的，因为警方已经追踪他们一段时间了。他为什么要伤害像他妻子这类的人呢？嫌疑人是不是享受这样的犯罪行为？有多少次？嫌疑人知道自己在犯罪吗？他会觉得自己是个不健康的或者有病的人吗？他是否向他人求助过？他知道自己的想法是错的吗？是否意识到自己将不可避免地承担法律责任，还有很大可能会被关到封闭的护理机构里？

奥尼默认了所有问题。他听到了每一个词，但是每一个词他都听不懂。他想起他和孩子们在寂静的阿雯多河上划船。耸立的松树林被深深的河道围住。海伦娜坐在船的边缘，赤脚浸入寒凉的河水里划来划去。河水把沙子冲到河湾去，约翰尼斯将桨划得更深。偶尔蜻蜓会被他们的动作吸引，绕着他们飞几圈，然后飞回岸上的草里。阳光照在沙滩上，微风轻轻拂过树顶。约翰尼斯崇拜地看着爸爸，似乎想说些什么，但是又坐回到背包上，用手遮住刺目的阳光。又温暖又宁静。河流轻柔地摇晃着这艘船。海伦娜感觉到阳光照在身上的热量。她仰头朝着太阳，笑了起来。没有人制止她。大自然变得一片绿色，苍翠而繁茂，河水映照着天空深邃的蓝。

最后，警长穿上外套准备离开，他走到门边，又转过头看了看。奥尼没有回应他的眼神，而是和西利埃玛一起待在这个房间里。西利埃玛仍询问着一些无关紧要的问题——这些问题他之前已经问过警长了，但是警长没有回答。之后他也离开了，走之前，他要求奥尼明天过来在笔录上签名。房间里只剩下奥尼。最后那封信被留在桌上。奥尼把它折起来放到口袋里，尽管他不知道他能不能这么做。

回到家的时候，家里的灯已经全黑了。奥尼想悄悄地走到饭厅的床躺下。客厅的门上响起一声微弱的敲门声，但奥尼没有回应。拉赫亚用嘶哑的声音问他去了哪里。奥尼没说话，转身面向墙，但拉赫亚就站在门后，他听到她喘着粗气。奥尼起身，从外套口袋里拿出了那封信，把它塞到门后去。客厅里传来一阵纸张的沙沙声，随后是轻轻的啜泣声。

当邮车从杜依拉转弯向南走的时候，奥尼醒了。车穿过下面的隧道，开往杜依拉桥。在市政厅前，车停了，而那个长得像岳母的妇人下了车，车继续驶过安曼崴于莱和波基宁。天色灰蒙蒙的，马上就要下雨了。

第二天早上，拉赫亚什么也没问，奥尼也没说。他感觉好像有人一直在盯着他。他留意着每个人的目光、问好前的欲言又止、突然间的大步走——一切他认为可疑的东西。战友们似乎很少来村子里拜访了，也没去米古拉或者尼斯坎康阿斯。如果他去邮局或者合作社，每个人好像都在盯着他，如果他走在路上，看到他的妇人甚至会换一条路走。他感到世界和自己间的裂隙越来越宽，而他也变得越来越瘦。他再也不敢看妻子的眼睛。

驶过杜依拉桥后，车一个右急转开进了亚历山大路，加速奔向拉纳渠。开始下雨了。

最终，邮局送来了那封棕色信封的信。拉赫亚把它和电影杂志一起放在厨房的桌上。尽管看起来它只是一封平常的信，但信封的左上角用蓝色的大写字母印着"地区法院传票"。信里写着四月二十二日开庭审理。奥尼在外间的洞边烧了信。他从楼梯防水板间的缝隙里挖出了那把毛瑟枪。他给枪上了膛,对准右边的太阳穴——这正是眼骨和头骨间的缝隙。在他们一起看天上的流云时,威廉曾经建议过,自杀就要射这个地方。仿佛经过了永恒那么久,他放下了枪,卸下子弹,打开了门。他的眼角上还有枪口的印。屋里,拉赫亚瞥了奥尼一眼,然后又低下视线。他还有一周时间。

车从亚历山大路转到政府路,然后停在长途大巴站。奥尼看向白色雨篷,期待着雨篷下会看到那双熟悉的有笑纹的眼睛,但是他失望了。那双眼睛现在看起来非常疲惫,周围还有瘀青,但是那个人试图挤出一个微笑。奥尼哭了,他赶紧戴上围巾,走到泥泞的地面上。一阵冷风从海面上吹来,雨还在下。

他们一起沿着沟渠路走。拉纳渠里的冰已经裂开了几条缝,水涌了出来,冰缝被泥沙染成脏兮兮的棕色。男人从奥尼手里拿过那个纸板做的行李箱。虽然箱子不重,但他还是换了一只手提。他站定在沿着拉纳渠的砂石小路上,转过身。奥尼也停下了。

"四月二十二日?"

奥尼点了头。男人的脸上闪过奥尼无法辨认的表情,像是恐惧、愤怒和屈服的结合。雨水让公园的色彩模糊了。雨滴从奥尼的毡帽上滴落,隔开了他和这个男人。

男人转回身继续走。奥尼看着他的背影逐渐远去。奥尼小跑几步跟上了他,从他手上拿走箱子,用不在两人之间的那只手提着。片刻后他握住了男人戴着手套的手,十指交握。男人吓了一跳。他看着他们交握的双手,又迅速地往四周扫了一眼。因为下雨,公园里一个人也没有。男人紧紧地回握了奥尼的手。他们一起走过莱特古公园、广场路和拉克希拉。奥尼会想念孩子们。他也会想念这个人,哪怕别人不知道他属于他。

阁楼·1996

"约翰尼斯。"我话音刚落,约翰尼斯便抬起了头,他正将自己母亲书架上的书清到箱子里。

"怎么了?"

"我看到了婆婆的两件卡拉库尔毛大衣,一件棕色,一件浅绿色,怎么处理?"

"留着有什么用?"

"要不我打电话问问安娜和海伦娜,也许她们会用到?"

"她们要这东西干吗?"

"两件都还挺新的。"

我叠好衣服,准备将它们塞进垃圾袋里。约翰尼斯手拿《亚赫纳的节日》[①],比画着想将其放进爆满的垃圾箱,但没能成功。

"不用把所有的东西都扔掉吧。"

"不扔的话,也可以拉到旧货市场。"我提议道。

约翰尼斯将书放回架上,走到门边。

"人活一世,临了却像没存在过一样。"他说。

---

① 《亚赫纳的节日》(*Juhlat Jahlassa*)是加拿大作家 Mazo de la Roche(1879—1961)创作的《亚赫纳》(*Jalna*)系列小说中的最后一部,该小说讲述了 1854—1954 年居住在亚赫纳庄园的贵族家庭的故事,共有 16 部,于 1937 年正式引进芬兰。

"你要去哪儿？"

"给桑拿炉添点儿柴。"

"刚刚，对不起。"我朝他远去的背影喊道，但他没有回应。

整栋房子一片沉寂，笼罩着死亡的阴影。在孩子们离家之际，婆婆的故事成了他们茶余饭后的谈话主题。"你们记不记得奶奶有一次……"他们在宴席上打开话匣，谈论一些无伤大雅的事。刚开始还会为之讶异，后来则变得娓娓道来。话到兴头，竟都忘记招待坐在桌旁听他们说话的女友们和未婚夫们，一众客人只能反复地捣弄残余的土豆泥和煎品，看着姐弟们陷入共同的回忆：

"奶奶和你说过那件事吗？"

"说过！"

我把垃圾袋抱在怀里，走到厨房门口。这些东西本来是要扔掉的，但我还是打开了阁楼的门，把它们存放在那儿。当然，从柜里发现的过期的咖啡包，以及攒了一塑料袋的、补过的连裤袜还是有必要处理一下。

约翰尼斯比之前更显压抑了。也许是他和母亲之间那旷日持久的战争留下了无法弥补的痛苦。看得出来，他很想逝去的母亲。我也是，一如往常那般想念。有时我会停下来思考，如果当初自己去了另一个地方，或是来到这里时婆婆已经去世，那我会变成什么样子？会不会和现在判若两人？

盼了这么久，这栋房子终于只属于我们夫妻两个。每当婆婆把我们随意驱赶到某个房间，让我们蜷缩在小小的婴儿床上睡觉时，这个话题就在两人之间升腾而起。在暗夜笼罩的房间里，我们向对方悄声倾诉，盼望着拥有属于自己的厨房和卧室。我们总是幻想着盖座新房，视察能够容纳两个人的房间，但现实的决定却越推越远。等孩子们长大一些，两个人都能腾出手干活的时候再说吧，等钱攒多点儿再说吧。再等等也许就到时候了。以后吧。

现在终于熬到了所谓的"以后"，但获得自由的我们却有些不知所措。我们依然会在每天晚上本能地将电视进入广告时段的声音调小。落地灯的光线如同往常那样不能照到婆婆那边，我们也不会直接越过它走进厨房。家里的另一头虽然多出了几个房间，但仿佛有些多余，我们依旧像两个孤儿一样坐在这头的沙发边上。约翰尼斯则总是习惯性地把红酒瓶藏到桌脚后边去。

垃圾袋塞得很满，但还没被撑破。衣帽间放不下这么多东西，我只好把袋子从上面的平台拿起来，抬到较冷的区域。露台上竖着一根连接外界的烟筒，一边的角落里有扇修好的屏风，好像有人曾想将这里改造成房间，但是中途放弃了。屏风右侧和屋顶窗格间有块狭窄的空地，是为明娜带来的旧沙发床选定的安置处。如果将垃圾袋放在这里，袋子肯定会挤进过道，歪歪扭扭地冲开乐高装成的玩耍护栏和约翰尼斯小时候做的装书屉。有几次，我建议把装书屉拿到楼下去，但约翰尼斯想也没想便拒绝了，只因他曾听人说过，自己的手工活做得远不如父亲的好。空地下方的角落，是地面和天花板连接的地方，那里堆着几摞胶合板做成的抽屉和老旧的地毯。垃圾袋肯定没法放在它们上边。一卷卷的地毯下方紧连着抽屉，往年的圣诞节卡片从抽屉上散落下来，掉在地板上。

我把地毯抱下来，将纸牌收成一堆。把它们放在哪儿呢？我撬开最上面的木屉，里面放着一些缠着棕色牛皮纸的包裹，最上层的纸卷里包着一件黑色的连衣裙。我两手拿起裙子，把它放到脖子上展开，漂亮极了。我站起来，一手把裙子按在颈部，一手从胸前到腰肘比画了一番，衣服还算合身。除此之外，盒底还放着一个被砸烂的战时头盔和一个绣花的布袋，里面装着一双没穿过的小童鞋。鞋子外侧是白色的皮革，一排磨砂黄铜纽扣从上到下一直延伸到脚趾的位置。

  有个椭圆形的小锡盒被挤得立在抽屉一角，盖上写着"优质什锦巧克力"。锡盒里放着照片、纸张和一些小物件：剃须刀、十字形奖章、蓝色胶带。纸张里有死亡证明书、从报纸上撕下来的、写着"亲人空余思念"的纪念签名，以及海伦娜寄来的由她口述、由盲校老师代写的信。盒子里的照片是约翰尼斯的家庭旧照，我从未见过。此外，我还发现了一个里面装着信纸的崭新的信封，信纸右上角贴着蓝色的邮票，上面写着：奥鲁百区警察/已签收。邮票旁的空白处可以看到手写的日期：1957年5月13日

警务员
于乐悦·甘道林

  应之前我去电奥卢办公室时您提出的想要看信的要求，我决定将信寄给您。这些信是我和孩子们下山去庆祝复活节时在小茅屋中发现的，在那之前我从未看到过。我不知道是谁将它们藏在了那儿，但据猜测应该是我的丈夫。

  所有的信均是从奥卢的同一地址发出的，且全都寄给了我的丈夫。我不认识寄信的人，也从未听丈夫

提起过他。我已经读过信了，信中的内容对我来说有些难以承受。但毕竟只是文字而已。

  战争使我的丈夫受到了很大的震慑和惊吓，以致其陷入错误的轨道。他是非常称职的丈夫和父亲，打仗时，他也多次因奋勇杀敌而受到了国家的表彰。请问警务员先生是否能找到上文提到的寄信者进行确认和澄清，并请求他留给我丈夫最后的平静时光。

  另外，还请给予此事特殊的关照。如果您去了我提到的奥卢市卡利亚路住宅核实情况，请不要将我的姓名及住址透露给任何人。这种事在小村庄里传播得很快，到时候孩子和我都会承受别人异样的眼光。这么做也是为了我的丈夫能全身心地对待家庭和妻子，回归正常的生活。

此致　敬礼
拉赫亚·略都瓦拉

  阁楼的门被敲响了。我将信折起来塞进兜里，把小锡盒放回抽屉。装着卡拉库尔毛大衣的袋子被我放到了抽屉上方，地毯则暂时夹在腋下。

  约翰尼斯从平台那端朝我走来，手里拿着几个垃圾袋。

"你发现什么了？"

"一些旧地毯。我想看看它们还能不能用。"

"也许是我外婆的。扔了吧。"

约翰尼斯转向更冷的一端。

"你把另一个袋子放哪儿去了？"

"在那个角落,那儿好像还放着你爸爸的奖章。"

约翰尼斯的脚步随即停止了。他转向我这边,满是怀疑地望着我。

"真的假的?"

"你去看看那边的抽屉,就在其中的小锡盒里。"

约翰尼斯好奇地望向阁楼这头,一抹孩童般关切的微笑跃上他的脸颊。

"他还收到过奖章?"

我把地毯拿到地下室的桑拿房,顺便给炉子添了柴,然后从兜里掏出那封信,将它扔到还未点燃的木柴上,没等火苗蹿起就关上了炉门。我将地毯扔进婆婆用来洗毛巾的棕色大塑料桶里,然后从桑拿锅里舀了勺热水,从水龙头里掺了点凉水倒在地毯上。细小的气泡从地毯的褶皱里冒了出来,被灰尘染黑的水溅在地板上,汇成细流,歪歪扭扭地朝地漏那边流去。这些毯子确实该好好洗洗了。

楼梯上传来了约翰尼斯兴奋的脚步声,我放下勺子,向他走去。

Kerran sua rakastin ja monesti montaa muuta.
Kansansävelmä
《一见钟情思念多》
芬兰民歌

Ich bin von Kopf bis Fuß auf Liebe eingestellt
Friedrich Hollaender，1930
《再次坠入爱河》(*Falling in Love Again*)[①]
词曲：弗里德里希·霍兰德，1930

Vieras on meille tämä maa. Siionin laulu II6.
Kansansävelmä，san.Gustaf Skinnari，1894
《这片土地如此陌生》锡安之歌II6
芬兰民歌，词：古斯塔夫·斯金纳里，1894

Sinitaivas(*Blauer Himmel*). Säv. ja san. Josef Rixner,
suom.Lauri Jauhiainen，1936
《蓝色天空》词曲：约瑟夫·里克斯纳

---

① 《再次坠入爱河（束手无策）》是弗里德里希·霍兰德（Friedrich Hollaender）于1930年创作的德国歌曲，原名为"Ich bin von Kopf bis Fuß auf Liebe eingestellt"（字面意思是："我从头到脚都是，为爱做好准备"）。这首歌最初由玛琳·迪特里希（Marlene Dietrich）在电影《蓝天使》（*Der Blaue Engel*）（1930年）中演唱，该版也成了最著名的英语版本。

芬兰译者：劳里·尤希亚宁，1936

Sivujen 6-7 kuva: Eino Kinnunen,"Näkymä kylätielle",1950-luku.

原书第6—7页插图：艾诺·金奴宁《村道景色》，20世纪50年代

"北欧文学译丛"已出版书目

（按出版顺序依次列出）

［挪威］《神秘》（克努特·汉姆生 著 石琴娥 译）

［丹麦］《慢性天真》（克劳斯·里夫比耶 著 王宇辰 于琦 译）

［瑞典］《屋顶上星光闪烁》（乔安娜·瑟戴尔 著 王梦达 译）

［丹麦］《关于同一个男人简单生活的想象》（海勒·海勒 著 郗旌辰 译）

［冰岛］《夜逝之时》（弗丽达·奥·西古尔达多蒂尔 著 张欣彧 译）

［丹麦］《短工》（汉斯·基尔克 著 周永铭 译）

［挪威］《在我焚毁之前》（高乌特·海伊沃尔 著 邹雯燕 译）

［丹麦］《童年的街道》（图凡·狄特莱夫森 著 周一云 译）

［挪威］《冰宫》（塔尔耶·韦索斯 著 张莹冰 译）

［丹麦］《国王之败》（约翰纳斯·威尔海姆·延森 著 京不特 译）

［瑞典］《把孩子抱回家》（希拉·瑠曼 著 徐昕 译）

［瑞典］《独自绽放》（奥萨·林德堡 著 王梦达 译）

［芬兰］《最后的旅程：芬兰短篇小说选集》（阿历克西斯·基维 明娜·康特 等著 余志远 译）

［丹麦］《第七带》（斯文·欧·麦森 著 郗旌辰 译）

［挪威］《神之子》（拉斯·彼得·斯维恩 著 邹雯燕 译）

［芬兰］《牧师的女儿》（尤哈尼·阿霍 著 倪晓京 译）

［瑞典］《幸运派尔的旅行》（奥古斯特·斯特林堡 著 张可 译）

［芬兰］《四道口》（汤米·基诺宁 著 李颖 王紫轩 覃芝榕 译）

［瑞典］《荨麻开花》（哈里·马丁松 著 斯文 石琴娥 译）

［丹麦］《露卡》（耶斯·克里斯汀·格鲁达尔 著 任智群 译）

图书在版编目（CIP）数据

四道口 /（芬）汤米·基诺宁著；李颖，王紫轩，覃芝榕译.—北京：中国国际广播出版社，2022.1
（北欧文学译丛）
ISBN 978-7-5078-5012-3

Ⅰ.①四… Ⅱ.①汤…②李…③王…④覃… Ⅲ.①长篇小说－芬兰－现代 Ⅳ.①I531.45

中国版本图书馆CIP数据核字（2021）第205404号

著作权合同登记号 01-2017-7282

© Tommi Kinnunen and WSOY. First published by Werner Söderström Ltd in 2014 with the Finnish title Neljäntienristeys. Published by arrangement with Bonnier Rights Finland, Helsinki.
Simplified Chinese Translation Copyright©2021 by China International Radio Press Co., Ltd.
All rights reserved
This work has been published with the financial assistance of FILI-Finnish Literature Exchange.

F I
L I

四道口

总策划	张宇清　田利平
策　划	张娟平　凭林
著　者	[芬兰]汤米·基诺宁
译　者	李　颖　王紫轩　覃芝榕
责任编辑	张娟平
校　对	张　娜
封面设计	赵冰波

出版发行	中国国际广播出版社有限公司 ［010-89508207（传真）］
社　址	北京市丰台区榴乡路88号石榴中心2号楼1701 邮编：100079
印　刷	环球东方（北京）印务有限公司
开　本	880×1230　1/32
字　数	180千字
印　张	10
版　次	2022年1月　北京第一版
印　次	2022年1月　第一次印刷
定　价	58.00元

版权所有　盗版必究